La princesse et le pédiatre

*

L'As des cœurs

W0248353

ANNIE O'NEIL

La princesse et le pédiatre

Traduction française de
C. DUTEIL

BLANCHE

HARLEQUIN

Collection : Blanche

Titre original :
THE PRINCESS AND THE PAEDIATRICIAN

© 2021, Harlequin Books S.A.
© 2022, HarperCollins France pour la traduction française.

Ce livre est publié avec l'autorisation de HARLEQUIN BOOKS S.A.

Tous droits réservés, y compris le droit de reproduction de tout ou partie de l'ouvrage, sous quelque forme que ce soit.
Toute représentation ou reproduction, par quelque procédé que ce soit, constituerait une contrefaçon sanctionnée par les articles 425 et suivants du Code pénal.

Si vous achetez ce livre privé de tout ou partie de sa couverture, nous vous signalons qu'il est en vente irrégulière. Il est considéré comme « invendu » et l'éditeur comme l'auteur n'ont reçu aucun paiement pour ce livre « détérioré ».

Cette œuvre est une œuvre de fiction. Les noms propres, les personnages, les lieux, les intrigues sont soit le fruit de l'imagination de l'auteur, soit utilisés dans le cadre d'une œuvre de fiction. Toute ressemblance avec des personnes réelles, vivantes ou décédées, des entreprises, des événements ou des lieux serait une pure coïncidence.

Le visuel de couverture est reproduit avec l'autorisation de :

© IZABELA HABUR/GETTY IMAGES/ROYALTY FREE

Tous droits réservés.

HARPERCOLLINS FRANCE
83-85, boulevard Vincent-Auriol, 75646 PARIS CEDEX 13
Service Lectrices — Tél. : 01 45 82 47 47 - www.harlequin.fr
ISBN 978-2-2804-7019-3 — ISSN 0223-5056

Composé et édité par HarperCollins France.
Imprimé en avril 2022 par CPI Black Print (Barcelone)
en utilisant 100% d'électricité renouvelable.
Dépôt légal : mai 2022.

FSC
www.fsc.org
MIXTE
Papier issu de sources responsables
FSC® C159065

Pour limiter l'empreinte environnementale de ses livres, HarperCollins France s'engage à n'utiliser que du papier fabriqué à partir de bois provenant de forêts gérées durablement et de manière responsable.

1.

Lia ne l'aurait admis pour rien au monde, mais le titre de princesse comportait certains avantages. Comme se voir proposer une flûte de champagne par un serveur quand on se sentait nerveuse.

Pour se donner du courage, elle fit le tour de la salle des yeux en quête de son patron, le Dr Nate Edwards. Elle l'avait peu vu à la clinique dernièrement et espérait se rattraper à cette soirée de gala. Elle était même arrivée plus tôt pour consulter la liste des donations des entreprises locales qui avaient rivalisé de générosité entre les plats somptueux, les luxueuses compositions florales et tout le reste.

Elle scruta de nouveau la salle. Aucune trace de Nate. Elle commençait à regretter d'avoir fait l'effort de mettre sa panoplie de princesse, robe en Lurex et diadème compris.

Seuls son patron au grand cœur et une bonne cause comme une soirée de la Fondation Sainte-Victoria pouvaient lui faire sortir sa palette de maquillage et sa tiare. Sans eux, en ce moment elle serait confortablement installée devant une série télé dans son pyjama en pilou.

Mais ce soir, la fondation donnait son gala de charité annuel, et la présence d'une princesse boostait les dons. Ce qui ne voulait pas dire qu'elle se sentait à l'aise, les mondanités n'étant assurément pas son fort.

Elle allait accepter une flûte de champagne quand le visage pincé de la blonde qui l'accompagnait lors des événements officiels à Karolinska s'imposa à elle. Elle l'imagina froncer le nez en sifflant : « Dites : “ Non, merci. ” Et enlevez le rouge à lèvres que vous avez sur les dents. »

La face cachée des avantages…

La Brigade Anti Faux Pas, ou BAFP comme elle se plaisait à l'appeler, était un petit groupe d'assistants que le Palais de Karolinska chargeait de la chaperonner lors de ses rares participations à un événement officiel. Ils lui faisaient discrètement remarquer qu'elle avait du ketchup sur la joue, de la salade entre les dents, ou que ses cheveux balayant son visage lui dessinaient une moustache.

Cette soirée n'était pas la sienne, mais celle de Nate, fondateur de la Clinique des Îles ici, à Sainte-Victoria, petit paradis caribéen devenu son foyer après l'enfermement qu'elle avait connu.

Même si un palais ne pouvait guère être qualifié de prison. Quoique… Allez dire ça aux anciens résidents de la Tour de Londres ! Au moins, elle ne risquait pas d'être décapitée par Henry VIII.

Trois ans plus tôt, elle avait quitté la Karolinska moderne, où les traditions royales avaient remplacé les geôles médiévales. Les nuits tièdes et l'air salé de Sainte-Victoria lui rappelaient qu'elle avait changé d'existence pour mener la vie qu'elle avait choisie, sur cette île lui évoquant sa terre natale.

Heureusement, Karolinska entretenait des relations diplomatiques avec le gouvernement local et, contrairement à sa terre natale, Sainte-Victoria possédait une magnifique étendue de plages bordées de végétation luxuriante, une clinique extraordinaire, et surtout, pas de BAFP.

Ici, elle arrivait à respirer. Elle pouvait travailler sans se soucier d'être qualifiée de « princesse chirurgienne vieille fille », comme ne manquerait pas de la décrire la presse de Karolinska. Ce qui n'était pas faux maintenant qu'elle avait la trentaine.

Elle aurait dû depuis longtemps se résigner à être cataloguée par les médias, mais…

Bien sûr, ce n'était pas si affreux. C'était même amusant de revêtir de somptueuses tenues et de se sentir glamour une fois de temps en temps. De savourer la douce caresse de la soie sur sa peau quand la main d'un homme ne l'avait pas touchée depuis… trois ans. Déjà ?

Elle secoua la tête. Quelle mouche la piquait ? Elle était satisfaite de son travail, heureuse de contrôler sa vie.

Enfin… la plupart du temps. Car le Palais était doué pour resserrer le nœud coulant quand il le décidait.

Elle remercia le serveur et déclina son offre. En tant que représentante de la clinique ce soir, elle devait garder les idées claires. Elle boirait un verre quand la presse serait partie et qu'il n'y aurait plus de risque qu'un « incident » soit rapporté au Palais. Les membres de la famille royale de Karolinska ne devaient jamais embarrasser la Couronne.

Une règle immuable qui titillait le côté malicieux de Lia.

Elle sortit son portable de sa pochette en feuilles de palmier délicatement tressées offerte par un patient et, jetant autour d'elle un regard furtif, prit un selfie niais devant une gigantesque composition florale censée regrouper toutes les variétés de fleurs tropicales des Caraïbes.

Elle composa le numéro de son cousin, qui avait fait don des grands crus extraordinaires servis ce soir. Il était probablement en mission avec le reste de son équipe. Car Jonas passait le plus clair de son temps à maintenir la paix dans des zones instables du monde. Des endroits où, sans ses grands-parents – le roi et la reine –, elle serait partie soigner les gens.

Entre leur opposition et le manque de soutien de son père, les années de formation médicale militaire où elle s'était donnée corps et âme n'avaient pas débouché sur une carrière appropriée, mais aujourd'hui elle maintenait la paix à sa façon à la Clinique des Îles, patient après patient.

Elle avait été attirée à la clinique après avoir lu un article sur ses formidables actions caritatives. Des événements comme le bal de ce soir fournissaient à l'établissement les fonds nécessaires pour que les meilleurs traitements soient accessibles à tous les patients qui en avaient besoin. Elle s'y plaisait beaucoup. En tant que neurochirurgienne, elle était confrontée à des cas extrêmement intéressants qu'elle n'aurait jamais traités si elle n'avait pas trouvé cet emploi en s'opposant aux diktats du Palais.

Une serveuse passa avec un plateau rempli de flûtes pétillantes en équilibre, remuant les hanches au rythme du morceau joué par le guitariste qui s'échauffait sur la scène. Elle fit demi-tour en voyant Lia et lui présenta le plateau.

— Champagne ?

Lia rougit, comme chaque fois qu'on la reconnaissait.

— Non merci. Pas encore, dit-elle avec un sourire.

La femme s'éloigna d'un pas léger avec un rire entendu.

S'assurant qu'elle était seule, Lia se mit à se balancer au son de la musique, les bras croisés.

Il y avait longtemps qu'elle n'avait pas connu les bras d'un homme... Elle grimaça. Ce n'était pas le moment de fantasmer. Et cela ne l'aidait pas à se concentrer sur le moment présent et les invités sur le point d'arriver.

Ils allaient bien s'amuser ce soir entre la musique choisie, les plats somptueux – le tout fourni par de généreux hommes d'affaires du coin – et le cadre absolument magnifique de l'Hôtel du Port. Tout était réuni pour que les dons affluent.

Les organisateurs avaient prolongé dans la salle de bal les superbes ornements floraux de la loggia qui courait autour de la bâtisse de style hacienda. Toutes les portes en bois ciselé avaient été ouvertes pour offrir une vue imprenable sur le port qui scintillait dans la nuit. Les arches s'élançant vers les hauts plafonds étaient dissimulées derrière de grands palmiers ornés de guirlandes lumineuses. Les tables étaient décorées de fleurs délicatement parfumées disposées dans des vases en feuilles de bananier.

L'ensemble tropical-chic était du plus bel effet, célébrant à merveille les beautés de l'île et reflétant l'esprit de la communauté locale. De belles personnes bienveillantes et généreuses auprès desquelles Lia aimait vivre.

Elle tapa un message rapide à son cousin sur son portable.

Salut Jonas, que penses-tu de mon île ? Nos grands-parents l'adoreraient ! LOL Nous sommes en pleine saison des pluies, mais ce soir il fait sec et délicieusement frais. Pour les Caraïbes, en tout cas. Je n'ai pas encore mis de pull. La neige a commencé à tomber à Karolinska ?

Ha ha ! Je plaisante. Ou pas. Profite de ton été si tu es là-bas. On se parle bientôt en vidéo ? Bises, Lia.

Son pouce hésita sur le bouton ENVOI pendant qu'elle examinait la photo qu'elle venait de prendre. Ses longs cheveux à la blondeur scandinave étaient tressés en une grande natte lâche où étaient piquées de jolies fleurs tropicales. Leur mauve délicat faisait ressortir la robe longue bleu pâle qu'elle avait choisi de porter ce soir, à la fois élégante et confortable.

Pendant des années, Lia avait eu droit aux critiques de l'attaché de presse du palais qui prenait un malin plaisir à remarquer qu'elle semblait mal à l'aise sur les photos, et elle avait fini par demander que les tenues offertes par les créateurs soient « classe, mais permettent de respirer ».

Son installation à Sainte-Victoria avait tout changé. Depuis qu'elle était loin des objectifs des paparazzis, les vêtements de créateurs se faisaient plus rares et, surprise, elle semblait plus à l'aise sur les rares photos où elle figurait. Mais ses tenues vestimentaires n'avaient rien à voir avec son ancien inconfort.

Jouer les princesses potiches n'était pas son truc. Son travail ici, en revanche, comptait vraiment pour elle.

Son sourire s'effaça quand elle repensa à l'époque où, sixième dans l'ordre de succession au trône, elle ne figurait jamais au centre des portraits de famille sur le balcon du palais mais devait être présente, agiter la main et sourire au peuple qui vénérait la famille royale et ses valeurs.

Stoïcisme. Devoir. Orgueil scandinave.

Elle devait cependant reconnaître que son pays était magnifique. Niché entre la Suède et le Danemark, il se composait presque exclusivement de petites îles éparpillées dans la mer Baltique, à l'exception de la capitale fièrement dressée sur la côte continentale.

Comme nation, il était tenu en haute estime pour son sens moral dans les échanges commerciaux et sa générosité vis-à-vis de ses citoyens en matière sociale. Comme son grand-père le roi le disait souvent : « Nous fixons la norme que doit suivre le reste du monde. »

Elle n'était pas forcément d'accord avec ça, mais la loyauté était le maître mot du fonctionnement de sa famille.

Elle réprima un frisson, le ventre noué alors qu'elle pensait à ses obligations familiales. Comment pouvaient-elles encore l'affecter, trois ans après qu'elle avait quitté Karolinska ?

Elle jeta un coup d'œil à la photo en essayant de voir si quelque chose avait changé en elle depuis son arrivée sur l'île aux plages de sable blanc immaculé de Sainte-Victoria.

Elle battit des cils, surprise. Trois années de vie insulaire l'avaient bel et bien changée. Elle paraissait heureuse. Vraiment heureuse. Pourquoi ne l'aurait-elle pas été ? Elle était libérée des entraves qui lui avaient tant pesé à Karolinska. De la solitude. De son aspiration à une famille « normale ». Enfin presque. Elle était encore seule, et indéniablement célibataire. Et certains désirs lui inspiraient des pensées inappropriées. Mais au moins, sa grand-mère n'essayait pas de la caser avec des « prétendants », comme elle les appelait.

Ici, Lia avait trouvé une autre famille : la Clinique des Îles. Des médecins du monde entier et des professionnels de santé réunis par son fondateur américain Nate Edwards.

Pour le personnel, elle n'était pas la princesse Amelia Margit Sigrid Embla Trelleburg de Karolinska, sixième dans l'ordre de succession au trône. Ici, elle était simplement Lia. Ou le Dr Lili, pour quelques infirmiers et patients.

Elle n'était toujours pas bien dans sa peau mais travaillait là-dessus. Elle avait encore du mal à croire qu'on pût s'intéresser à elle pour elle-même et non pour son titre. Mais elle y arriverait un jour. Si elle avait de la marge avant de pouvoir prétendre au trône, elle était décidée à ne *jamais* coiffer la Couronne. Gérer sa propre vie était assez dur comme ça.

Bientôt, la salle de bal commença à se remplir, et on lui présenta une longue file d'invités dont elle ne retiendrait pas les noms. Mais c'était pour une bonne cause.

En se frayant un chemin entre les tables peu après pour gagner sa place réservée, elle s'efforça de chasser le sentiment de solitude qui ne manquait jamais de l'étouffer lors de grands événements comme celui-ci. Les tables étaient occupées par des personnes vêtues de leurs plus beaux atours, qui bavardaient, riaient, écoutaient. Elle aussi pouvait jouer la comédie, mais son enfance ne l'avait pas préparée à se sentir détendue dans une foule…

Sa mère détestant les feux des projecteurs, son père habitué à courber l'échine et leur divorce choquant avaient poussé le Palais à prendre les rênes de son éducation, en expédiant celle-ci. On ne lui avait jamais appris à se comporter en public, et elle préférait de loin les échanges plus personnels. Et encore…

Elle inclina la tête en souriant et serra une main, se sentant de plus en plus isolée en approchant de la table d'honneur où Nate l'avait placée – *il n'est toujours pas là !* —, puis attendit près de sa chaise.

Pourquoi avait-elle toujours l'impression d'être seule au monde dans une foule ? Elle réprima une grimace, assaillie par les mauvais souvenirs. Il y avait mille raisons pour ça, en rapport avec sa famille. Elle aurait pu être heureuse si…

Si rien du tout. Ce qui était fait était fait. Si elle voulait continuer à être heureuse à Sainte-Victoria, elle devait trouver un moyen d'interagir avec les gens. Ce n'était pas parce que ses parents étaient divorcés, sa mère ostracisée, et qu'elle-même avait passé presque toute son enfance dans une institution religieuse que sa vie d'adulte devait être malheureuse. Si elle avait le pouvoir de changer des vies au bloc opératoire, elle pouvait orienter la sienne.

Lia scruta la vaste salle en s'obligeant à penser à tous ces gens comme à des amis potentiels. Ou – ses yeux passèrent d'un visage masculin à un autre – à des *petits* amis potentiels ? Elle était très timorée dans ce domaine. Voulant vivre comme, imaginaient-ils, vivait une famille royale, les derniers en date avaient découvert que c'était très différent de ce qu'on lisait dans les chroniques mondaines. Et être larguée par texto était la double peine pour une princesse.

Elle avait remarqué un visage dans la foule un peu plus tôt. Un pédiatre du Royaume-Uni dont elle ne connaissait pas le nom, car avant qu'il arrive à sa hauteur dans la file des invités attendant de lui être présentés, il avait repéré un petit garçon et était allé le saluer ainsi que ses parents.

Sans doute un patient à lui. Et elle avait préféré qu'il discute avec lui plutôt que de s'incliner devant elle, toute princesse qu'elle fût.

Elle était de sang royal, que cela lui plaise ou non.

Du coin de l'œil, elle vit une belle main masculine saisir le dossier de la chaise voisine. Une main forte et curieusement calleuse pour un prétendu médecin.

— Ce siège est pris ?

Elle allait répondre que toutes les chaises étaient attribuées quand elle s'aperçut que l'homme qui occupait ses pensées se tenait devant elle. Grand. Svelte, athlétique. Des cheveux courts d'un blond cuivré. Des yeux bleu vif qui pétillaient sous l'éclairage tamisé de la salle.

Contrairement à beaucoup d'invités qui n'osaient pas la regarder dans les yeux, l'homme ne semblait pas intimidé. Il dégageait une impression de force et de bienveillance, une paix intérieure qui n'avait nul besoin de démonstration bravache ou machiste pour irradier.

Elle baissa les yeux vers le carton posé à côté de l'assiette de son voisin.

OLIVER BAINBRIDGE.

Elle se surprit elle-même en lui souriant d'un air effronté. Elle se sentait à l'aise avec lui. Et, plus étonnant, sexy, une impression qu'elle n'avait pas éprouvée depuis longtemps et qui pétillait en elle comme du champagne.

— Il est pris, mais on peut intervertir les cartons. Du moment que vous promettez d'être plus amusant que le vrai Oliver Bainbridge. Avec un nom comme ça, il doit être ennuyeux, non ?

Il haussa les sourcils. Elle fit la moue, guettant sa réaction. Seigneur, elle flirtait !

— Oliver n'est pas un prénom très sexy, hein ? Ça aiderait si je vous disais que mon deuxième prénom est Casanova ?

Elle éclata de rire.

— Je crois que ce serait pire.

— Alors dans ce cas…, dit-il, prenant sa main qu'il porta à ses lèvres. Ça vous va si je reste simplement Oliver ?

Il déposa le plus doux des baisers sur sa main, allumant un feu dans tout son corps.

Cet Oliver Bainbridge pouvait être dangereux. Et délicieux. Seulement la princesse Amelia Margit Sigrid Embla Trelleburg de Karolinska ne trouvait pas les hommes « délicieux ». Elle les trouvait « convenables ». Ou « comme il faut ». Ou, dans le cas de son dernier petit ami, « approuvé ».

Mais pour une fois, Lia avait envie de quelque chose de « délicieux ».

— Je suppose que ça devra faire l'affaire en attendant mieux. À présent, puisque nous sommes à côté l'un de l'autre, croyez-vous pouvoir me distraire toute la soirée ? Je suis très exigeante, vous savez.

Seigneur, qui était cette femme ? Où était passée l'ancienne Lia ?

— Je m'efforcerai de faire au mieux, répondit-il avec un sourire troublant. Si vous voulez bien accorder à un humble pédiatre le plaisir d'essayer.

— Oh ! tout le plaisir est pour moi, répliqua-t-elle, consciente qu'elle n'avait jamais été aussi sincère.

2.

Ainsi donc, c'était la princesse Amelia de Karolinska, alias le Dr Trelleburg.

Elle était beaucoup plus belle que sur les photos du personnel qu'Oliver avait vues lors de ses visites hebdomadaires à la Clinique des Îles. Et plus amusante qu'il n'aurait cru. S'il s'était agi d'un rendez-vous arrangé, il aurait volontiers remis ça. Mais ils étaient à un gala caritatif formel. Et bien que leur badinage soit drôle et léger, émaillé ici et là de frissons inattendus, il ne doutait pas que son humour hautain finirait par l'emporter.

Il lui avança sa chaise, et elle le remercia en s'empourprant légèrement.

Il ravala son cynisme. Ce n'était pas sa faute si elle était née dans une famille royale où la morgue était une forme d'humour. Comme il n'était pas responsable si…

— Champagne ?

Il déclina l'offre par habitude.

— Vous êtes de garde ? demanda la princesse Amelia.

Elle désignait le carton mentionnant sa spécialisation et l'établissement où il exerçait.

Secouant la tête, il répondit honnêtement :

— Vous ne buvez pas, et j'ai pensé que la bienséance m'imposait d'en faire autant.

Il n'avait vraiment pas envie d'être éméché en compagnie d'une femme dont la présence le troublait autant.

Elle esquissa une moue songeuse.

— Hum ! si peu sexy que soit son nom, j'aurais cru qu'Oliver Bainbridge aurait un peu plus de cran que ça. Un homme qui donne le ton, pas quelqu'un qui plie devant les préceptes démodés d'une aristocratie étrangère.

Il s'agrippa la poitrine et fit mine d'en arracher un poignard avant d'éclater de rire.

Elle avait raison. Comme il n'attendait pas d'être traité différemment parce qu'il était lui, elle ne demandait pas qu'on change de comportement en sa présence sous prétexte qu'elle était de sang royal.

— Moi qui voulais juste être poli… Dites-moi, murmura-t-il, soutenant son regard clair, comment est censé être Oliver Bainbridge, selon vous ?

Elle inclina la tête de côté et l'étudia longuement.

— Je pense qu'il est gentil. Minutieux dans son travail. Après tout, c'est une vocation, pas un job ordinaire.

Il sourit. Elle l'avait bien cerné.

Elle lui rendit son sourire, et le courant passa entre eux.

— Je crois qu'il aime lire des histoires à ses jeunes patients quand ils sont tristes.

Il émit un sifflement bas. Elle était douée. *Très* douée.

— Ça ressemble à une liste de souhaits, remarqua-t-il, se demandant s'il pourrait la sonder à son tour.

— Hum…

Elle sourit, évasive, et but une gorgée d'eau gazeuse.

— À quand mon tour de voir ce que ma boule de cristal révèle sur vous ?

— Jamais, répliqua-t-elle d'un ton léger.

Le sourire d'Oliver s'élargit. Ils se ressemblaient. Heureux de parler à n'en plus finir de leur travail, mais beaucoup moins quand la conversation devenait personnelle.

— Ce n'est pas juste.

Elle haussa négligemment les épaules, et la soie de sa robe glissa sur sa peau dorée.

Il se surprit fugitivement à imaginer son goût s'il la parcourait de baisers et s'empressa de mettre fin à ce fantasme. Une princesse réputée pour sa discrétion et protégeant si bien sa vie privée n'était pas du genre à flirter.

Il se demanda comment elle avait réussi l'exploit de préserver son intimité sur cette petite île. La Clinique des Îles était autant connue pour sa capacité à protéger ses clients du regard public que pour ses prouesses médicales, mais la princesse était ici depuis trois ans, lui deux, et leurs chemins ne s'étaient jamais croisés. Certes, il passait beaucoup plus de temps à l'hôpital de Sainte-Victoria qu'à la clinique, mais quand même.

Cachait-elle quelque chose ?

Il chercha son regard pour lui faire passer un message tacite. Il était bien placé pour comprendre ce qu'était une vie chargée d'attentes qu'on ne contrôlait pas. Étouffante. Solitaire. Douloureuse.

Quelque chose de chaleureux passa entre eux tandis que leurs regards se soudaient.

Âme sœur... Cette pensée brisa la connexion magnétique qui les liait.

La soirée prenait un tour inattendu. Il s'était attendu au poulet sec et aux discours sans intérêt de ce genre de gala où le coût du billet d'entrée faisait grimper le montant des donations dans des proportions ahurissantes.

Non que la collecte d'argent pour une clinique bénévole fût une mauvaise chose. Loin de là. Mais un flirt améliorait singulièrement les perspectives de sa soirée.

Il lui rendit son regard appréciateur, aimant la façon dont ses hanches bougèrent sous la soie de sa robe comme s'il y avait glissé ses doigts.

Elle lui faisait penser à ces filles superbes qui posaient pour des séances photo dans les criques et sur les plages immaculées de Sainte-Victoria. À peine maquillée, elle ne portait qu'un peu de mascara pour souligner ses longs cils. Son bronzage doré donnait un éclat sain à ses joues roses. Ses cheveux blond satiné étaient presque blancs, et il brûlait d'y enfouir les doigts. Et ses yeux bleu clair lui envoyaient un message, comme les siens lui parlaient.

« Vous me plaisez. »

Oliver se retint de justesse de se pencher pour respirer avidement son parfum quand elle se détourna.

Trois heures plus tard, il était littéralement sous le charme.

Lia n'était pas comme ces aristocrates de carton-pâte qu'on rencontrait dans ces soirées, qui faisaient une apparition pour que l'argent coule à flots et s'éclipsaient par une porte dérobée pour s'engouffrer dans un avion privé et regagner leur résidence.

Elle était différente. Drôle. Belle. Exquise. Passionnée par son travail et sincèrement engagée dans l'œuvre caritative de la Clinique des Îles qui, à en croire la rumeur, avait vu défiler plus de stars de cinéma que certains studios hollywoodiens.

Oui elle préservait sa vie privée mais, comme lui, elle avait été éduquée pour porter le fardeau de ses aïeux et le cachait bien.

Elle avait réussi à lui soutirer des informations personnelles. Il était né et avait grandi au Royaume-Uni. Pédiatre par choix, non par tradition familiale. Et comme elle, il était heureux à Sainte-Victoria où, qu'il fît beau ou pas, tout était magnifique, luxuriant… et brûlant, comme ce soir.

Il avait envie d'elle. Il n'avait pas autant désiré une femme depuis très longtemps.

Comme si le ciel était avec lui, le dîner s'acheva alors. Après l'annonce que le fondateur de la clinique, Nate Edwards, demandait à être excusé, le coup d'envoi de la soirée fut donné, et le bal commença. Assis à la gauche de Lia, le Maire se pencha vers elle pour l'inviter à danser.

Sans réfléchir, Oliver décida de le coiffer au poteau et, repoussant sa chaise, il tendit la main. Lia hésita. La bienséance exigeait qu'elle danse avec le Maire, plus âgé, mais Oliver était médecin à l'hôpital de Sainte-Victoria qui entretenait un lien étroit avec la Clinique des Îles, et lui accorder une danse n'avait rien d'inconvenant.

Dans une envolée de flûtes et de violons, Oliver sentit sa main légère se poser sur la sienne. Quelques instants après, il la tenait dans ses bras. Son parfum, la douceur de sa peau, ses cheveux frôlant sa main… Il ne se rappelait pas avoir jamais été aussi heureux, le reste du monde n'existait plus.

Ses doigts effleurèrent la peau nue de son profond décolleté dans le dos, et elle frissonna.

— Vous avez froid ?

Elle secoua la tête, comme si elle était incapable d'expliquer la cause de son trouble. Il la connaissait. Il l'éprouvait aussi.

Du désir.

Ils ne parlèrent plus pendant la durée du morceau, mais à la fin la distance entre eux s'était considérablement réduite.

Quand la musique s'arrêta, Lia recula, le souffle étrangement court après un simple slow. Il supposa qu'elle allait danser avec le Maire qui l'attendait au bord de la piste, mais elle se pencha vers lui et chuchota dans un anglais teinté d'un léger accent :

— Vous voulez aller vous promener sur la plage ?

Oh que oui !

— Vous n'êtes pas obligée de rester ?

— Si, répondit-elle avec un sourire courtois.

Mais l'électricité qui passait entre eux disait clairement : « J'ai envie de vous. »

Ils savaient qu'ils ne pouvaient pas partir ensemble, mais ils avaient aussi conscience qu'avant la fin de la nuit ils seraient dans les bras l'un de l'autre.

— Une heure, c'est suffisant ? demanda-t-il.

Elle inclina la tête.

— Quelle plage ?

Celle de l'hôtel ne ferait pas l'affaire avec les touristes et les insulaires qui déambulaient entre les restaurants et les bars disséminés le long du port. Il réfléchit aux possibilités.

— Sugar Cove ? suggéra-t-il.

Elle haussa les sourcils et acquiesça imperceptiblement.

Pour d'éventuels observateurs, il s'inclina poliment devant elle, mais pressa discrètement le creux de sa paume pour sceller leur accord.

Il s'éloigna afin qu'elle pût rencontrer d'autres invités.

Après avoir déambulé parmi la foule pour être vu, il s'arrêta devant un groupe de collègues et sortit son bip. Il passa la main sur son front d'un air contrarié.

— Pas de chance, Oli ! s'écria l'un d'eux avec une gaieté exubérante due au champagne. C'est l'hôpital ?

Il haussa les épaules avec fatalisme.

— Les enfants, hein ? dit-il en soupirant.

— On se voit demain alors !

Et parce qu'il croyait à la bonne cause à l'honneur ce soir, Oliver sortit son chéquier et un stylo.

— Autant m'en occuper avant de partir…

Un chœur d'encouragements accompagna son départ quand sur un dernier salut, il quitta la réception.

Comme il avait une heure à tuer, il passa à l'hôpital. Son lieu de prédilection.

Il passa la tête dans une chambre où se trouvait une de ses petites patientes. Elodie était réveillée et semblait effrayée. Le cœur d'Oliver se serra. Il tenait à tous ses patients, mais Elodie le touchait particulièrement.

— Qu'est-ce que tu fais, ma puce ?

La fillette leva les yeux de son livre d'images et lui adressa un sourire larmoyant.

— Docteur Bainbridge ! J'en ai marre !

Oliver réprima un sourire en l'entendant se plaindre. Il se sentait au diapason avec elle. Ses bras gardaient le souvenir du corps de la princesse Amelia, et il ne tenait plus en place, impatient de mieux la connaître. Si c'était pour cela qu'elle voulait le revoir.

Il avait peut-être mal compris. Elle avait peut-être envie de parler de logistique hospitalière ou – il sentit son estomac se contracter à cette pensée – elle savait qui il était vraiment.

Il devait penser à autre chose. C'est pourquoi il était là. Pour lui et pour Elodie. Il alla chercher un livre de contes de fées qu'un couple leur avait offert et revint auprès de la fillette.

— Pourquoi tu ne peux pas dormir ?

Elle fit la moue.

— J'ai mal là, répondit-elle, frappant sa poitrine avant de se laisser aller contre l'oreiller, ses boucles brunes formant un halo autour de sa frimousse pâle.

— Si tu prenais de l'oxygène ?

Le petit visage d'Elodie se décomposa.

— Je veux juste être normale !

Il souffrait pour elle. Elodie avait contracté la malaria des années plus tôt à la suite d'un ouragan dévastateur et, étant asthmatique, elle était sujette aux rechutes.

— Quand je pourrai rentrer chez moi ? demanda-t-elle.

Bonne question. L'ouragan qui avait affecté sa santé lui avait aussi pris son père et sa mère. Elle vivait chez son oncle et sa tante maintenant, mais ils avaient des enfants adolescents et des revenus modestes, et les traitements d'Elodie était un fardeau qu'ils avaient du mal à financer et négligeaient parfois. Ses séjours à l'hôpital étaient une façon de lui prodiguer des soins qu'ils n'avaient pas les moyens de payer, la laisser sans traitement n'étant pas une option.

Elodie le fixa, les yeux plissés, puis sourit.

— Vous avez l'air d'un prince. Vous étiez à un bal ?

Ses épaules menues se voûtèrent, et elle soupira.

— Est-ce que j'irai danser un jour ?

La gorge d'Oliver se serra. Il y avait une semaine qu'elle demandait à quitter l'hôpital, mais c'était l'endroit le plus sûr pour elle. Sans être orphelin, il savait ce que c'était de se sentir étranger dans son propre foyer. Il avait prolongé l'hospitalisation de la fillette et réglé les frais supplémentaires pour soulager la pression sur l'oncle et la tante, mais aussi pour garder l'œil sur elle.

Il se sentirait personnellement responsable si sa santé se détériorait en dehors de sa surveillance.

— Bientôt, ma puce. Ton état évolue plutôt bien compte tenu de la grosse fièvre que tu avais à ton arrivée.

— Peut-être..., murmura-t-elle, les sourcils froncés.

Il lui montra le livre de contes.

— Alors, lequel ce sera ?

Les yeux de l'enfant s'agrandirent, sa détresse temporairement oubliée, et elle en choisit un.

— Un conte avec une princesse ?

Oliver réprima un grognement. Comme si c'était le moment de lire une histoire de princesse ! Il n'aurait pas dû lui laisser le choix.

— D'accord.

Approchant une chaise, il regarda les constantes d'Elodie et à quand remontait sa dernière prise d'antalgiques. Puis il ouvrit le livre en souriant.

— Il était une fois…

Quand Elodie l'eut remercié avec des bonbons à la pomme et qu'il eut fini ses visites, il bouillait d'impatience. Il sauta dans sa jeep et quitta Williamtown, la tête pleine des mésaventures de la Belle au bois dormant.

La princesse Aurore avait été difficile à trouver mais, après avoir abattu la muraille d'épines emprisonnant le château et découvert la ravissante princesse endormie avec toute la cour, le prince n'avait eu qu'à lui donner un baiser pour la réveiller de son long sommeil et, la joie revenue dans le royaume, ils avaient vécu heureux jusqu'à la fin de leurs jours.

Oliver soupira. Si seulement la vie était aussi simple. Il n'aspirait pas à se marier et, pour le moment, se contenterait d'un baiser.

Il s'efforça d'oublier à quel point sa mère réprouvait les aventures d'une nuit et se mit à rire. Il allait rejoindre une princesse pour une promenade au clair de lune au bord de l'eau. Sa mère ne pourrait qu'approuver.

La crique sablonneuse n'était qu'à cinq minutes de voiture de l'hôpital. Il la connaissait bien, car sa maison se trouvait à deux pas ; c'était son endroit préféré de l'île.

Après une longue journée à l'hôpital ou à la clinique, il avait l'impression de pénétrer dans un autre monde quand il arrivait à la plage. Isolée et difficile à trouver pour qui n'était pas du coin, on y accédait par de petits sentiers obscurs.

La cravate dénouée, pieds nus dans le sable tiède, il contempla les vagues à la clarté de la lune et songea qu'il n'y avait pas d'endroit plus romantique.

Il s'apprêtait à déboutonner sa chemise quand une voix féminine se fit entendre :

— C'est à moi de faire ça.

3.

Quoi ?

Lia avait l'impression qu'une autre femme la possédait depuis qu'elle portait cette robe du soir. Elle ne parlait jamais de cette façon provocante. Mais ce n'était pas non plus dans ses habitudes de rejoindre un homme qu'elle connaissait à peine sur une plage isolée pour une balade au clair de lune.

Cette robe était-elle magique ?

Elle contempla Oliver encore en smoking, la cravate pendant à son cou. Un vrai régal pour les yeux.

C'était un homme qui savait ce qu'il voulait. Un homme qui avait révélé une part d'elle-même dont elle ne soupçonnait pas l'existence : une séductrice sexy qui se sentait aussi forte et sûre d'elle qu'il semblait l'être.

Elle n'avait pas du tout l'habitude de se comporter ainsi, et le pire, c'est qu'elle aimait ça.

Il avait suffi de quelques heures avec lui pour qu'elle se métamorphose. Mais elle devait se méfier, car la passion commençait ainsi, et elle ne voulait pas suivre l'exemple de ses parents pour lesquels l'histoire s'était mal terminée.

Mais il était tentant d'oublier toute prudence.

Juste pour ce soir.

Non seulement Oliver était intelligent, amusant et passionné par son travail, mais il était aussi l'homme le plus attirant du monde. Ou peut-être était-il attirant *à cause* de ces qualités. Il avait une minuscule cicatrice au sourcil gauche et des taches de rousseur sur le nez qui rappelaient l'enfant qu'il avait été, et quand il souriait, le coin de ses yeux se plissait de fines rides, mais Lia aimait tout de sa personne.

Comme en transe, elle ouvrit le premier bouton de sa chemise.

Il poussa un soupir.

Elle glissa les doigts sur sa pomme d'Adam et le creux de son cou jusqu'au bouton suivant.

De l'électricité crépitait entre eux.

— Votre robe n'a qu'une ouverture ? demanda-t-il quand elle eut libéré un autre bouton, les yeux fixés sur la ceinture en tissu fermant sa robe portefeuille.

— Il semble que oui.

Il tendit la main, mais elle la saisit dans la sienne.

— Tout vient à point à qui sait attendre, dit-elle en posant la main d'Oliver sur sa hanche.

Elle ne se reconnaissait plus. Qui diable était-elle ce soir ?

Une personne forte qui prenait ce qu'elle voulait, sans attendre l'approbation du Palais.

Elle ne s'était jamais sentie aussi vivante.

Elle vit qu'il fixait le grand panier en osier qu'elle emportait toujours à la plage.

— Des serviettes, dit-elle en défaisant le troisième bouton. Et des bidules.

Le personnel de l'hôtel lui avait donné une bouteille de champagne grand cru, et c'était le moment parfait pour le déguster. À condition qu'ils s'asseyent pour bavarder…

— Des bidules ? répéta-t-il en souriant, amusé par le mot un peu désuet.

— Oui, répondit-elle, continuant à déboutonner sa chemise. Des bidules.

Il y avait des gobelets en plastique, un assortiment de fruits tropicaux, et une grosse boîte de chocolats. Mais elle n'avait pas envie de ça pour l'instant. Elle avait envie de lui.

Elle désigna la mer d'un signe de tête.

— On pourrait prendre un bain de minuit.

— Je n'ai pas pris mon maillot.

— Moi non plus.

Il inclina la tête et, à la lueur de la lune, son beau visage parut sculpté dans le marbre.

L'instant d'après, elle était dans ses bras, et il l'embrassait. D'abord doucement. Avec curiosité. Sa bouche sentait l'air salé, le vin blanc et, curieusement, les bonbons à la pomme. Un mélange irrésistible.

Leurs souffles se mêlaient tandis qu'ils se touchaient, se goûtaient l'un l'autre. Il prit délicatement son visage entre ses mains et l'écarta pour y trouver son assentiment, puis reprit ses lèvres pour un baiser passionné.

Quand ils se séparèrent enfin, il posa une main sur sa gorge qu'il caressa nonchalamment pendant que son autre main glissait dans son dos nu. Il était plaqué contre elle, et elle ne pouvait douter de la puissance de son désir.

— On va se baigner, histoire de se rafraîchir un peu ? suggéra-t-il, le front contre le sien.

Il voulait savoir s'ils allaient faire l'amour maintenant, ou s'ils se laissaient le temps de prendre la bonne décision.

Elle avait envie de faire l'amour avec lui. Et le désir qui la faisait trembler brûlait d'être satisfait. Mais elle ne voulait pas voir s'achever cette nuit magique. Elle n'avait jamais pris de bain de minuit, et la pensée de leurs corps nus enlacés dans l'eau tiède par cette chaude nuit tropicale…

Elle prit sa main, et la posa sur le joli nœud qui fermait sa robe.

— Je pense que nous devrions nous baigner avant de profiter un peu… des bidules. Si vous êtes d'accord ? demanda-t-elle, estimant qu'il voulait peut-être s'arrêter là.

Le titre d'Altesse Royale attirait souvent les mauvais prétendants, ou au contraire faisait fuir ceux qui ne tenaient pas à être sous le feu des projecteurs. Même dans un endroit aussi isolé que la Clinique des Îles.

Oliver caressa le nœud soyeux de sa robe puis, comme s'il avait pris une décision, posa la main sur son bras.

Le cœur de Lia sombra. Elle le désirait follement. Et une minute plus tôt, elle aurait juré qu'il la désirait aussi.

Mais il avait raison d'hésiter. Il n'y avait pas d'avenir dans cette attirance purement physique. Le mariage de ses parents en était la preuve.

Et puis, essaya-t-elle de se convaincre en ignorant les protestations de son corps, elle aimait sa vie comme elle était. Et Oliver lui avait bien fait comprendre qu'il aimait mener une vie discrète, ce que ne permettait pas une relation avec une princesse, même loin de chez elle.

Il dut sentir le changement qui s'opérait en elle, car il s'écarta.

— Vous attendez un engagement ou juste une soirée ?

Elle admira sa franchise. Ils étaient deux trentenaires responsables. Ils avaient des vies professionnelles qu'ils aimaient. La question d'Oliver lui disait tout ce qu'elle avait besoin de savoir. Quoi qu'il se passe entre eux – une nuit, quelques rendez-vous, ou plus – cela dépendait d'elle.

La balle était dans son camp.

Elle prit sa décision.

— Une nuit mémorable semble une parfaite façon de finir la soirée, non ?

— Si vous en êtes sûre, répondit-il d'une voix rauque.

D'un geste, elle défit le nœud de sa robe dont la soie fluide caressa son corps en glissant sur le sable, et elle courut vers l'eau.

— J'ai envie d'une nuit de liberté ! s'écria-t-elle.

À lui de la rejoindre s'il le souhaitait.

Elle plongea dans la mer et savoura sa caresse chaude, sensuelle sur son corps ballotté au rythme doux des vaguelettes. Nager nue sous les yeux d'Oliver était encore plus troublant, et son corps tremblait de désir.

Quand elle émergea un peu plus loin et regarda vers le rivage, elle ne le vit pas.

Son cœur sombra de nouveau.

Elle lui avait donné le choix, et il avait pris la décision la plus raisonnable. Tant pis.

Elle sentit un frottement contre ses jambes et, crevant la surface de l'eau, Oliver l'attira dans ses bras. Son corps entièrement nu se pressa contre le sien. Elle sentit son sexe dur quand il saisit ses jambes pour les glisser autour de ses hanches. Pus il l'embrassa comme si sa vie en dépendait.

Ses mains la touchaient partout. Elle les sentait dans ses cheveux, plaquées sur ses reins, sur ses fesses.

Elle lui rendait ses caresses, et ses doigts parcouraient ses cheveux, ses épaules, son torse dur. Elle s'inclina pour titiller ses tétons et se redressa pour lui donner un baiser salé.

Il la souleva et caressa ses seins gonflés, taquinant de la langue leurs pointes durcies. Elle gémit de volupté. L'entraînant en eau plus profonde, il l'embrassa fiévreusement, et elle eut l'impression que son corps submergé se noyait de plaisir.

Elle n'avait jamais connu une expérience aussi érotique. La brise marine jouait avec les gouttes d'eau sur leurs épaules tandis que les vagues tièdes caressaient leurs corps réunis. Ils nageaient, s'embrassaient, se touchaient, s'exploraient. Lia n'avait jamais été aussi intime avec quelqu'un et, pourtant, jamais elle ne s'était sentie aussi bien dans sa peau qu'à cet instant, avec cet homme qu'elle ne reverrait probablement plus jamais.

— Tu n'as pas froid ? murmura-t-il entre deux baisers.

Avec la chaleur qu'ils dégageaient ? Sûrement pas.

— Hum…

L'instant était délicat. Elle ne voulait pas faire l'amour sans précaution.

— Si on continue… je ne suis pas préparée.

— Mon cottage est à deux minutes d'ici, dit-il d'une voix sourde de désir. On y trouvera de quoi se protéger. On prend tes serviettes ?

Il n'eut pas à le dire deux fois.

Enveloppés dans les grandes serviettes moelleuses, ils tournèrent à l'angle de la plage et débouchèrent sur une crique minuscule. En voyant la maison d'Oliver, elle éclata d'un rire ravi.

À la lueur de la lune, on n'en distinguait pas les détails, mais le cottage d'Oliver aurait fait de l'ombre à la luxueuse maison dans les arbres des Robinson suisses. Des espaces presque entièrement ouverts – sans doute des chambres et des coins détente – se découpaient sur les arbres, suspendus au-dessus d'une maisonnette en bois bleu ciel entourée d'une magnifique galerie. Un vrai manoir tropical au milieu des arbres.

— Tu appelles *ça* un cottage ? s'écria-t-elle.

— Il y a une palissade, non ?

— Oui, mais…, bredouilla-t-elle, prise d'un fou rire, je ne crois pas qu'on puisse l'appeler ainsi.

Oliver eut un sourire modeste.

— Eh bien… ça a commencé comme ça.

Lia secoua la tête, sidérée.

— Je comprends pourquoi tu as choisi la pédiatrie plutôt que la gériatrie. Tu es un rêveur, n'est-ce pas ?

Elle songea à son propre espace de vie sans âme dans la résidence du personnel de la clinique. C'était l'habitation parfaite pour un habitant de Karolinska rêvant de vacances de luxe dans les Caraïbes : maisonnette bleue avec porche blanc croulant sous les paniers de fleurs, avec des touches de luxe inattendues : douche *et* baignoire extérieures, balcon en surplomb avec banquette pourvue d'une moustiquaire et, dans sa chambre, un lit gigantesque.

Mais depuis trois ans qu'elle l'occupait, elle n'y avait jamais mis sa touche personnelle, contrairement à Oliver ici. Visiblement, il voulait s'établir, avoir un foyer, alors qu'elle… Elle aimait la marée qui effaçait les traces de pas dans le sable, ne laissant rien de son passage.

Oliver lui souriait.

— J'appelle ça croire aux possibilités dans une perspective pratique. J'ai acheté ce cottage – deux pièces en tout – quand je me suis installé dans l'île. Déserté après l'ouragan, il était à peine habitable, ce qui m'a donné une idée. Pourquoi ne pas l'agrandir plutôt que le détruire ? La voûte des arbres fournit une protection contre les vents et… eh bien, qui n'aime pas les cabanes dans les arbres ?

Son enthousiasme était contagieux.

— C'est vraiment fantastique, observa-t-elle. Tu as créé ton paradis personnel. Je suis impressionnée, Peter Pan.

Avec un sourire gêné, il donna un coup de pied dans le sable. Quand il releva la tête, une chaleur brûlante très adulte brillait dans son regard.

— J’imagine que ça fait de toi ma fée Clochette.

Riant doucement, elle surprit sur son visage une émotion inattendue qui lui serra le cœur. De la tristesse. Pas un chagrin récent, quelque chose qui faisait partie de lui. Elle n’insista pas. Si son passé ressemblait au sien, il valait mieux le laisser où il était.

— Si ça veut dire que je peux voler et avoir une baguette magique, je suis d’accord.

Il l’entraîna vers le cottage en expliquant :

— J’aime travailler de mes mains à mes heures perdues.

Elle secoua la tête, ébahie.

— Tu es beaucoup plus actif que moi pendant tes loisirs.

— J’en doute.

Il lui caressa la joue et, rassemblant ses cheveux mouillés sur sa nuque, déposa un baiser au creux de son épaule.

— Tu es médecin. Tu sais comme moi que chaque jour ne se passe jamais comme prévu. On fait ce qu’on peut pour se ressourcer après le travail. Moi je construis des choses. Ce que tu fais est sûrement tout aussi apaisant.

Il la regardait avec tant d’honnêteté, tant de confiance, que la poitrine de Lia se serra sous l’effet de l’émotion. Il n’y avait aucun jugement dans sa voix. Il croyait en elle.

Elle pourrait tomber amoureuse de cet homme si elle n’y prenait pas garde.

— Je fais du bateau, dit-elle pour combler le silence.

Elle pratiquait la voile depuis l’enfance, et quand elle se sentait trop seule à la pension ou trop claustrophobe au palais, elle avait pris l’habitude de courir au port retrouver son bateau pour se reconnecter avec elle-même en filant vers le large.

Être seule valait mieux que se sentir isolée au milieu d’une foule. Mais ces temps-ci, elle naviguait moins souvent pour s’échapper. La mer lui offrait l’espace pour respirer entre les moments trop intenses. Naviguer exigeait une attention, physique et mentale, totale, le meilleur moyen de se vider l’esprit après une longue et difficile opération.

Elle croyait avoir trouvé l'équilibre parfait. Mais cet homme la perturbait avec sa maison de rêve.

Refoulant l'envie de lui demander quels fantasmes l'avaient poussé à la construire de ses mains, elle vit qu'il se retenait aussi de l'interroger sur son passe-temps préféré.

Ils avaient dit une nuit seulement.

Il prit sa main et l'entraîna dans la maison, et l'atmosphère changea. Elle sentit se réveiller le désir qu'elle avait ressenti dans l'eau. Ils eurent à peine le temps d'atteindre le porche avant qu'elle l'embrasse à pleine bouche.

La galerie appelait les baisers au clair de lune. Il y avait une large balancelle en bois et un hamac visiblement très apprécié, avec des piles de livres par terre. Une porte menait au labyrinthe magique où se trouvait la chambre d'Oliver, quelque part parmi les arbres.

Quand il la poussa, Lia éprouva une nouvelle connexion indéfinissable. Le petit salon était propre et confortable, mais curieusement familier.

— Tu es allé en pension ? demanda-t-elle impulsivement.

Il lui jeta un regard surpris puis se mit à rire, gêné.

— C'est si évident ?

— Je suis passée par là. La seule chose qui soit hors de contrôle chez moi, ce sont les empilements de livres.

Il l'attira à lui et déposa un baiser léger sur ses lèvres.

— Je sens qu'autre chose que des piles de livres va échapper à notre contrôle cette nuit…

À cette pensée, Lia sentit son ventre s'enflammer. Oh ! comme il avait raison !

Seules les serviettes les séparaient, et Oliver avait du mal à maîtriser ses pulsions. Pendant qu'il guidait Lia dans l'escalier, ses doigts le démangeaient d'arracher la pièce de coton voilant son corps magnifique pour le posséder ici, maintenant. Mais s'ils ne devaient avoir qu'une nuit, il voulait que chaque moment soit mémorable. Les aventures sans lendemain n'étaient pas son truc, mais il sentait confusément que cette nuit serait l'exception à la règle.

Quand ils atteignirent le palier, elle s'arrêta soudain, ses yeux bleus pétillant.

— J'ai l'impression de me balader dans ton imaginaire.

Avec un sourire enchanté, elle déambula dans le séjour, un espace à ciel ouvert beaucoup plus accueillant que la pièce du rez-de-chaussée. Canapés moelleux. Profusion de plantes tropicales. Encore des livres. Et un élément décoratif fièrement exhibé, le gros tronc de l'arbre sur lequel la maison avait été érigée, qui se dressait au centre de la pièce, orné de guirlandes lumineuses alimentées par l'énergie solaire.

Elle lui offrit un sourire chaleureux qui le toucha au cœur.

— Ta maison me fait penser aux poupées russes.

— Comment ça ?

— Mais au lieu d'être de plus en plus petites, les pièces sont de plus en plus à l'image du vrai Oliver, je me trompe ?

Il ne dit rien, et elle recula d'un pas, comme si elle doutait de son jugement.

Elle avait mis dans le mille, mais il se contenta de l'embrasser sur la joue. Si leur aventure était passagère, mieux valait garder une distance émotionnelle.

Bien sûr, la réponse était plus complexe qu'un simple non. Pour ses parents, le vrai Oliver Bainbridge avait un titre. Un siège à la Chambre des lords en Angleterre. Une réputation à tenir. Et son passé comportait des aspects sombres qu'il préférait oublier. L'Oliver que Lia venait de rencontrer était celui qu'il était depuis son arrivée à Sainte-Victoria, deux ans plus tôt. Il avait mis du temps à s'habituer à lui, mais à présent il lui plaisait vraiment, ce type anonyme qui aimait son travail. La seule chose qui lui manquait…

Mieux valait ne pas s'aventurer par là. Ce soir, il s'agissait de profiter de la compagnie de Lia.

Ils montèrent un nouvel escalier et débouchèrent dans sa chambre. Elle soupira de joie et tapa des mains.

— Tu dors ici ?

Elle tournoya sur elle-même, incrédule, et il lui saisit les mains en la voyant perdre l'équilibre. Détendue, elle était si belle et semblait si jeune.

— Je suis folle de jalousie ! C'est magnifique, Oliver.

Il l'attira à lui et la fit se retourner pour qu'ils puissent contempler la pièce ensemble. Celle qu'il préférait.

Au centre se tenait l'énorme lit à baldaquin adossé à l'imposant tronc d'arbre. Comme dans tous les pays tropicaux, le lit était enveloppé d'une moustiquaire diaphane qui ondulait dans la brise. Le murmure du ressac sur le sable était l'unique berceuse dont il ait besoin pour s'endormir. Mais cette nuit, il ne dormirait pas. Pas tout de suite.

— Une douche ? proposa-t-il à son oreille.

— Hum…

Il l'emmena dans la salle de bains qu'il avait réussi à équiper de tout le confort moderne. Un sol en teck remplaçait le carrelage, et un réservoir d'eau dissimulé plus haut dans le feuillage permettait de prendre une douche chaude sur le balcon éclairé par les étoiles, ou de remplir la baignoire à pieds griffus qu'il avait hissée au sommet de l'arbre avec l'aide de six hommes. Elle occupait la place d'honneur devant les portes-fenêtres grandes ouvertes.

Il alluma des lampes-tempête disposées ici et là et regarda leur lueur se refléter en tremblotant sur les vitres et le grand miroir en pied. Puis il se tourna vers Lia et, dénouant la serviette qui dissimulait son corps, baisa son cou.

— Où en étions-nous exactement ?

L'eau tiède ruissela en cascade sur leurs corps savonnés pendant qu'ils se caressaient, exacerbant leur désir.

Lia eut juste le temps de se sécher avant qu'il la soulève dans ses bras pour la porter jusqu'au grand lit. Leurs corps palpitaient du même désir intense, voluptueux, impatients. Le temps n'existait plus. Un battement de cils sur une joue. Un baiser qui se prolongeait et s'achevait trop vite. Le cœur de Lia marquait les secondes, arrêtait le temps. Jusqu'à ce qu'elle supplie, les ongles lui griffant le dos.

— Je te veux en moi…

Il enfila un préservatif et la positionna sur lui pour qu'elle le chevauche. Avec une lenteur affolante, elle commença à se frotter contre son sexe en érection. Fou de désir, il avait du mal à se contrôler. Elle continua son excitant manège jusqu'à ce qu'il se sente littéralement enveloppé par elle.

— J'ai envie de toi…

D'un mouvement preste, il plaqua les mains sur ses reins et la retourna pour la chevaucher à son tour.

Pénétrant son infinie douceur, il donna le rythme, et leurs corps ondulèrent en cadence avec une intensité dévorante, passionnée. Leurs désirs ne faisaient plus qu'un, et Oliver n'avait jamais éprouvé quelque chose d'aussi puissant.

C'était comme si l'univers lui-même les avait réunis pour ce moment d'éternité. Et il sentit intuitivement que jamais il ne connaîtrait cela avec une autre.

La douceur de la nuit et la brûlure de leurs peaux ne faisaient qu'accroître leur fougue dans ce corps-à-corps délicieux et sensuel. Jusqu'à ce que leurs mouvements s'accélèrent et échappent à leur contrôle quand, enfin, ils jouirent à l'unisson.

Ils refirent l'amour. Plus lentement cette fois, mais avec une familiarité inattendue qu'Oliver trouva étrange. Tenir Lia dans ses bras lui donnait une impression chaleureuse et rassurante de déjà-vu. Pourtant il ne l'avait jamais rencontrée avant ce soir. Il n'aurait certainement pas oublié une femme qui l'aurait touché aussi intimement.

Il ne s'était jamais senti aussi proche d'une petite amie. Le magnétisme qui l'unissait à Lia semblait plus profond qu'une simple attirance physique.

Quand l'aube se leva, Lia regarda sa montre et commença à parler du trajet de trois quarts d'heure pour rejoindre la clinique et de la longue journée qui l'attendait en chirurgie. Leur parenthèse enchantée s'achevait.

Il lui prépara un café et n'insista pas pour la revoir. Assis sous la galerie, ils regardèrent dans un silence paisible les oiseaux marins piquer et plonger sous la surface de l'eau que traversait un banc de poissons scintillants. Rien ne vint troubler ces derniers moments passés ensemble. S'ils se revoyaient... il s'en réjouirait. Sinon... il savait désormais qu'une brève rencontre pouvait signifier beaucoup.

Elle lui tendit sa tasse vide et l'embrassa doucement sur les lèvres avant d'y effacer une trace de rouge à lèvres.

— Désolée...

Il lui prit le poignet et y déposa un baiser.

— Ne le sois pas, dit-il en embrassant son autre poignet pour faire bonne mesure.

Ils échangèrent un sourire complice, chaleureux, bienveillant. Le sourire de deux personnes conscientes qu'elles avaient partagé quelque chose de beau et de rare. Une nuit parfaite.

— Merci, murmura-t-elle, hissant à son épaule son panier en osier qui contenait toujours le champagne et les chocolats dont ils n'avaient pas eu besoin comme aphrodisiaques.

— Merci à *toi*.

Il se leva avec elle et la regarda s'éloigner jusqu'à ce qu'elle disparaisse au bout de la crique, sans se retourner.

C'est ainsi que ça se passe avec les princesses, songea-t-il avec un sourire désenchanté en commençant à se préparer pour partir à l'hôpital. *À un moment, on danse ensemble au bal, le cœur battant à l'unisson et des étoiles dans les yeux, et l'instant d'après...*

Sur le sable, il remarqua une tong dorée abandonnée qui avait dû tomber de son sac. Ce n'était pas une pantoufle de vair, mais c'était un souvenir d'elle.

Qui essayait-il de leurrer ? Il n'avait pas besoin de ça pour se la rappeler. Désormais, une part de son cœur porterait toujours l'empreinte de la princesse Amelia de Karolinska.

4.

Un mois plus tard

— Il a eu de la chance.

Lia retira ses gants chirurgicaux qu'elle jeta à la poubelle et massa ses reins douloureux.

À trente-deux ans, elle était un peu jeune pour souffrir du dos après une longue station debout devant la table d'opération, mais… qui sait ? Son corps était bizarre ces temps-ci. Le stress peut-être. Surbookée, elle n'avait pas eu un instant de répit ces quatre dernières semaines. Au point qu'elle n'avait pas eu le temps de s'attarder sur son envie de traverser l'île pour filer à l'hôpital de Sainte-Victoria et tomber « fortuitement » sur un certain pédiatre.

Prenant conscience que son équipe l'observait, elle croisa les doigts.

— Espérons qu'il renoncera à la moto et adoptera un mode de transport moins dangereux.

Elle n'était pas donneuse de leçons, mais sur l'île où les transports à ciel ouvert étaient privilégiés, elle aurait aimé que les vacanciers respectent davantage les limitations de vitesse, parfaitement justifiées. Sainte-Victoria possédait un réseau de routes sinueuses avec de dangereuses pistes de montagne en épingle à cheveux, comme celle empruntée par le motard.

Heureusement l'accident ne s'était pas produit au pied d'une falaise, mais sur une route où un hélicoptère avait pu se poser pour évacuer le motard vers la clinique. Si les secours avaient tardé, le caillot qu'elle avait retiré de son cerveau l'aurait tué.

Une nausée soudaine lui tordit l'estomac.

Apparemment la cure de bouillon de poule n'apaisait pas son estomac curieusement barbouillé ces derniers jours.

— Bon. On peut refermer maintenant, dit-elle, consciente qu'il fallait qu'elle sorte, et vite.

— Il est tiré d'affaire ? On peut parler à la famille ? demanda Nate Edwards.

Il fallait vraiment qu'elle file aux toilettes…

— Lia ? s'écria-t-il comme elle était à mi-chemin de la porte. Je dis quoi à la famille ? Qu'il est hors de danger ?

Elle réprima un haut-le-cœur.

— Vous savez ce que j'en pense.

Fonçant vers la sortie, elle donna ses consignes à l'équipe en visualisant le plus court trajet pour atteindre les toilettes les plus proches.

Nate la rattrapa et lui tint ouverte la porte du bloc.

— Déclarer un patient hors de danger le remet en danger.

— Presque, répliqua-t-elle avec agacement, oubliant momentanément son malaise. Un patient qui se croit tiré d'affaire se comporte comme s'il n'avait pas subi d'opération du cerveau, ce qui le met en danger.

Nate baissa son masque pour qu'elle le voie sourire.

— Merci d'avoir répondu présente pour ce cas.

— Avec plaisir.

Elle avait été habituée aux appels de nuit pendant son entraînement militaire à Karolinska. Un réveil avant l'aube impliquait de dures séances d'entraînement physique ou intellectuel, car sur le champ de bataille des vies pouvaient être en jeu.

Sa famille avait mis un terme brutal à son service actif, mais elle considérait son travail de neurochirurgienne comme une autre façon de servir. Jamais elle ne laisserait un patient en plan. Surtout dans un état critique.

— Ryan a eu de la chance d'avoir son accident sur St. Vic et pas sur une autre île, remarqua-t-elle avec gravité.

Nate rit doucement.

— Sa femme trouve probablement qu'il aurait été encore plus chanceux de ne pas avoir d'accident du tout.

Lia n'avait jamais vraiment pensé qu'on pourrait s'inquiéter pour elle s'il lui arrivait malheur.

Elle se passa les mains sur le ventre.

— Il faut que je me sauve, Nate. Désolée.

Son patron lui pressa le bras et s'excusa. Elle savait qu'il annoncerait la bonne nouvelle à la famille de Ryan Van Der Hoff. Elle préférait rester en dehors du coup, surtout quand une célébrité était impliquée. Ryan avait été la vedette d'une série d'espionnage diffusée dans le monde entier.

Leur clinique était connue pour préserver la vie privée des patients et leur fournir un service de haute qualité. Nate était aussi un excellent patron. Détestant le feu des projecteurs autant que leurs patients soucieux de protéger leur intimité, Lia préférait le laisser se charger des bonnes nouvelles postopératoires.

Des paparazzis pouvaient réussir à s'infiltrer dans la clinique, ou l'infirmière d'un patient être soudoyée pour photographier discrètement l'équipe médicale qui avait opéré une star et lui avait sauvé la vie. Cela arrivait.

Elle voulait juste faire son travail. Ce qui était impossible quand elle avait cette atroce – soudain cela fit tilt – *nausée* !

Vingt minutes plus tard, Lia hébétée tenait un test à la main, les oreilles bourdonnantes. Enceinte ? Un seul homme pouvait être le père, mais… Enceinte ?

Partagée entre l'espoir, la peur, la panique et, plus surprenant encore, une joie indicible, elle s'efforça de se calmer et d'assimiler cette nouvelle réalité.

Elle portait l'enfant d'Oliver Bainbridge.

Mue par une énergie nouvelle, elle gagna sa voiture pour foncer de l'autre côté de l'île, grimper dans la maison dans les arbres et se glisser dans le lit d'Oliver pour lui apprendre la nouvelle.

Puis son énergie se dissipa, son cœur se brisa.

À quoi pensait-elle ? Non. Elle ne pouvait pas le lui dire. Elle ne devait en parler à personne. Pas tant qu'elle n'aurait pas échafaudé un plan solide pour tenir l'envahissant Palais à l'écart de son bébé.

Le Palais.

Un frisson glacé lui parcourut l'échine.

Elle consulta sa montre. Le personnel du cabinet de sa grand-mère devait arriver vers cette heure-ci.

Elle s'en voulait. Elle aurait dû comprendre plus tôt, sans l'aide d'un test de grossesse. Ses règles avaient du regard. Ses seins étaient gonflés. Elle avait mal au dos comme jamais. Et bien sûr, il y avait les nausées.

Un enfant.

Elle allait avoir un enfant.

Quelqu'un qu'elle pourrait aimer sans règles ni conventions…

Son cœur s'arrêta soudain de battre.

Les princesses de Karolinska n'avaient pas d'enfants hors mariage. Leurs noces étaient publiques, leur lune de miel faisait la une des magazines people et, un an plus tard, elles posaient pour des photos officielles avec leur époux tout sourire pour célébrer la naissance du premier héritier. Après quoi, elles vouaient leur existence à la Couronne et se consacraient aux œuvres caritatives.

Le cœur de Lia retrouva un rythme normal.

Leur époux… Elle n'avait pas de mari. Oliver avait été trop content que leur nuit soit sans lendemain, et il ne voudrait sûrement pas être un mari… encore moins *le sien.*

Elle pouvait essayer de lui poser la question…

Non. Épouser un homme qu'elle n'avait vu qu'une fois était une très mauvaise idée. La pire des idées.

Ses parents s'étaient rencontrés et mariés en quelques semaines. Résultat : l'un déambulait dans le palais comme une âme en peine, s'acquittant consciencieusement des obligations royales que lui avaient confiées ses parents, le roi et la reine. L'autre, roturière, était tombée éperdument amoureuse d'un prince et lui avait donné une fille, mais méprisée par l'establishment, elle avait fini par divorcer et s'éloigner de sa fille, comme si elle lui rappelait cruellement ce malheureux chapitre de sa vie.

Alors, non. Épouser le pédiatre étranger qui l'avait tant troublée n'était pas une bonne idée.

Son cœur se serra si fort qu'elle eut du mal à respirer.

Le Palais voudrait contrôler sa vie dès qu'il apprendrait la nouvelle. Ses ingérences avaient été au cœur de la rupture de ses parents, et elle n'avait même pas de relation à briser. Le Palais lui en fournirait-il une, dûment approuvée ?

Elle imagina un cachot dans les entrailles du château de ses grands-parents, sombre, misérable, rempli d'époux potentiels pour princesses rétives.

Son cœur vacilla, et elle retint son souffle, comme si elle risquait de faire mal au bébé.

Elle voulait vraiment le protéger…

Elle se représenta Oliver au fond du cachot imaginaire, ses belles mains qui lui avaient donné tant de plaisir entravées et agrippant une solide grille, son visage hâve pressé entre les barreaux criant son nom encore et encore.

Sottises.

Elle connaissait à peine Oliver… Enfin… elle savait qu'il était excité par les baisers dans le cou. Que le caresser lentement le faisait gémir de plaisir. Qu'il souriait en dormant, et qu'il sentait la plage, les fruits, l'homme viril.

Avant lui, elle avait juste couché avec ses petits amis. Avec Oliver, elle avait eu l'impression de faire l'amour.

Elle avait considéré leur nuit ensemble comme un moment précieux et rare. Parce qu'ils n'avaient pris aucun engagement l'un envers l'autre. Une nuit magnifique de pur plaisir. Et aux premières lueurs de l'aube, après un merci, elle était partie sans se retourner. *Sayonara,* rayon de soleil.

Brutalement, comme si on lui avait plongé un poignard dans le cœur, elle revit le jour angoissant où sa mère avait été chassée du palais.

Voilà ce qui arrivait quand on épousait un prince de sang.

La destruction.

Elle se força à respirer lentement. Avoir une crise de panique et s'évanouir dans des toilettes fermées où personne ne l'avait vue entrer ne servirait à rien.

Elle s'aspergea le visage d'eau froide, prit une serviette en papier pour s'essuyer, et se regarda dans la glace.

Ça allait s'arranger. Tout irait bien.

Baissant les yeux sur son ventre, elle promit silencieusement au minuscule bébé dont la vie commençait à peine que tout irait bien. Elle ferait l'impossible pour lui offrir la jeunesse qu'elle n'avait jamais eue. Elle serait une mère qui ne plierait pas devant l'omnipotence de ses aïeux.

Le peuple chérissait les traditions entourant la famille royale de Karolinska, mais ses grands-parents n'étaient que des chefs de file, une sorte de glaçage décoratif sur un gâteau démocratique. Ils devaient regarder vers l'avenir, refuser les étouffants diktats du passé.

Oui. Elle se tournerait vers un futur où son enfant connaîtrait la seule chose qu'elle n'avait jamais eue : la liberté.

Elle salua son reflet dans le miroir. C'était réglé. Elle n'avait plus qu'à appeler le Palais pour annoncer sa grossesse, et prévenir Oliver qu'il allait être père mais qu'il n'avait pas à l'épouser, qu'elle contrôlait la situation.

Elle chercha le numéro de son père dans ses contacts. Le protocole exigeait que le Palais soit informé avant le père de son enfant. Elle espérait que son père aiderait à atténuer le choc que la nouvelle ne manquerait pas de causer au roi Frederik et à la reine Margaretha.

Elle se força à presser le bouton vert sur son portable.

Son père décrocha après deux sonneries.

— Lia ? Qu'est-ce qui se passe ?

Elle se rembrunit. Son père n'imaginait même pas qu'elle pût l'appeler pour autre chose que de mauvaises nouvelles. Une douloureuse pensée lui vint. La voix de sa fille ne faisait peut-être que lui rappeler les pires moments de sa vie. Après tout, elle était une des causes de l'échec de son mariage.

— Papa, dit-elle – et ce mot lui parut aussi étranger que ceux qui suivirent. Je suis enceinte.

Deux heures d'explications plus tard, la conversation, qui incluait maintenant ses grands-parents se trouvait dans une impasse.

Ils voulaient qu'elle épouse Oliver.

Pas elle.

— Je ne crois pas que ce soit une bonne idée, répéta-t-elle avec insistance, refusant d'entrer dans les détails.

— Nous, si, rétorqua sa grand-mère d'un ton sans réplique.

Lia leva les yeux au ciel. Elle leur avait proposé mille options, sauf celle qu'ils souhaitaient : amour, mariage, landau. Il lui restait une carte à jouer. Elle n'avait pas voulu que les choses aillent aussi loin, mais elle n'avait pas besoin de leur argent ni de leur prestige, et surtout pas de leurs règles oppressantes.

— Et si je renonce à mon titre ?

Il y eut un silence assourdissant au bout du fil.

— Je ne pense pas que ce soit sage, Amelia, trancha d'un ton sec sa grand-mère qui avait l'habitude de gérer les affaires familiales d'une poigne de fer.

Malheureusement pour Lia, son aïeule marquait un point. Les retombées d'une telle décision seraient terribles. Toute sa vie, Lia avait aspiré à appartenir à une grande famille heureuse. Elle avait la grande famille, pas le bonheur.

Si elle mettait sa menace à exécution, les liens ténus qu'elle gardait avec son père seraient à jamais rompus. Elle n'existerait plus pour ses grands-parents. Et son cher cousin Jonas n'aurait plus le droit de communiquer avec elle. Retrouver sa mère à ce stade serait impossible et stupide, car sa décision ne ferait que prouver que la triste histoire familiale se répétait.

— Je parlerai à Oliver, déclara-t-elle, brisant le silence.

— Peut-être serait-il préférable que tu nous laisses nous en charger, intervint son grand-père.

— Non… Non. Il s'agit de moi. Je m'en occupe.

— Tu vas lui dire quoi exactement ? demanda sa grand-mère avec méfiance.

— La vérité, répliqua sèchement Lia, à bout de patience.

— C'est-à-dire ? demanda son père.

Lia garda le silence. Initialement, elle pensait dire à Oliver que le Palais exigeait qu'ils se marient et qu'il pouvait accepter s'il était prêt à voir sa vie contrôlée, mais qu'elle n'en avait pas très envie. Alors s'il était d'accord, elle irait s'installer dans une autre île. Seule. Peut-être pas tout de suite, parce qu'elle adorait son travail et qu'elle aurait besoin d'un revenu si le Palais lui supprimait son allocation. Et elle ne voulait pas de pension alimentaire pour son enfant. Elle n'attendait rien de lui.

Elle revint à son père, qui voulait savoir comment elle allait présenter la nouvelle au géniteur de son enfant.

C'était la première fois depuis des années qu'il montrait une curiosité sincère à son égard, et contre toute attente cela atténua un peu le ressentiment qu'elle gardait d'avoir été envoyée en pension aussi jeune.

— Je lui dirai que je suis enceinte et que je garde le bébé.

— C'est tout ? demanda sa grand-mère avec colère.

— C'est tout.

— Et ensuite ?

— J'écouterai ce qu'il a à dire, et on verra.

Lia coupa la communication. Elle éteignit son portable pour s'assurer qu'il ne sonnerait pas quelques secondes plus tard, n'ayant aucune envie d'entendre son aïeule exiger qu'elle montre plus de respect envers la Couronne.

Cette affaire ne concernait qu'elle, Oliver et leur bébé, personne d'autre. Ils décideraient ce qu'ils voulaient faire, puis en aviseraient le Palais.

5.

— Alors, c'est d'accord ?

Oliver s'accroupit pour être au niveau du garçonnet de cinq ans dont le front portait une grosse bosse.

— Mais j'aime bien monter sur le toboggan avec mon copain, protesta plaintivement l'enfant.

— Je sais, dit Oliver en riant. C'est sympa de faire du toboggan avec un ami. Mais si sa tête cogne accidentellement la tienne alors que tu as déjà une bosse ? Il vaut mieux que tu joues tout seul une semaine ou deux.

Le petit garçon jeta à sa mère un regard suppliant, et celui qu'elle lui rendit ne laissa aucune place à l'interprétation. Résigné, il serra la main d'Oliver sans enthousiasme.

L'espace d'une seconde, Oliver s'imagina tenant la menotte de son enfant dans la sienne.

Si seulement les choses avaient été différentes… Dans ce cas, il ne serait probablement pas là à soigner ce bambin.

Il garda un instant sa main dans la sienne avant de la lâcher, et ils topèrent là. Il était vain de songer à ce qui n'arriverait peut-être jamais.

Ouvrant la porte, il rappela à la mère de ramener son fils s'il était anormalement somnolent ou montrait des signes de commotion cités sur l'aide-mémoire qu'il lui avait remis.

Une chevelure blond platine passa fugitivement dans son champ de vision, et Oliver se figea. Ça ne pouvait pas être Lia. Pas dans cette aile de l'hôpital. À moins que… se pourrait-il qu'elle le cherche ?

Elle avait respecté leur décision d'en rester là, et il l'avait accepté. Mais cela ne l'avait pas empêché d'espérer que leurs chemins se recroiseraient. Ce qu'ils avaient partagé n'était pas que physique. C'était une connexion profonde presque… viscérale. Comme s'ils se connaissaient déjà. Comme deux moitiés qui devenaient un tout. Ridicule. Ils n'étaient que deux étrangers qui avaient partagé une nuit de rêve.

— Docteur Bainbridge ? répéta la mère, haussant le ton.

— Oui… pardon ? dit-il, s'obligeant à se concentrer.

— Il ne devrait pas passer la nuit en observation ?

— Non. Sa bosse peut sembler effrayante, et elle passera par toutes les couleurs, mais ses examens sont totalement satisfaisants. Il a surtout eu une blessure d'amour-propre.

— Ah ! les garçons, dit la femme en riant. On ne peut pas les empêcher de tester leurs limites, n'est-ce pas ?

Riant avec elle, Oliver ressentit de nouveau un douloureux désir d'enfants. Était-ce sa rencontre avec Lia qui avait réveillé en lui cette envie de fonder une famille ?

Il secoua la tête pour ne plus penser au moment qui avait joué un rôle déterminant dans sa venue à Sainte-Victoria. Même si ça s'était passé six ans plus tôt, il en avait gardé des blessures qui auraient dû être cicatrisées aujourd'hui – peut-être en ayant une famille à lui – mais qui étaient encore sensibles. En restant célibataire et centré sur son travail, il avait réussi à tenir à distance la souffrance à vif de son passé. Mais il n'avait jamais vraiment guéri.

Il fixa le petit garçon qui lui souriait.

Ces moments l'aidaient.

C'était son dernier patient de la journée, et après l'avoir salué, il regagna son bureau pour finir sa paperasserie.

— Oliver ?

Il se retourna, et la vue de la femme qui se tenait sur le seuil bloqua les mots dans sa gorge avant qu'il réussisse à dire d'une voix rauque :

— Votre Altesse…

— Lia, le corrigea-t-elle, tendue. On peut parler ? Un de tes collègues m'a dit que tu avais fini ta journée. On peut sortir de l'hôpital peut-être ?

Elle semblait sérieuse. Trop sérieuse.

— Bien sûr. C'est au sujet d'un patient ? Une consultation professionnelle ?

— C'est personnel, répondit-elle en secouant la tête.

Son ton l'inquiéta. Quelqu'un avait-il pris des photos d'eux pendant leur baignade au clair de lune ? Ce genre de clichés pouvait faire la fortune des paparazzis. À moins bien sûr qu'on veuille la faire chanter.

Il était aussi venu ici pour échapper aux indiscrétions de la presse et, jusqu'à maintenant, il avait eu de la chance. Il avait toujours fui les chroniques mondaines, n'apparaissant que sur les photos de Noël et de Pâques auxquelles sa mère tenait pour garder le lien avec la royauté. Ils appartenaient à une vénérable aristocratie à laquelle ses parents étaient profondément attachés. Parce qu'elle était enracinée en eux.

Ici, son anonymat était une liberté que Lia ne connaissait pas. Il compatissait avec elle. D'après ce qu'il avait vu, elle n'utilisait son titre que pour faire le bien, et si cela se retournait contre elle aujourd'hui... Le monde était encore plus cruel qu'il n'aurait cru.

Il attrapa sa parka et ferma la porte de son bureau derrière lui.

— Je connais un endroit.

Le visage de Lia s'adoucit sous l'effet de la gratitude, et il eut envie de la prendre dans ses bras pour la réconforter. Elle semblait si vulnérable, si effrayée, qu'il avait mal pour elle. Mais si c'était une histoire de chantage ou de photos volées pour des magazines people, il ne voulait pas mettre de l'huile sur le feu.

Contrairement à la clinique chic où elle travaillait, l'hôpital de Sainte-Victoria était ouvert à tous, et elle n'avait pas hésité à venir le chercher ici où des paparazzis pouvaient facilement se cacher. L'affaire devait être sérieuse.

Il l'entraîna vers une sortie discrète derrière l'hôpital où sa voiture était garée. Ils roulèrent jusqu'à un plateau qui dominait Williamtown, aux jardins tropicaux pleins de petits coins secrets où, avec un peu de chance, ils pourraient avoir une conversation privée.

Tendus, ils marchèrent un moment en silence, puis Oliver

s'arrêta dans une petite clairière traversée par un ruisseau. Il désigna un banc et attendit qu'elle s'asseye avant de l'imiter.

— Votre Altesse…

— Non, le coupa-t-elle. Je t'en prie. Amelia… ou Lia. Ou… – sa voix se mit à trembler – ou la mère de ton enfant…

La nouvelle le frappa comme un coup de massue qui lui pulvérisa le cœur avant de l'embraser d'une pluie d'étoiles.

— Sérieusement ? s'écria-t-il, incrédule, se rappelant qu'il avait mis une protection. Tu… tu es enceinte ?

Elle acquiesça.

— Tu vas le garder ? demanda-t-il sans réfléchir.

Elle le dévisagea comme s'il était fou. Il se força à se ressaisir. C'était Lia, pas Sarah. Lia avait choisi de lui parler de sa grossesse, de l'inclure. Elle voulait sûrement ce bébé.

— Alors… si tu le gardes, si c'est ce que tu veux, pourquoi parais-tu aussi grave ? Aussi… malheureuse ?

Baissant la tête de sorte qu'il ne vit plus ses yeux, elle marmonna quelque chose qu'il ne comprit pas.

Il lui releva le menton pour soutenir son regard. Ses yeux bleus brillaient de larmes.

— Ils veulent qu'on se marie, lâcha-t-elle, comme si elle trouvait cette idée détestable.

— Qui ?

— Le Palais. Tôt ce matin, j'ai parlé à mes grands-parents qui ont informé le Conseil… Le roi et la reine de Karolinska refusent qu'un héritier du trône naisse hors des liens du mariage.

— Bien.

Les yeux de Lia étincelèrent comme s'il l'avait insultée.

— Quoi ?

— Bien. Bon. Oui. Je vais le faire.

Oliver se frotta nerveusement les mains, s'efforçant de canaliser son excitation. Quoi qu'on lui demande, il le ferait. Il n'était pas question de laisser passer cette nouvelle chance d'élever un enfant. Son enfant. Leur enfant.

— Le plus tôt sera le mieux.

— Tu ne veux pas réfléchir ? dit-elle avec un rire nerveux.

— Non.

Il aurait dû se calmer. Se poser pour réfléchir. Mais il avait envie de la soulever dans ses bras et de la faire tournoyer autour de lui en criant : « Je vais être père ! » pour que toute l'île l'entende. Il voulait prendre soin d'elle. Lui peler ses grains de raisin. L'envelopper dans du coton. Lui masser les pieds. Tout ce qu'il faudrait pour son bien-être.

Mais il voyait qu'elle était anxieuse et pesait les options, et c'était normal. Sa vie et son corps étaient en train de changer pour toujours, et tout était si inattendu. Il comprenait qu'elle dissimule son excitation. Même si chez lui, qu'il le veuille ou non, un instinct paternel vieux comme le monde l'emportait sur toute autre émotion.

— Tu sais ce qu'un mariage avec moi implique, n'est-ce pas ? demanda-t-elle prudemment.

Il haussa les épaules.

— Vivre nos vies, élever notre enfant…

Il s'interrompit tandis que l'évidence lui apparaissait.

— Le palais exigera le contrôle total du nouveau prince…

Lia hocha la tête.

— *Et* les fiançailles *et* le mariage, reprit-elle gravement. Ce n'est pas que du faste et du glamour, tu sais.

Il acquiesça. Il le savait d'expérience.

— Nous n'assisterons pas tous les jours à des galas. Je ne me promènerai pas avec un diadème sur la tête.

— Dommage, répliqua-t-il, comprenant trop tard qu'elle n'était pas d'humeur à plaisanter sur le sujet.

Elle avait raison. L'avenir d'un enfant était en jeu, et sa vie allait changer. Leurs vies allaient changer.

Poussant un profond soupir, elle enfouit le visage dans ses mains avec impuissance.

— Ils n'ont pas encore le vote du Conseil, il y a encore une chance pour qu'on ne m'oblige pas à le faire.

— Pour qu'on ne *nous* oblige pas à le faire, la corrigea-t-il, conscient qu'ils étaient impliqués tous les deux, qu'elle le veuille ou non.

Elle se redressa avec un air de défi.

— On ne peut pas les laisser jouer avec nous.

— Ils ne joueront pas si nous fixons les règles.

— Nous n'avons pas le pouvoir de fixer nos propres règles. Pas avec eux, répliqua-t-elle avec un rire sans joie. Et puis… tu ne me connais pas. Tu n'es pas amoureux de moi. Tu ne te battrais pas jusqu'à la mort pour moi.

— Je ferais *n'importe quoi* pour toi… et pour notre enfant.

Son intonation dut la toucher, car elle demanda doucement :

— Pourquoi ?

Il se figea. Cet instant pouvait chambouler le reste de sa vie. À lui de décider si c'était pour le meilleur ou, plus inquiétant, pour le pire.

Il prit ses mains et la regarda au fond des yeux.

— Je veux être *père*.

Elle hocha la tête et l'étudia, les sourcils froncés.

— Laisse-moi deviner… Tu es allé en pension très jeune ?

— Oui, répondit-il en souriant.

— Élémentaire.

Ils échangèrent un grand sourire de compréhension mutuelle, empathique et soulagé, mais celui d'Oliver se teintait de culpabilité.

Il devrait lui raconter son histoire. Toute son histoire.

Il serra les poings, s'efforçant vainement d'apaiser le chagrin qu'il croyait éteint depuis longtemps.

Lia voulait garder le bébé, mais il s'agissait de son corps. De sa vie. Il respectait ça. Mais il ne pouvait oublier que son ex-fiancée avait géré la situation seule quand elle avait découvert qu'elle était enceinte.

Ils terminaient leur internat à l'hôpital d'Oxford, remplissant candidature sur candidature pour une carrière qu'ils avaient hâte d'embrasser, quand Sarah lui avait annoncé qu'elle était tombée enceinte et avait « réglé le problème ».

C'était son corps, son choix, et comme lui elle était à l'aube d'une nouvelle vie où un bébé n'avait pas sa place. Il l'avait compris. Pourtant il aurait été heureux de la soutenir et de fonder une famille avec elle. Il avait souffert qu'elle n'ait pas voulu en discuter avec lui et ait ignoré ses sentiments, comme l'avaient fait si souvent ses parents.

« Tu vivras chez ta grand-mère. »

« Tu partiras en pension lundi. »

« Rentre à la maison avant 18 heures, ton père a besoin de toi pour un portrait père-fils destiné aux journaux. »

C'est pourquoi il était merveilleux de vivre ici.

Sa vie. *Son* avenir.

Mais maintenant, il allait être père.

— Quel genre de père veux-tu être ? demanda-t-elle, pensive.

— Un père *présent*, répondit-il d'un air sombre.

Elle haussa les sourcils et le regarda fixement avant de détourner les yeux, comme si sa réponse soulevait de nouvelles questions qui la laissaient perplexe.

Oliver soupira. Ses parents insensibles n'avaient voulu un enfant que pour avoir un héritier. Ils avaient confié son éducation au personnel, et il s'en était accommodé. Il n'avait jamais eu à quêter l'affection de parents qui ne pouvaient ni ne voulaient la donner. C'est pourquoi, après sa rupture avec Sarah et la fin de son internat, il était venu à Sainte-Victoria mener une existence anonyme, comme un médecin ordinaire.

Lia s'agita et se passa les mains sur le ventre. L'évidence que leur enfant grandissait en elle le frappa de plus belle.

Il allait être un père.

Et un époux, si…

Il y avait beaucoup de conditions.

Si Lia voulait bien de lui.

Si la couronne de Karolinska l'acceptait.

S'il agissait dans l'intérêt de leur enfant en l'épousant.

Car quand elle saurait qu'il avait des origines aristocratiques, leur belle symbiose risquait d'éclater.

Certaines femmes – comme son ex – n'étaient simplement pas faites pour entrer dans une famille comme la sienne. Il ferma les yeux en se remémorant la rencontre de Sarah avec ses parents. Son statut de roturière n'avait pas favorisé une discussion détendue devant un plateau de canapés. Mais pour être juste, Sarah n'avait pas non plus été tout sourires et ronds de jambes. Elle leur avait froidement déclaré que l'aristocratie était dépassée, et que les grands domaines comme celui où Oliver avait grandi et dont il hériterait un jour étaient les symboles honteux d'un passé embourbé dans l'injustice, où on favorisait la lignée plutôt que le mérite.

Elle s'était montrée discourtoise.

Et ses parents lui avaient rendu la pareille.

Cela s'était mal terminé.

Il s'en était voulu. Il aurait dû comprendre plus tôt que cela ne marcherait jamais.

Son installation ici avait semblé le meilleur moyen d'entreprendre de nouveaux projets, ce qui était impossible en Angleterre. Il aspirait vraiment à rencontrer une femme dont il tomberait amoureux… à avoir une famille à lui. Il était cependant difficile d'oublier les zones d'ombre de son passé. Ce n'était pas dans sa nature de tourner le dos aux problèmes.

Il avait envisagé de renoncer à son titre, mais se refusait à infliger ce supplice à ses parents ; il ne voulait pas les faire souffrir. Il avait juste envie qu'ils comprennent qu'il était fait d'une autre étoffe qu'eux. Sans dorure, ni armoiries.

Ce n'étaient pas de mauvaises personnes. Ils appartenaient simplement à une autre génération d'une classe sociale soi-disant supérieure. Des privilégiés qui possédaient deux mille hectares de terre et un manoir vide et silencieux qui aurait dû résonner des éclats de rire de leurs petits-enfants.

Il sortit deux petites bouteilles d'eau de son sac à dos – il avait l'habitude d'en transporter depuis qu'il vivait sous les tropiques. Il en tendit une à Lia, et tandis qu'il buvait une gorgée, une idée lui traversa l'esprit. Le fait qu'il soit héritier d'un duché donnerait probablement au palais de Karolinska une image favorable de lui, mais pas à Lia. Il n'avait plus beaucoup de temps avant qu'elle découvre qui il était, et il sentait qu'elle n'accepterait jamais de l'épouser tant qu'elle ne connaîtrait pas le *vrai* Oliver.

— Avant que tu appelles le Palais… que dirais-tu d'un rendez-vous avec moi ?

Elle fronça le nez et esquissa un sourire.

— Quoi ?

— Tu sais… Un de ces trucs démodés, avec dîner et séance de cinéma.

— Tu veux aller au cinéma ?

Il haussa les épaules.

— Tu décides. Cinéma. Dîner. Promenade sur la plage…

— C'est une balade sur la plage qui nous a mis dans ce pétrin ! lui rappela-t-elle en riant.

Des images de leur nuit passionnée leur revinrent comme des flashs. Leurs yeux se rencontrèrent, et l'atmosphère devint électrique, comme un rappel de l'alchimie sexuelle qu'il y avait entre eux.

— C'est juste.

Il mit un genou à terre et la regarda dans les yeux.

— Lia ?

— Oui ? dit-elle prudemment, s'efforçant de garder son sérieux.

— Acceptes-tu de te joindre à moi pour dîner ce soir ?

Elle éclata d'un rire hystérique.

— Dieu soit loué ! J'ai cru que tu allais me forcer la main pour ce mariage. J'envisagerais sérieusement d'aller vivre sur une île déserte si tu étais aussi prompt à accepter.

Il garda le silence. Il voulait se marier. Pas elle. Mais elle n'avait pas complètement fermé la porte, lui laissant assez d'espace pour y glisser le pied.

Il se leva et lui tendit la main.

— Tu es déjà allée au Anton's Fish Shack ?

6.

— C'est la question n° 18 ou 19 ?

Lia haussa nonchalamment les épaules.

— La 18.

Elle en était à dix-huit sur vingt et n'avait toujours pas posé les questions importantes.

À savoir, entre autres : « Veux-tu vraiment m'épouser ? »

Comment un homme qui épousait une femme sous la contrainte pouvait-il tomber amoureux d'elle ?

Elle sentit les mots se coincer dans sa gorge et demanda :

— Ta couleur préférée ?

— Le vert.

— Ton poisson favori ? demanda-t-elle en désignant la bouchée qu'Oliver s'apprêtait à engloutir.

— Celui du film, répondit-il avec un sourire malicieux.

— Lequel ? *Les Dents de la mer* ? dit-elle, ironique.

— Le poisson rayé qui parle et fait des blagues, bien sûr.

Il lui tendit une frite croustillante. Elle adorait ça et ne put retenir un soupir.

— Tu te destinais vraiment à devenir pédiatre ?

Il regarda le smiley hilare qu'il avait dessiné dans son assiette avec du ketchup. Il y trempa une frite et lui adressa un sourire effronté. En voyant apparaître une fossette sur sa joue, elle sentit son cœur manquer un battement. Elle dut se faire violence pour ne pas y poser le doigt.

Ils se regardèrent. Puis il se passa la langue sur les lèvres.

Le cœur battant la chamade, Lia ne voyait plus que sa bouche. Elle s'imagina grimper sur la table et lui demander mille baisers.

Impensable. Mais il avait une bouche qu'elle aurait volontiers passé le reste de sa vie à embrasser.

Était-ce suffisant ?

Le désir sexuel pouvait-il souder un couple ?

Un coup de klaxon la ramena à la réalité. Il ne s'agissait pas de désir mais d'amour, de savoir si oui ou non c'était un sentiment qu'ils pourraient un jour partager. Et, plus important encore, il s'agissait de respect mutuel.

Elle songea à l'heure qu'ils venaient de passer sur le port. Elle n'avait pas cessé de parler. Il lui soutirait les informations avec une facilité désarmante. Pas ses sentiments profonds, mais les petits riens qui faisaient d'elle celle qu'elle était. Elle aimait le bleu saphir, comme ses yeux, et les cheeseburgers qu'elle adorait déguster pelotonnée dans un fauteuil avec un bon bouquin les jours de pluie.

Elle avait un peu évoqué la pension sans parler de la solitude atroce qu'elle y avait connue. Ni du sentiment de rejet que lui avait laissé son père terré au palais. Ni de sa mère brisée par l'échec de son mariage, qui s'était réfugiée au bout du monde et consacrait désormais sa vie aux bonnes œuvres sur une île perdue du Sud-Est asiatique, comme si elle n'avait jamais eu de fille.

Elle lui avait dit avoir rêvé d'un chien, d'un petit potager pour y faire pousser des carottes miniatures. Et elle avait confessé en rougissant qu'elle aurait adoré, mais vraiment *adoré,* avoir la chance de revivre une partie de sa jeunesse pour avoir une « vraie enfance ».

Oliver hocha la tête.

— Tu sais comment on m'appelait à l'école ?

— Doc ?

— M. Répare-Tout.

Des images sexy d'Oliver adulte avec pour tout vêtement une ceinture à outils lui traversèrent l'esprit.

— J'avais toujours avec moi un kit de premiers soins.

— Sérieusement ?

— On y trouvait surtout des bonbons mais… Je déteste voir les gens souffrir, admit-il, le regard sombre. Surtout les enfants.

La sonnerie du portable de Lia les fit sursauter. Ils regardèrent l'écran.

Grand-mère.

Autrement dit la reine.

— Tu veux que je te laisse ?

Elle prit la communication, mais le regarda en secouant la tête. Si Oliver et elle donnaient leur accord à ce mariage insensé, il fallait qu'il voie l'emprise féroce que le Palais pouvait avoir sur les gens.

Elle mit le haut-parleur.

— Bonjour, grand-mère.

— Amelia ? Nous souhaiterions que tu prennes note de plusieurs choses, déclara son aïeule sans même la saluer.

Elle leva les yeux au ciel. Elle savait qui englobait ce « nous », mais le demanda pour Oliver.

La reine Margaretha cita rapidement son attaché de presse, le roi, le père de Lia, et le secrétaire privé du Palais.

Son père était donc là, remarquablement silencieux. Lia sentit les larmes lui piquer les yeux en se demandant ce qui aurait pu être si elle avait grandi avec un père aimant. Qui l'aurait défendue, consolée, quand elle souffrait.

Elle jeta un coup d'œil à Oliver et l'imagina avec son kit de premiers secours plein de sucreries. Peut-être l'avait-il encore. Ne lui avait-elle pas trouvé une odeur de bonbon lors de cette nuit magique qui avait tout changé ?

— Prêt ? murmura-t-elle, se préparant à recevoir l'ordre de rentrer immédiatement au pays ou, plus effrayant, à entendre que la Brigade Anti Faux Pas allait débarquer à Sainte-Victoria.

— Qu'est ce bruit ? Sommes-nous sur haut-parleur ? Est-*il* là ? demanda la reine dans leur langue natale, du ton qu'elle aurait pris pour demander si un chien avait fait ses besoins dans la salle du trône.

— Oui. Oliver est là. Ça le concerne autant que moi, répondit Lia en anglais avec une assurance qu'elle était loin d'éprouver.

La souveraine s'éclaircit la voix.

— Nous sommes prêts à annoncer le mariage, déclara-t-elle dans un anglais parfait. Pour la fin du mois.

— Mais je n'ai pas encore donné mon accord !

— Moi si, dit Oliver.

Lia le dévisagea, interdite. Qu'est-ce qu'il fabriquait ?

— L'annonce aura lieu aujourd'hui, dit sa grand-mère avec raideur. Nous devons agir vite pour rendre crédible la thèse du bébé « lune de miel » prématuré.

Lia posa la main sur son ventre, comme pour protéger son enfant de la tyrannie de son aïeule.

— L'histoire de la naissance est donc déjà prête ?

Sa grand-mère émit un son que d'aucuns auraient jugé malséant pour une reine.

— C'est ce qui arrive quand une princesse commet des erreurs. Le Palais est là pour les réparer. Sans tarder. Je me suis entretenue avec le duc et la duchesse de Banford, ils sont disposés à accueillir la réception de fiançailles qui pourrait être organisée…

Pris d'une violente quinte de toux, Oliver faillit s'étrangler. Il était devenu tout pâle.

— Le duc et la duchesse de Banford ? répéta Lia.

Il y eut un bref silence.

— Le duc de Banford détient un des sièges les plus honorables d'Angleterre à la Chambre des lords…

Lia grimaça pour faire comprendre à Oliver qu'elle ignorait complètement de quoi parlait son aïeule.

— Amelia ? Tu sais que l'homme avec qui tu as eu ce… flirt deviendra duc de Banford un jour, n'est-ce pas ?

Oliver s'agita sur le banc, au supplice.

Oliver, membre de l'aristocratie britannique ? C'était quoi cette histoire ? Lia avait la poitrine comprimée dans un étau.

Elle battit des paupières. Elle ne connaissait pas bien la noblesse anglaise, mais elle savait que le duc de Banford était un pilier de l'establishment… ce qui signifiait qu'Oliver l'était aussi.

Et le duc était fortuné.

Très fortuné.

Ce mariage n'était donc pas destiné à « sauver de la ruine une famille d'aristocrates désargentés ».

Qu'est-ce que c'était alors ?

Pourquoi Oliver n'avait-il rien dit ?

La reine continuait à parler, et Lia se sentit crucifiée par ses paroles : « Héritier… Titre nobiliaire… Immense domaine… »

Les noces seraient célébrées au Harbour Hotel, afin de dissimuler la « nature embarrassante de l'événement ». Le Palais se chargerait de la logistique.

— Nous avons prévu un autre entretien avec le duc et la duchesse dans une heure pour régler la question.

Oliver évitait ostensiblement de la regarder tandis que sa grand-mère continuait à jacasser sur le nombre d'invités au mariage, les magazines mondains qui auraient l'exclusivité de l'événement…

Le sang de Lia se glaçait dans ses veines. Elle l'avait senti. Ce qu'elle avait partagé avec Oliver était trop beau pour n'être qu'une aventure d'une nuit.

Oppressée par un mélange de colère, de chagrin, et de confusion, elle avait du mal à respirer.

Les jambes tremblantes, elle se leva du banc.

Oliver lui prit le bras.

— Assieds-toi, Lia. Je t'en prie.

— Amelia ? fit la voix de son aïeule, perçant l'air épais qui l'étouffait. Tu devrais peut-être demander à ton… *ami* de s'éloigner. Ou couper le haut-parleur. Je préférerais qu'il n'écoute pas cet entretien privé.

— Privé ! Alors qu'il fera partie de la *famille* dans un mois ! s'écria-t-elle durement.

Les oreilles bourdonnantes, elle entendit vaguement sa grand-mère passer la main à l'attaché de presse qui cita des dates. Le jour même pour l'annonce des fiançailles, puis une conférence de presse pour raconter leur coup de foudre à une soirée de gala où leur passion commune pour les œuvres caritatives s'était muée en un sentiment plus profond qui avait conduit à leur décision de se marier.

Lia se força à regarder Oliver. Avait-elle su qu'elle le voulait dès leur première rencontre ?

Oui.

Qu'elle l'aimait ?

Elle ne savait pas. Sa famille était dirigée par un roi et une reine moins amoureux l'un de l'autre que de leurs obligations envers la Couronne. Son père avait laissé la monarchie détruire son mariage et persécuter sa femme en la bannissant. Il avait souffert d'une dépression si grave qu'il avait envoyé sa fille de cinq ans en pension où elle avait passé de longues années à aspirer à une chose qu'elle n'avait jamais connue, l'amour d'une famille heureuse.

Alors non, elle ne connaissait strictement rien au coup de foudre. Pourtant elle se pliait à ses règles. Accomplissant son devoir afin de ne pas embarrasser la Couronne, pour le compte d'une nation dont la valeur morale ne devait jamais être mise en doute.

Elle soutint le regard d'Oliver, attendant d'y lire la promesse que quoi qu'il arrive ils survivraient à la tempête.

Mais il paraissait aussi ébranlé qu'elle.

Puis soudain, il changea radicalement d'attitude. Il leva la tête, se redressa. Il semblait plus grand, plus fort. Capable de surmonter tous les obstacles que le Palais dresserait sur leur chemin.

Il se montrait à la hauteur du défi.

Au lieu de vouloir s'enfuir sur une île déserte, comme elle, il faisait face à son passé. Affrontant une enfance où on l'avait contraint à entrer dans une case. Il se comportait exactement comme elle l'attendait d'un homme, prêt à se battre pour elle jusqu'à la mort.

Et elle voulait à tout prix que cela marche.

Ils se ressemblaient. Elle s'était sentie en sécurité avec lui pendant leur folle nuit parce qu'ils savaient de quoi l'autre était fait. Elle ignorait tout des futurs ducs, mais elle avait quelques semaines pour le découvrir avant de l'épouser. Si bien sûr ils convenaient d'un plan d'action acceptable.

Car la bataille serait rude. Oliver et elle devraient unir leurs forces contre la couronne de Karolinska pour garder le contrôle de leur enfant.

Elle coupa la communication alors que l'attaché de presse était encore en train de parler et fixa sur Oliver un regard éloquent qui en disait long sur ce qui les attendait.

Il prit ses mains dans les siennes et sourit timidement.

— On peut le faire, dit-il. Pour notre enfant. On peut jouer leur jeu et gagner.

Elle sentit une pâle lueur d'espoir frémir en elle. Il avait raison. Cette histoire les dépassait. Elle ne faisait pas que porter son enfant. Elle portait *leur* enfant. Et son avenir valait la peine qu'ils se battent pour lui, ensemble.

Le moment était venu de faire preuve de courage.

Elle plongea les yeux dans les siens.

— Tu veux vraiment faire ça ?

— Je le veux vraiment.

Oliver se sentait à la fois abasourdi et déterminé.

Il allait se marier.

Rectification. On voulait qu'il se marie, qu'il soit dépouillé de son anonymat ; il n'allait plus avoir aucun contrôle sur sa vie durant le mois à venir, en dehors de sa carrière.

Lia appartenait à une famille comme la sienne. Pire même, à en juger par cet échange téléphonique. De son côté, comme il allait donner un nouvel héritier à son père, on allait faire pression sur lui pour qu'il rentre au domaine familial, endosse certaines fonctions de son père et s'occupe des terres.

La plus grande partie de l'immense propriété était louée à des métayers, mais l'impressionnant manoir était digne de figurer dans une série télévisée historique.

De plus, les mariages arrangés étaient une longue tradition familiale en dépit de nombreux échecs. On restait marié parce que les nobles agissaient ainsi, mais le bonheur n'avait pas sa place dans l'équation. Ni la joie.

Cependant, rien de tout cela ne comptait parce qu'il allait être père. Avec la première femme qui l'ait fait se sentir vraiment vivant en six ans.

Lia suivait du doigt des initiales gravées dans la table. À en juger par son langage corporel, elle n'était toujours pas convaincue que ce mariage soit une bonne idée.

— Pourquoi m'as-tu caché que tu étais duc ? demanda-t-elle sans le regarder.

— Je ne suis pas duc. Pas encore.

Il vint de son côté de la table et la força à le regarder. Il attendait d'elle de la franchise et se devait d'être honnête.

— Je regrette de ne pas t'en avoir parlé... Je ne veux pas être jugé pour mon titre, mais pour celui que je suis.

— Et qui es-tu exactement ?

Elle était sur la défensive, et Oliver brûlait de la prendre dans ses bras pour l'apaiser. Il se sentait aussi abasourdi qu'elle, mais ils pouvaient surmonter le choc.

— Je suis un pédiatre qui adore son métier, n'aime pas l'aristocratie, et est fou de bonheur d'avoir un bébé.

— Et qu'est-ce qui te fait croire que notre couple marchera ? Tu ne me connais pas vraiment.

Il songea à la nuit de passion qu'ils avaient partagée. À ses mains caressant sa peau avant de se glisser entre ses jambes. À ses gémissements quand il l'avait pénétrée. À leurs orgasmes simultanés, lorsque leurs bouches s'étaient unies dans le même rire incrédule et heureux.

Il aspirait à en savoir encore plus sur elle.

— C'est pour ça qu'on est ici à manger un *fish and chips*.

Elle grogna.

— Tu penses qu'un dîner à évoquer nos couleurs et nos plats préférés fait de nous un couple assorti ?

— Non. Ce qui le fait, c'est que nous avons partagé une nuit d'amour alors que les aventures d'un soir ne sont pas dans nos habitudes.

Elle le regarda attentivement, puis se couvrit le visage de ses mains. Il garda le silence.

Au bout d'un moment, il vit ses yeux ouverts entre ses doigts.

— Qu'est-ce que nous allons faire ?

— Nous allons nous marier, répondit-il.

Ils avaient déjà réussi à échapper aux griffes du passé. Ils pouvaient encore le faire. Et, comme lui avait dit son professeur préféré lors de son premier jour angoissant en pension : « Tu peux tout faire pendant trente secondes. »

Il avait fait quantité de choses pendant trente secondes, puis trente autres, et encore trente autres. Il avait ainsi appris à résister à presque toutes les agressions. Mais il savait qu'il désirait plus que tout être avec la mère de son enfant pour les soutenir tous les deux, en vrai père de famille.

Lia le regardait fixement.

— Comme peux-tu être aussi sûr de toi ?

— Je t'aime bien, admit-il avec franchise. Et je ne t'abandonnerai pas dans cette situation. Tu ne t'y es pas mise toute seule. Et puis, reprit-il, ravalant son émotion, je veux être là pour élever notre enfant.

— Tu ne veux donc pas… ?

Elle s'interrompit, visiblement émue, elle aussi.

« Tomber amoureux » ? Était-ce ce qu'elle avait voulu dire ?

Bien sûr qu'il voulait aimer la femme qu'il épouserait. Et elle avait raison. Elle était presque une inconnue pour lui. Mais il avait découvert les désirs secrets de son corps. Pouvait-il apprendre à connaître aussi ceux de son cœur ?

Le temps et les circonstances ne jouaient pas en leur faveur. Il n'y avait qu'une façon de savoir s'ils étaient faits l'un pour l'autre. Mettre toute leur énergie à mieux se connaître.

Il se leva et s'inclina courtoisement, comme le lui avaient enseigné ses parents en présence de la reine.

— Que dirais-tu de descendre à la plage ? On pourrait admirer le coucher du soleil et continuer notre jeu des questions. Sauf si tu as d'autres projets pour ce soir.

— En dehors de la préparation de mon trousseau ? répondit-elle avec humour. Pas vraiment, non.

— Tu ne brodes pas ton voile de mariée depuis l'enfance pour le grand jour ? demanda-t-il, gentiment ironique.

Il sut qu'il était allé trop loin en voyant son sourire se figer. Elle glissa une mèche de cheveux derrière son oreille, et sa voix était grave quand elle déclara :

— Ce n'est pas un conte de fées. Tu sais que m'épouser mettra fin à ta vie anonyme et tranquille, n'est-ce pas ?

— Tu portes notre enfant. C'est prioritaire. *Tu* es prioritaire.

Il vit passer un éclair dans ses yeux bleu clair.

— Et si je refuse de me marier avec toi ? dit-elle.

La douleur le transperça comme un coup de poignard. Il ne permettrait pas qu'on lui arrache cette seconde opportunité, si précieuse, de devenir père.

Il fit appel à tout son sang-froid pour garder un ton calme.

— J'aimerai notre enfant avec chaque fibre de mon être. Je te respecterai et t'honorerai. Un lien nous unit, tu le sais. La seule question est de savoir si nous avons le courage d'en faire quelque chose qui durera toute notre vie.

Le cœur de Lia battait si fort qu'elle avait du mal à intégrer ce qu'Oliver venait de dire.

Il veillerait sur elle. Il aimerait leur enfant. Il ferait tout pour s'attacher à elle.

Ce n'était pas l'amour passionné dont elle avait rêvé, mais le respect et la compréhension valaient peut-être mieux.

Ils se connaissaient à peine, et elle aurait repoussé une déclaration d'amour qui aurait sonné faux, lui faisant douter de l'honnêteté d'Oliver. Le chagrin du rejet de ses parents la rongeait encore, et elle ne supporterait pas une nouvelle déception.

Elle plongea le regard dans celui d'Oliver et, en explorant ce riche camaïeu de bleus bordé de cils noirs, elle vit quelque chose qui l'émut profondément. Il aimait déjà leur enfant. En l'espace de quelques minutes, il avait reçu deux chocs importants entre l'annonce de sa grossesse et celle de ce mariage imposé. Et pourtant il avait réussi à assimiler une vérité plus impérieuse encore : ils allaient être parents. Et sa réaction instinctive était de donner de l'amour.

Cela jetait un éclairage différent sur l'avenir que le Palais voulait leur imposer. S'il était assez courageux pour mettre son cœur dans la balance, il aurait peut-être la force de tenir tête à sa famille, ce dont sa mère avait été incapable.

Mais, elle, aurait-elle le même courage ?

Elle le scruta. Ses yeux bleus pétillaient d'une… présence. Il était avec elle, corps et âme, et voulait savoir si, comme lui, elle était prête à tout risquer pour que leur enfant grandisse en se sentant aimé.

Elle pencha la tête de côté, bêtement intimidée.

— Que penses-tu d'une fiancée qui ne sait pas cuisiner ?

Les yeux d'Oliver étincelèrent.

— Du moment que tu fais des sandwichs au fromage toastés, ça me va.

Dans le silence qui suivit, ils comprirent ce qui venait de se passer.

Ils allaient se marier.

Puis Oliver prit sa main et entremêla les doigts aux siens. Ils formaient une équipe désormais. Ils allaient s'unir et avoir un enfant.

Était-elle terrifiée ?

Absolument.

Son instinct lui soufflait-il de prendre ses jambes à son cou pour aller vivre en ermite au fond d'une grotte ?

Plus maintenant. C'était la première fois qu'un homme acceptait d'affronter en connaissance de cause un avenir difficile, main dans la main avec elle.

— J'ai une idée, dit-il.

Elle haussa les sourcils.

— Mettons de côté le mariage et le bébé pour ce soir. Et profitons de notre rendez-vous.

Elle sentit son cœur se gonfler de gratitude. Les pensées se bousculaient dans sa tête, et elle avait presque peur de parler. Mais Oliver leur offrait l'espace dont ils avaient besoin pour digérer le chamboulement leurs existences.

Quand le soleil disparut à l'horizon, ils se promenèrent sur la plage en se questionnant sur leurs goûts. Mais ils cheminèrent aussi en silence pour mieux appréhender la nouvelle réalité qui s'imposait à eux.

Sans s'être concertés, ils finirent par arriver chez Oliver dans les dernières lueurs du couchant qui rosissait le ciel. Lia s'immobilisa pour s'imprégner des lieux. Depuis la plage, la maison semblait suspendue dans les arbres, mais en réalité elle était solidement bâtie sur un haut promontoire rocheux planté d'arbres centenaires.

— J'aime le fait qu'on voie le coucher du soleil de ce côté de l'île, remarqua-t-elle comme ils montaient l'escalier menant à la cuisine.

— Fatiguée d'assister à l'aube de ton côté ? répliqua-t-il malicieusement. À moins, bien sûr, que les princesses ne soient pas aussi matinales.

— Sache que je ne dors jamais. À cause des sales petits pois qui se baladent sous mes matelas.

— *Tes* matelas, hein ? Personnellement je n'en ai qu'un.

— Je sais, dit-elle négligemment, rougissant au souvenir de leur nuit passionnée.

Oliver se passa la langue sur les lèvres, montrant ainsi qu'il n'avait rien oublié. Son doigt suivit la courbe de la joue de Lia, et elle retint son souffle quand il frôla ses lèvres.

Ils étaient à mi-chemin entre la chambre et la cuisine. Il leur suffirait de quelques pas pour changer de direction et rejoindre son lit.

D'un geste brusque, Oliver l'entraîna dans la cuisine. Il avait raison. Ce soir, ils devaient parler, pas confirmer ce qu'ils savaient déjà. Leur attirance sexuelle ne serait jamais un problème.

Comme les autres pièces, la cuisine avait une paroi entièrement vitrée composée de portes coulissantes. On y trouvait une petite table en bois exotique. Une table plus imposante était installée dehors, sur la terrasse couverte percée par deux gros troncs d'arbres dont les frondaisons rejoignaient la canopée luxuriante. Une succession de portes tapissait le fond de la pièce.

— Des placards, expliqua Oliver, en en ouvrant quelques-unes pour lui montrer son matériel high-tech.

Lia ne connaissait rien à la grande cuisine. Le restaurant du personnel de la Clinique des Îles était dirigé par un chef dont la moindre collation surpassait de loin ses modestes réalisations culinaires.

Au milieu de la pièce, trois grosses ampoules à incandescence éclairaient un îlot central au magnifique plan de travail en marbre où trônait une belle coupe de fruits. Lia ferma les yeux, s'imaginant faisant des choses coquines sur ce joli comptoir.

— Tu veux manger quelque chose ? demanda Oliver.

Elle rouvrit les yeux.

Non. Elle n'avait pas faim. Elle le voulait, *lui*.

Il dut voir le désir flamber dans son regard, car il s'empara de sa bouche avec passion. Urgence. Tendresse.

Ils s'embrassèrent, affamés. Sans qu'ils l'aient formulé, ils savaient que ces moments précédant l'ingérence du Palais étaient précieux. Bientôt il y aurait du personnel. Des règles. D'interminables instructions. Mais ici, maintenant, c'était leur moment à eux. Elle aurait voulu le mettre sous cloche pour le préserver à jamais.

Ils avaient déjà fait l'amour, mais cette fois c'était différent. Comme si leurs corps échangeaient des vœux, jurant de veiller l'un sur l'autre. De se protéger. De s'aimer.

Lia redoutait de se noyer. De se perdre dans la chose même qu'elle s'était promis de ne jamais faire : se soumettre au Palais. Mais la confiance d'Oliver en leur avenir ébranlait ses certitudes. Il s'agissait d'*eux*, pas de Karolinska, ni du titre nobiliaire de sa famille. Juste d'eux deux et, bien sûr, de l'enfant qu'elle portait.

Chaque caresse, chaque baiser qu'il posait tendrement sur son ventre, étaient autant de promesses tacites l'engageant pour l'avenir : « Nous serons différents. Nous ne les laisserons pas nous changer. Nous ne les laisserons pas voler le bonheur que nous désirons pour notre enfant. Pour notre famille. »

Quand leur étreinte devint plus fébrile et que leur désir atteignit la limite de l'insoutenable, elle s'abandonna enfin au plaisir en lui faisant les mêmes serments tacites.

7.

— Tu es prêt ?

— Pas pour des photos, répliqua Oliver, se passant la main dans les cheveux, qu'il ébouriffa encore plus.

Il n'aurait même pas un sourire. On saurait qu'il n'était pas content de la présence encombrante du photographe du Palais pour cette sortie en mer « improvisée ».

— Le voilà, dit Lia, désignant le grand voilier au bout du quai.

L'*Island Dreamer* avait un pont en teck, deux immenses mâts, une douzaine de cordages ou de câbles – Oliver ne savait pas trop comment ça s'appelait – et, plus déconcertant, un seul gilet de sauvetage visible.

— Tu n'as pas l'intention de me noyer au large, j'espère ? demanda-t-il, mi-figue, mi-raisin, détaillant l'impressionnant voilier avant de regarder sa future épouse.

Ma future épouse.

Il secoua la tête. Une nuit d'amour avec une princesse pouvait chambouler une vie. Ou plus précisément une nuit, un mois d'absence, plus quelques autres nuits au cours desquels leurs deux univers avaient radicalement changé.

Ils n'avaient pas encore abordé les aspects pratiques, comme leur mariage au Harbour Hotel. Comme si en parler sans avoir eu le temps de réfléchir à ce qu'ils voulaient risquait de le rendre plus réel, dépassés qu'ils étaient par l'influence bien trop réelle du Palais.

Ils avaient accepté d'en discuter le soir après le travail. Et ils s'étaient vus. Mais ils n'avaient pas beaucoup parlé. Ils s'étaient retrouvés au lit sans prendre de décision concernant le choix des fleurs ou du gâteau de mariage. Ce qui n'était pas si mal, car c'était la seule chose qui leur appartînt vraiment.

Ce jour-là toutefois, c'était différent. La journée était ratifiée par le Palais. Le photographe officiel de la famille était arrivé. Le lendemain, les organisateurs du mariage s'installeraient à l'hôtel où s'était tenu le gala, jugé le plus approprié pour la noce, car c'était là qu'Oliver et Lia s'étaient rencontrés.

Aujourd'hui avait lieu leur première séance photo « inopinée », et Lia était nerveuse. Plus belle que jamais, mais moins accessible. Et leur complicité lui manquait. Si c'était une indication de ce qui les attendait – marques d'affection interdites quand le Palais était impliqué – leur avenir risquait de ne pas être aussi rose qu'il l'espérait.

Il mit de côté son inquiétude concernant une éventuelle garde partagée et son obligation, alors, de s'installer à Karolinska pour pouvoir voir son enfant. Ils n'en étaient pas encore là, et avec de la chance cela n'arriverait peut-être jamais.

Lia rit de sa plaisanterie, les yeux rivés sur le navire.

— Considère que tu as de la chance. Je n'emmène pas n'importe qui sur mon voilier.

— Ah ? Pourquoi ?

— C'est le seul endroit où je suis pleinement heureuse. Dès qu'on lève l'ancre, c'est juste moi avec moi-même.

Son visage était impassible, mais une ombre ternissait ses yeux bleu clair, comme s'ils étaient hantés par les innombrables souvenirs qui l'attristaient.

Oliver eut une grimace de sympathie, mû par une envie instinctive de la protéger. Même s'ils n'en avaient pas parlé explicitement, ils savaient que leurs enfances avaient été similaires. Mais celle de Lia l'avait poussée à choisir une vie solitaire pour tenir la souffrance à distance, alors qu'il avait plongé dans la mêlée pour dispenser la joie aux autres.

Une pensée dérangeante lui vint à l'esprit. N'avait-il connu le bonheur que par procuration ?

Lia remarqua qu'il la fixait.

— Ne t'inquiète pas, dit-elle avec malice. Seuls les gens que j'aime bien sont admis à bord. Et il y a plein d'autres gilets de sauvetage dans la cabine.

Elle tourna la tête pour regarder les voiles solidement attachées aux mâts, l'une bleu nuit, l'autre d'un blanc immaculé, couleurs du drapeau de Karolinska. Il y avait de l'orgueil national en elle. Mais aucun sentiment de liberté.

Il se demanda s'ils seraient proches un jour. Si elle pourrait assumer ses fonctions tout en s'épanouissant.

Pour sa part, il avait toujours considéré la pairie familiale comme une sorte de mausolée. Et il redoutait la question inévitable que ses parents n'allaient pas tarder à lui poser : « Quand rentres-tu à la maison ? »

Scrutant le bateau, son regard s'arrêta sur la poupe, et il étudia les armoiries de la famille royale sur le drapeau bleu et blanc qui flottait dans la brise légère.

Les armoiries des Banford n'étaient pas très différentes. En héraldique, le lion, la hache et le dragon étaient des figures courantes symbolisant l'autorité et la force. Mais celles de Lia arboraient aussi la balance de la justice sous une couronne d'or.

— J'espère que mon blason te plaît. Ils ne tarderont pas à le broder sur tes boxers, observa-t-elle avec humour. Propriété de la couronne de Karolinska.

Il rit et balança son sac marin sur le pont du voilier.

— J'espère que les vêtements que j'ai pris plairont à la Couronne.

Étant retardé, il n'avait pas fait attention aux habits qu'il avait fourrés dans son sac. Sa mère aurait été horrifiée. Elle planifiait les tenues de leurs portraits de famille des mois à l'avance, et ses boxers portaient parfois les armoiries des Banford. Mais le reste du temps, il était juste Oliver Bainbridge. Et c'était très bien ainsi.

Il réalisa avec un coup au cœur que dès qu'il deviendrait l'époux de Lia, tout cela changerait…

Trop tard, songea-t-il, les sourcils froncés.

Son expression n'échappa pas à Lia. Elle se mordilla la lèvre inférieure, comme si elle hésitait à parler.

Il n'y avait que quelques jours qu'ils étaient au courant de sa grossesse, mais beaucoup de choses s'étaient passées depuis. Des communiqués de presse avaient été publiés, et on avait dressé des listes de ce qu'ils devaient faire pour satisfaire le service de presse du Palais. C'est pourquoi, après une journée bien chargée pour tous les deux, ils se trouvaient à présent au yacht-club pour participer à cette séance photo.

Les clichés auraient l'air d'instantanés prenant le couple par surprise, et Oliver commençait à redouter que le reste de sa vie soit soigneusement planifié.

Il toucha le bras de Lia tiédi par le soleil de fin d'après-midi.

— Ça va, Lia ?

— Oui, très bien.

Conscient de son malaise, il lui prit la main et désigna d'un signe de tête l'entrée du yacht-club où le photographe les attendait, ses appareils autour du cou.

— Nous ne sommes pas obligés de faire ça.

— Si, répliqua-t-elle avec un sourire qui disait : « Je t'avais prévenu. »

Elle dégagea doucement la main de la sienne et fit un pas vers le voilier, avant de se retourner soudain, sur la défensive.

— À moins que tu aies changé d'avis.

— Je ne remettrai jamais en question ma décision d'être un père pour mon enfant.

Elle se raidit. Il n'avait manifestement pas donné la réponse qu'elle attendait. Mais avec un photographe dans le coin, ce n'était pas le moment de s'expliquer. Il fourra les mains dans ses poches, refermant les doigts sur le petit écrin dont il n'avait pas parlé à Lia.

Ce n'était pas une bague de fiançailles traditionnelle, mais un anneau d'éternité. Un symbole qui, espérait-il, lui rappellerait au cours des prochains mois que l'enfant qu'elle portait les unissait pour toujours.

Elle consulta sa montre.

— Viens. Finissons-en.

Une heure plus tard, le photographe avait ce qu'il désirait, et ils quittaient le port sur le grand voilier en direction du large. Le littoral était encore en vue, mais sur la plage les touristes n'étaient plus que de minuscules silhouettes profitant d'une journée parfaite à Sainte-Victoria.

Lia avait changé trois fois de vêtements pour donner de la matière au photographe. Short et T-shirt. Robe d'été à motifs coquelicots. Et la tenue qu'elle portait maintenant, pantalon corsaire moulant bleu marine avec foulard bleu et blanc en guise de ceinture, et chemise blanche aux manches retroussées nouée sur le ventre, dont le col déboutonné laissait voir la naissance de ses seins.

Cette vision titillait Oliver… il se revoyait la veille léchant ses tétons et les prenant dans sa bouche pour les mordiller voluptueusement tandis qu'elle gémissait de plaisir.

Il n'y avait aucune sensualité dans l'air aujourd'hui, et encore moins de passion. La séance photo avait été complètement impersonnelle. À voix basse, Lia l'avait guidé pour qu'il embrasse son épaule pendant qu'elle prenait l'air songeur, ou tourne la tête afin que la lumière soit parfaite quand ils se regardaient dans les yeux.

À présent, les voiles dépliées se gonflaient en claquant sous la brise marine, et le navire fendait les flots, splendide. Libre. Lia tenait la barre, et le vent s'engouffrait dans les mèches échappées de sa chevelure blonde attachée sur sa nuque. Il se remémora la femme rencontrée au gala de bienfaisance, consciente des regards qui la fixaient et des jugements portés sur elle au mépris de ses sentiments. Une femme prisonnière d'une cage dorée.

Le petit hors-bord qui les avait accompagnés pour sortir du port donna un coup de sirène et repartit vers l'île.

Quand Oliver posa de nouveau les yeux sur Lia et que leurs regards se rencontrèrent, il se demanda qui il avait devant lui. Pas la femme qui avait dansé avec lui et l'avait embrassé sur la plage. Mais pas non plus la princesse distante qu'il avait côtoyée pendant la dernière heure.

Il avait envie de la prendre dans ses bras, de lui dire que tant qu'ils feraient les choses ensemble, en équipe, tout irait bien.

Mais la séance photo lui avait laissé un sentiment de malaise dont il n'arrivait pas à se défaire. Il avait l'impression déplaisante d'avoir été froidement tenu à distance par la princesse Amelia.

Il voulait retrouver la Lia qui avait marché sous la pluie avec lui la veille en parlant de son travail. La femme qui lui avait fait l'amour sous la douche avant de se glisser langoureusement entre les draps et de l'inviter à la rejoindre de ses yeux brûlants de passion.

Il n'aimait pas cette future mariée parfaite qui riait sur commande. S'empourprait légèrement quand il posait la main sur sa joue. Dont les lèvres étaient glacées quand il y posait les siennes pour un baiser factice tandis que l'obturateur de l'appareil-photo cliquetait, cliché après cliché.

Il se força à se ressaisir. Les portraits imposés par sa famille pour Noël, Pâques et les vacances d'été ne reflétaient pas non plus une affection débordante. Il avait eu la chance de trouver en pension et chez ses nurses la tendresse que ses parents n'avaient pas su lui témoigner. Et il avait eu beaucoup d'amis et de professeurs avec lesquels il était resté en contact.

Lia n'avait peut-être même pas eu ça. Ses parents étaient divorcés. Il avait cru comprendre qu'elle parlait rarement à son père, et elle n'avait même pas mentionné sa mère. Elle avait deviné qu'il avait été en pension, ce qui voulait dire qu'elle-même y avait passé une partie de sa jeunesse avant de suivre un entraînement militaire dans l'armée de Karolinska, où les démonstrations d'affection étaient déplacées, même pour une princesse.

Et malgré tout cela, le Palais avait visiblement encore assez de pouvoir sur elle pour la soumettre à sa volonté, et cela chagrinait Oliver.

Il mit les mains dans ses poches, et ses doigts touchèrent le petit écrin. Il avait prévu de glisser l'anneau au doigt de Lia dès leur arrivée au yacht-club, soupçonnant le photographe d'espérer ce genre de coup d'éclat, mais cela lui avait paru malhonnête. Tout comme il lui avait semblé injuste de rester en Angleterre pour suivre le modèle de ses parents en vivant selon des règles ancestrales.

Comme Lia, il avait tourné le dos à la vie qu'il était « né pour mener », à des milliers de kilomètres de là. Mais maintenant qu'ils allaient devenir parents, fuir n'était plus une option. Ils devaient trouver la force de s'unir pour protéger leur enfant et l'empêcher de répéter le même schéma qu'eux.

— Oliver ? dit-elle, agitant la main pour capter son attention. Tu peux m'aider avec la voile ?

— Pardon, j'étais ailleurs… Tu crois que tu devrais la hisser ? Dans ton état ?

— Je ne suis pas une porcelaine fragile. Je suis enceinte, répliqua-t-elle, visiblement froissée.

— Je sais… je me disais juste que tu devrais peut-être y aller doucement.

— Je ne vais pas garder le lit les huit prochains mois, si c'est à ça que tu penses, lâcha-t-elle, les yeux brillant d'indignation.

Il allait protester quand il comprit pourquoi elle était tendue et distante avec lui. Elle était frustrée de ne pas avoir son mot à dire dans sa propre vie. Elle aspirait à exactement la même chose que lui : une existence normale, heureuse.

L'expression de Lia s'adoucit.

— Pardon… Je n'aime pas qu'on me dise quoi faire.

— Je comprends.

— Je sais. Tu fais partie des rares qui comprennent, déclara-t-elle en lui jetant un regard contrit. J'ai parfois l'impression que tu lis dans mon cerveau.

— Non, je lis là-dedans, répondit-il en pointant le doigt sur son cœur.

Elle prit sa main et la posa sur sa poitrine pour lui faire sentir le rythme rapide de son cœur à travers le tissu léger de sa chemise.

— Je te promets d'être prudente, et de protéger ce petit bout, dit-elle, déplaçant sa main vers son ventre.

Ils échangèrent un sourire qui balaya les craintes d'Oliver. Il l'avait retrouvée. Lia la princesse qui ne voulait pas être une princesse. La femme qui voulait être une mère… et, espérait-il, une épouse.

Il lui prit la drisse des mains et hissa la voile.

— Considère-moi comme ton chef de cambuse.

— Tu préparerais les repas si c'était le cas, répliqua-t-elle en riant. Que dirais-tu d'être mon second, plutôt ?

— Parfait, dit-il, en attachant la drisse selon ses instructions avant de s'incliner devant elle.

Elle fit mine d'essuyer la sueur de son front et lui adressa un sourire contrit.

— Désolée d'avoir été infecte. Je déteste les séances photo. Et il va falloir qu'on travaille ton air nonchalant. Tu es raide comme un passe-lacet !

Elle poursuivit, incapable de s'arrêter.

— C'était affreux. Tu ne vas pas t'en aller avant la fin du mois, n'est-ce pas ?

— Jamais je ne partirai. Tu as ma parole.

Elle sonda son regard et, apparemment satisfaite de ce qu'elle y vit, se pencha pour lui donner un baiser qui lui réchauffa le cœur.

— Je regrette d'avoir été odieuse, murmura-t-elle contre sa bouche. Je n'ai pas l'habitude qu'on surveille mes arrières.

Cet aveu en disait long. Comme il avait bâti une forteresse autour de son cœur après l'avortement de son ex, Lia tenait les autres à distance pour ne pas souffrir de l'abandon.

Mais brique après brique, elle était en train d'abattre sa forteresse. Et, un centimètre après l'autre, elle le laissait se rapprocher d'elle.

L'attirant à lui, il l'embrassa pour un long baiser sincère, éloquent.

Je suis là pour toi. Tu n'es plus seule. Tu ne seras plus jamais seule.

Ils se séparèrent, appelés par les manœuvres du navire.

— Tu m'apprends comment ça marche ? demanda-t-il.

Ils passèrent une heure agréable à passer en revue le vocabulaire de navigation. Entre le winch et les différentes pièces d'accastillage, il prit conscience que leurs corps se cherchaient malgré eux.

Le frôlement d'une main… L'effleurement de leurs jambes… La rencontre de leurs yeux tandis qu'une délicieuse chaleur passait entre eux…

Au large, ils purent admirer des dauphins, quelques marsouins, et même une ou deux tortues.

— Tu as déjà vu un lamantin ? demanda-t-il.

Elle secoua la tête.

— On en trouve souvent dans la mangrove.

Il chercha des yeux le petit canot pneumatique qu'il aperçut arrimé à la poupe.

— Tu t'en sers quelquefois ?

— Pas souvent. Je préfère l'énergie du vent à celle d'un moteur.

— C'est plus silencieux.

Elle posa la tête sur son épaule, et ils restèrent ainsi un moment, ses longs cheveux chatouillant sa joue, leurs doigts se touchant et s'enlaçant. Ça s'arrangerait, songea-t-il. Il y aurait des hauts et des bas, mais… tout s'arrangerait.

Ils dirigèrent le voilier vers un coin tranquille à l'écart des plages touristiques. Lia tourna un bouton sur le tableau de commande et désigna une enceinte intégrée.

— Prêt à apprendre le langage radio ?

— Affirmatif, dit-il en s'inclinant. À vos ordres, capitaine !

Elle sourit, son nez se plissa, et elle ressembla à une petite fille heureuse et insouciante. Il se jura silencieusement de lui offrir un avenir digne de l'enfant qu'elle avait été. De lui donner une chance de se construire une nouvelle vie pour elle-même, et leur enfant.

— Oliver, murmura-t-elle d'une voix changée, en augmentant le volume de la radio. Écoute…

Il se concentra sur les voix qui leur parvenaient.

— On dirait un appel de détresse…

— Ce sont les garde-côtes. Ils sont à l'autre bout de l'île… Des kayakistes ont été pris dans des courants et ont échoué quelque part par ici. Dans la mangrove, je crois. Il semble que l'un d'eux ait besoin de soins urgents.

— On peut y aller ? demanda-t-il en regardant les grandes voiles, conscient qu'avec elles déployées ils n'avaient aucune chance de pénétrer dans les bras d'eau noyés dans l'épaisse forêt tropicale.

— Avec ça, oui, répondit-elle en désignant le canot pneumatique.

Les réflexes de la formation militaire de Lia lui revinrent immédiatement, et elle vit avec soulagement qu'Oliver réagissait avec la même efficacité.

— J'ai fait deux ans aux urgences pédiatriques, expliqua-t-il comme elle l'interrogeait sur son expérience d'urgentiste.

— J'espère que tu n'en auras pas besoin, lâcha-t-elle sombrement comme ils jetaient l'ancre.

Ils affalèrent les voiles, les attachèrent, puis mirent le canot à l'eau.

— Tu connais la mangrove ? demanda-t-elle.

— J'y suis souvent allé en kayak, acquiesça-t-il.

— Alors, dirige-moi, dit-elle en s'occupant du moteur.

Ouvrant l'œil à la recherche des kayakistes, ils se frayaient un chemin dans le labyrinthe des marais quand ils entendirent crier.

Ils n'étaient pas préparés à la scène qui les attendait.

Deux jeunes filles se trouvaient dans un kayak deux places, et l'une d'elles hurlait en agitant les bras à leur intention. L'autre gisait face contre terre dans l'étroit espace entre les sièges, sa pagaie glissant au fil du courant.

— Des barracudas ! cria son amie. Nous regardions sauter des barracudas quand l'un d'eux a heurté Stephanie !

La blessée avait une plaie ouverte au flanc gauche, entre les attaches de son gilet de sauvetage.

Après s'être assuré que les barracudas avaient disparu, Oliver sauta du canot et y amarra le kayak des filles. Se déplaçant jusqu'à elle dans l'eau qui lui arrivait à la taille, il enfila des gants chirurgicaux et demanda le silence.

En entendant le gargouillis émis par le poumon blessé, Lia songea qu'il s'en était fallu de peu qu'ils arrivent trop tard.

— Ça s'est passé quand ? demanda Oliver.

— Il y a peut-être dix minutes, répondit la fille effrayée, le visage ruisselant de larmes.

— Comment vous appelez-vous ? lui demanda Lia.

— Mary.

— Très bien, Mary. On vous monte à bord du canot.

Oliver demanda à Lia de lui passer la trousse de premiers secours qu'ils avaient apportée. Elle l'avait utilisée pendant ses années de formation militaire et se félicitait de l'avoir toujours avec elle.

— Qu'est-ce qui est le plus rapide ? demanda-t-elle à Oliver. Passer par la côte, ou rentrer au port par la mer ?

— On peut manœuvrer le canot dans la mangrove, et il y a une petite zone d'amarrage pas loin d'ici.

— Un hélicoptère peut s'y poser ?

— Oui. Appelle les secours pendant que je porte Stephanie dans le canot.

Lia approuva de la tête. Si la blessure s'était produite une heure plus tôt, la fille n'aurait eu que 3 % de chances de survie. En l'occurrence, ils avaient environ cinquante minutes pour assurer sa survie.

Après qu'Oliver avait posé plusieurs bandages sur la plaie ouverte pour la protéger, Lia demanda à Mary de tenir le téléphone en mode haut-parleur pour qu'elle puisse parler aux garde-côtes pendant qu'ils installaient précautionneusement Stephanie dans le canot.

— Elle souffre d'un pneumothorax sous tension, expliqua Lia à la femme au bout du fil.

— Qu'est-ce que ça veut dire ? gémit Mary.

Laissant Lia parler au service d'urgence, Oliver lui expliqua succinctement que le traumatisme subi par le poumon de Stephanie avait emprisonné de l'air dans la cavité pleurale et qu'il fallait l'évacuer pour assurer une bonne oxygénation du reste du corps.

C'était en fait plus compliqué que ça. Si elle était remplie d'air, la cavité pleurale provoquerait un collapsus du poumon qui ferait pression sur son cœur et réduirait le débit cardiaque, ce qui rendrait la respiration presque impossible et entraînerait une tachycardie. Survivre à l'effet domino d'un pneumothorax non traité était impossible.

Lia admirait l'efficacité avec laquelle Oliver s'affairait tout en parlant à Mary. Il utilisait un vocabulaire simple, et sa voix était calme et apaisante. On pouvait compter sur lui dans l'urgence. On pouvait lui confier son enfant.

— Quel hôpital ? demanda la femme au bout du fil.

— La Clinique des Îles, répondit Lia.

— Sainte-Victoria, répondit en même temps Oliver.

— Nous avons une piste d'atterrissage, dirent-ils en chœur.

Le poumon de Stephanie émit un bruit inquiétant. Il ne fallait plus perdre un seul instant.

L'opératrice prit la décision pour eux.

— Un hélicoptère est déjà en route pour la Clinique des Îles avec un patient VIP à bord. Après l'avoir déposé, il peut venir chercher la blessée, mais ce serait plus rapide de l'emmener à l'hôpital. Ça vous va ?

— Parfait, confirma Lia.

Si la Clinique des Îles bénéficiait d'installations de premier ordre, Sainte-Victoria était un grand hôpital local. Il disposait aussi d'un service d'urgence et était plus proche de l'hôtel des filles. Mais surtout, ils n'avaient pas le temps de tergiverser.

— C'est quoi une pneumonie sous tension ? demanda Mary qui n'avait rien compris des explications d'Oliver.

Elle frissonnait, visiblement en état de choc.

— Un *pneumothorax*, la corrigea doucement Oliver en lui tendant une couverture de survie malgré la chaleur.

Il recommença ses explications à voix basse pour que Lia puisse terminer sa conversation avec les urgences.

Quand le point de rendez-vous fut confirmé, elle rangea son téléphone, et ils placèrent Stephanie sur son côté droit.

— Pourquoi on ne part pas ? demanda Mary, angoissée.

— Il faut retirer l'air prisonnier de la cavité pleurale ; nous partirons après, répondit Oliver.

Soutenant son regard, Lia lui tendit une aiguille de huit centimètres, calibre quatorze.

— L'armée recommande la longueur maximum, dit-elle.

Sa formation militaire l'avait non seulement endurcie, mais aussi familiarisée avec des soins d'urgence de pointe, comme les dernières méthodes de traitement du pneumothorax. Les blessures par balles et les coups de couteau faisaient partie du service actif, raison pour laquelle le Palais lui avait interdit de servir dans une zone de conflit.

— Il n'y a pas de chambre de visualisation transparente, commenta Oliver en passant une compresse de désinfectant sur la zone entre le deuxième espace intercostal de Stephanie et la ligne médio-claviculaire, où il enfoncerait l'aiguille du cathéter pour évacuer l'air emprisonné.

— C'est inutile pour ce genre de blessure. Comme ça, tu n'as pas besoin d'y penser.

Il se mit au travail.

Quelques secondes plus tard, le bruit qu'ils attendaient se mêla au doux clapotis de l'eau contre le flanc du bateau : le sifflement de l'air qui s'échappait de la cavité pleurale.

Oliver retira l'aiguille mais laissa le cathéter en place. Lia jeta l'aiguille dans un conteneur et lui tendit de l'adhésif pour qu'il fixe le cathéter qui continuerait à agir comme valve en aspirant l'air piégé. Il faudrait peut-être recommencer le processus, mais l'intervention donnait à la jeune fille le temps d'arriver à l'hélicoptère où elle serait placée sous oxygène et recevrait l'assistance médicale nécessaire.

— Tu es prêt ? Je peux démarrer le moteur ? demanda Lia.

— Oui, c'est bon, répondit-il en surveillant Stephanie, deux doigts prenant son pouls.

Elle remarqua que les joues de la jeune fille reprenaient des couleurs. Elle était tirée d'affaire pour le moment.

Une heure plus tard, après un vol en hélicoptère, Mary, Lia et Oliver étaient assis côte à côte dans la salle d'attente de l'hôpital de Sainte-Victoria, et attendaient le rapport de l'équipe d'urgentistes qui s'occupaient de Stephanie.

Soudain un homme et une femme fous d'angoisse firent irruption à la réception et demandèrent à voir Mary Thewliss et Stephanie Thomas.

— Sans doute les parents, murmura Oliver en se levant.

Mary les rejoignit et leur tomba dans les bras en pleurant, leur racontant tout entre deux sanglots. Puis elle se retourna et désigna Lia et Oliver qui s'approchèrent.

— Nous vous sommes tellement reconnaissants d'avoir sauvé la vie de notre fille ! s'écria la mère avec émotion.

— En tout cas, nous l'avons conduite au bon endroit, répondit humblement Oliver.

— Elle va vivre ? demanda la mère, la gorge nouée.

Sans attendre la réponse à sa question, elle reprocha à son mari d'avoir laissé les filles partir à l'aventure. Et, sans transition, elle entreprit de raconter leur vie. Ils étaient en vacances à Sainte-Victoria pour fêter le diplôme universitaire des filles, amies de longue date et inséparables. Mais elles s'intéressaient à tout et aimaient explorer des territoires inconnus. Elle *savait* qu'elles auraient dû rester camper au Royaume-Uni, où elles n'auraient couru aucun danger.

Oliver l'écoutait avec compassion. Il leur assura que, sauf complication imprévue, leur fille se remettrait parfaitement et aurait une formidable histoire à raconter à ses amis.

Quand l'équipe soignante vint chercher les parents de Stephanie pour les conduire à son chevet, Oliver et Lia furent libres de partir.

— Que veux-tu faire pour le voilier ? demanda-t-il.

Lia jeta un coup d'œil au soleil couchant. Le soir tombait tôt sous les tropiques, et après ce qu'ils venaient de vivre, elle ne se sentait pas la force de naviguer de nuit.

— Je vais emprunter un remorqueur au yacht-club, et je viendrai chercher le canot demain, après le travail.

— Je peux t'aider.

Elle hésita à répliquer qu'elle pouvait régler ça toute seule, puis elle se rappela qu'il avait patiemment supporté sa mauvaise humeur pendant toute la séance photo.

Oliver lui pressa le bras.

— Je passe la journée de demain à la Clinique des Îles. Et si tu veux bien que je te raccompagne chez toi, je pourrai… rester. Et peut-être goûter tes fameux plats à emporter.

Elle voulut protester. Jusqu'ici, ils n'étaient allés à la clinique en couple.

Elle allait refuser quand elle eut une sorte de révélation.

Peut-être avait-elle du mal à se faire des amis parce qu'elle était trop habituée à protéger son intimité. Trop prompte à repousser les autres avant qu'ils la rejettent. Jamais elle n'avait laissé ses petits amis venir chez elle, et encore moins au palais, trouvant toujours un prétexte pour les tenir à distance. Oliver n'avait pas encore mis les pieds dans son petit cottage dans le parc de la clinique.

Si elle voulait que ce mariage fonctionne, elle devait faire confiance à Oliver. Il était visiblement enchanté de devenir père. Que fallait-il d'autre pour que ça marche ?

De l'amour.

Ce à quoi elle avait aspiré toute sa vie. Quelqu'un sur qui s'appuyer dans les bons moments comme dans les mauvais.

Oliver s'excusa pour signer des papiers avant de quitter l'hôpital. Il était bienveillant. Intelligent. Drôle. Il l'aimait bien et lisait en elle. Il était le parfait candidat à aimer.

Alors pourquoi ne perdait-elle pas la tête pour lui ?

Parce qu'elle avait peur.

Une peur viscérale qu'il ne l'épouse que par devoir, pour donner un héritier à sa famille, et qu'un jour le Palais le traite comme il avait traité sa mère en la chassant sans espoir de retour.

Sa paperasse signée, il la rejoignit et lui pressa l'épaule.

— Alors, qu'en dis-tu ? On va de ton côté de l'île ce soir ?

Mince !

Il lisait vraiment dans ses pensées.

— Bonne idée, répondit-elle avec un enthousiasme forcé.

— Tu n'as pas l'air emballée, remarqua-t-il en riant.

Elle lui donna un coup de coude.

— Quelle explication donnerons-nous demain matin ?

— Eh bien… On pourrait dire que je travaille pour les services secrets de Karolinska et que je fais partie de ta garde rapprochée nocturne.

Elle éclata de rire. Sa tension se relâcha. Elle pouvait le faire. *Ils* pouvaient le faire.

Du coin de l'œil, elle vit approcher un autobus de couleur vive. C'était la navette que la Clinique des Îles mettait gratuitement à la disposition du personnel soignant et administratif pour se rendre d'un établissement à l'autre.

— On prend mon attelage ? suggéra-t-elle en désignant le car. Il doit être rentré avant minuit au risque de se transformer en citrouille.

— Avec plaisir.

Il lui prit la main, et elle voulut instinctivement s'écarter. Mais le communiqué de presse et les photos de leur « couple heureux » sortiraient le lendemain matin…

Alors elle pressa sa main, et ils montèrent à bord de la navette.

8.

— Ce tilapia est délicieux.

Lia acquiesça, savourant les parfums délicats du nouveau plat préparé par le restaurant de la Clinique des Îles.

— Pas mal pour un plat à emporter, hein ?

Oliver hocha la tête et prit un morceau de poisson.

— Tu ne manges jamais au restaurant ?

— Non.

— Pourquoi ? Tu n'aimes pas manger avec tes amis ?

Embarrassant… Elle n'avait pas vraiment d'amis.

— J'ai la réputation d'être une princesse difficile à satisfaire, tu sais ce que c'est, éluda-t-elle.

Il posa sa fourchette sur la belle table en bois exotique dressée dans le jardin derrière la maison de Lia.

— Lia, je ne saurai jamais vraiment ce qu'a été ton enfance, mais moi aussi j'ai grandi avec des gens qui attendaient de moi un certain comportement.

Elle sentit une douce chaleur l'envahir. Comment faisait-il pour trouver toujours les mots parfaits ?

— C'est usant de passer son temps à se comporter d'une certaine façon pour donner tort aux jugements erronés qu'on porte sur nous.

— C'est pour ça que je suis venu ici, dit-il gaiement. Quel bonheur d'être l'anonyme et ordinaire Dr Bainbridge !

— Mais tu ne l'es pas vraiment, n'est-ce pas ?

— Pour mes patients, si. Et mes amis. En fait, peu de gens me considèrent comme le futur duc de Banford, en dehors de mes parents et de quelques cousins, déclara-t-il, s'adossant à sa chaise avec un sourire. J'espère que *toi*, tu me vois de manière un peu moins formelle que le « Dr Bainbridge ».

— Juste un peu ! répliqua-t-elle, taquine.

— Sérieusement, Lia, je ne veux pas que tu me voies comme un duc, ni même comme un médecin, mais simplement comme l'homme que tu as rencontré au gala de bienfaisance.

— Seigneur, soupira-t-elle. Moi qui ai toujours rêvé qu'on me considère comme un médecin…

— D'après ce que j'ai vu, c'est ce qui se passe à la clinique.

Il avait raison. À la clinique, elle était le Dr Amelia Trelleburg, neurochirurgienne. Méticuleuse, sérieuse, centrée sur son travail.

Elle avait été enchantée d'être choisie par le fondateur de la clinique, le Dr Nate Edwards, qui avait réuni des spécialistes du monde entier et créé un environnement égalitaire où personne ne bénéficiait d'un traitement spécial. Ils étaient tous là pour mettre leur énergie au service d'une passion commune : soigner les gens. Et elle adorait ça.

Elle avait cru qu'on n'avait besoin que de ses compétences. Mais trois ans plus tard, elle se rendait compte qu'elle avait compartimenté sa vie, se refermant en dehors de ses heures de travail pour ne pas risquer d'être rejetée.

La vérité lui apparaissait avec une clarté implacable : elle s'empêchait de recevoir l'amour auquel elle aspirait tant.

Elle regarda Oliver, si bon et généreux. Dont la patience était sans limites. Elle pouvait se montrer honnête. S'ouvrir à lui. Partager des choses personnelles.

Elle posa sa fourchette et le regarda dans les yeux.

— Tu sais que j'ai reçu une formation militaire, mais que ma famille a refusé que je serve dans l'armée ?

Il acquiesça.

— Au début, j'étais furieuse. J'ai même envisagé de me teindre les cheveux, de les couper et d'aller me battre grimée.

À ces mots, il sourit.

— Tu avais prévu un déguisement ?

— Non, admit-elle. Ma rébellion a été de courte durée.

Elle avait vite renoncé. Trop vite pour quelqu'un qui prétendait vouloir contrôler sa vie.

— Qu'est-ce qui t'a fait changer d'avis ?

— J'ai découvert la neurochirurgie.

— Tu n'avais pas choisi cette spécialité ?

— Pas au début. J'avais pris la médecine de guerre.

— Ça explique ton incroyable trousse de première urgence, remarqua-t-il avec un sourire en lui décochant un check.

Elle gloussa avec une joie enfantine. Personne ne faisait ça à une princesse. Mais rien ne la gênait avec Oliver.

— Qu'aimes-tu dans la neurochirurgie ? demanda-t-il.

— Le fait de rendre à quelqu'un le pouvoir de prendre ses propres décisions, répondit-elle sans hésiter.

Elle considérait comme un immense honneur d'aider une personne vulnérable dont la capacité de décision était affaiblie. Elle recevait chaque jour une leçon d'humilité des gens qui lui faisaient confiance pour les opérer. Si elle accordait la même confiance à Oliver, ils seraient invincibles.

Leurs regards se soudèrent, et à cet instant Lia sentit que tout était possible. Elle se caressa le ventre et, en levant les yeux, elle vit que son geste n'avait pas échappé à Oliver.

— Tu veux le toucher ?

Elle prit sa main et la posa sur son ventre avant de la couvrir de la sienne.

Ils partagèrent ce moment en silence puis, tout naturellement, leurs mains se séparèrent.

— Et toi ? dit-elle. Pourquoi as-tu choisi la pédiatrie ?

— Je voulais donner aux enfants un sentiment de sécurité dans les endroits effrayants. Comme la pension.

Lia frissonna.

— Beurk ! Je détestais la pension. Pas toi ?

— Non. C'était tout le contraire

Il lui jeta un regard qui signifiait : « Je vais partager avec toi quelque chose que je ne dis pas à tout le monde. »

— C'était plus facile pour moi d'être loin de mes parents qu'avec eux… Je les aime, car ce sont mon père et ma mère, mais ils détestent être parents… et ils ne savent pas comment m'aimer.

Lia eut un hoquet, horrifiée.

Il lui pressa le bras pour la rassurer.

— J'ignore pourquoi, mais je n'ai jamais pris ça comme un rejet personnel. Mes parents manquent juste de…

Il contempla le ciel criblé d'étoiles au-delà des palmiers qui bordaient le jardin, comme pour y puiser l'inspiration.

— Ils ne dégagent pas la rassurante sérénité de ceux qui aiment et sont aimés. On dirait qu'ils pensent que m'aimer les rendrait vulnérables, faibles… Alors pour moi, la pension était géniale. Ce n'était pas qu'un foyer loin des miens. C'était *chez moi*. Et en grandissant, je me suis fait un devoir de veiller à ce que les enfants se sentent toujours appréciés.

— Je suis désolée pour toi.

— Il n'y a pas de raison. Honnêtement. Je me sentais vraiment mieux loin des miens.

Lia se demandait comment il pouvait être aussi chaleureux et bienveillant après avoir reçu une éducation aussi froide. Le mariage de ses propres parents avait été un désastre, mais elle savait qu'il avait été fondé sur l'amour.

Quand les ingérences du Palais les avaient définitivement séparés, son père avait perdu l'envie de se battre, en même temps que l'amour qu'il avait pu avoir pour Lia. Il était devenu une coquille vide.

Cette rupture avait dû être affreusement douloureuse pour lui, elle s'en rendait compte aujourd'hui. Il n'avait peut-être pas envoyé Lia en pension parce qu'il la détestait, mais parce qu'elle lui rappelait l'homme qu'il avait été.

Elle eut un soudain élan d'affection pour son père. Grâce au sang bleu d'Oliver, elle avait une chance de fonder la famille que son père n'avait jamais pu avoir. Pourrait-elle lui tendre la main aujourd'hui, ou le bonheur de sa fille le rendrait-il encore plus amer ?

Elle s'en ouvrit à Oliver qui réfléchit un moment.

— Si tu te sens assez forte pour supporter qu'il te rejette, ça vaut la peine d'essayer. Rappelle-toi que je ne serai pas loin.

— J'aurais aimé te rencontrer il y a des années, lâcha-t-elle impulsivement.

Une émotion passa fugitivement dans les yeux d'Oliver.

— Ça aurait été chouette.

— Je suis navrée que tes parents ne t'aient pas offert un foyer heureux, dit-elle pour montrer qu'elle comprenait sa souffrance. Mais tu as su en tirer le meilleur parti, et j'aurais aimé en faire autant. Je donnerais tout pour avoir une chance de réparer le mal qui a été fait.

— Hé ! murmura-t-il avec douceur, nous n'avons pas tous la même donne, et tu as fait ce que tu pouvais avec la tienne. Les problèmes de tes parents n'avaient rien à voir avec toi. Il est important que tu voies les aspects positifs de ta vie. Il me semble que tu es plutôt heureuse ici. Tu as ton voilier. Tu adores ton travail. Et tu m'as, moi. Ne rejette pas ce que tu as pour aspirer à des choses que tu ne maîtrises pas.

Il avait raison, bien sûr. Mais le bon sens ne compensait pas les rêves de bonheur détruits d'une petite fille.

— Je remercie le ciel pour ce que j'ai. Vraiment. Il y a tant de situations pires. Mais j'aurais souhaité une ou deux choses, dit-elle d'une toute petite voix.

— Comme quoi ?

— D'abord, j'aurais aimé que nous ayons des fiançailles normales, avoua-t-elle avec un sourire contrit.

— Que veut dire « normal » de nos jours ? Des tas de gens tueraient pour ce que tu as : les médias à tes pieds, un poste dans une clinique chic, un palais où passer tes vacances…

Elle rit en songeant à la longue liste d'apparitions publiques qu'elle devait faire pendant ses congés.

— Si seulement ils connaissaient la vérité…

— Allons ! Même si elle n'a pas commencé comme un conte de fées, la vie avec moi ne sera pas si affreuse. Je te le promets.

Elle lui sourit.

— Tu n'es pas si mal, pour un type qui vit dans un arbre.

— Hé ! C'est de notre maison de famille que tu parles ! s'écria-t-il avec un grand sourire trahissant sa fierté.

Sa réflexion ébranla Lia. Ils n'avaient pas abordé ce sujet.

Elle allait répondre qu'elle préférait vivre dans l'intimité du parc de la clinique, mais il semblait si satisfait de l'avenir qu'on lui avait imposé…

— Si je n'étais pas une princesse, tu voudrais quand même m'épouser ?

— Du plus profond de mon âme, répondit-il sans hésiter. C'est notre enfant que tu portes. Alors je suis totalement impliqué. Et, sérieusement, si tu n'aimes pas la maison dans les arbres, on vivra ailleurs. Si tu es lassée de Sainte-Victoria, on trouvera une autre île. Si tu ne…

— Stop ! l'interrompit-elle en gloussant. La maison dans les arbres est un endroit parfait pour élever un bébé.

— Elle n'est pas exactement traditionnelle. Le Palais pourrait ne pas approuver.

— Il va détester, dit-elle en souriant.

— Dans ce cas…

Oliver se leva et, s'agenouillant devant elle, fouilla dans sa poche et sortit un petit écrin.

Princesse Amelia de Karolinska…

— Oui, répondit-elle avec méfiance.

Il leva vers elle son beau visage, franc et honnête.

— Me feras-tu l'honneur de t'installer dans ma résidence pas-très-royale quand nous serons mariés ?

Captivée par son sourire, Lia remarqua à peine la jolie bague qu'il glissait à son doigt. À la contemplation de ce magnifique anneau d'éternité, elle sentit son cœur fondre. Il symbolisait son pays natal, leur enfant et, du moins l'espérait-elle, l'avenir qu'ils partageraient. Il parlait d'espoir et de promesses. De joie. Des sentiments qu'elle n'avait jamais associés au mariage.

— Oui, répondit-elle en lui tendant ses lèvres. Avec plaisir.

Oubliant le dîner, ils s'embrassèrent fougueusement et, bouche contre bouche, arrivèrent jusqu'à la chambre.

Plus tard, alors qu'ils gisaient dans les bras l'un de l'autre, elle se blottit étroitement contre lui. Elle s'émerveillait encore que cette histoire ne soit pas qu'une passade, mais sa nouvelle réalité. Elle était fiancée à Oliver. Ils allaient avoir un enfant. Fonder une famille.

Ils devaient juste veiller à ce que l'ingérence du Palais cesse après leur mariage.

Son téléphone tinta, annonçant l'arrivée d'un texto.

Le Palais.

Elle fourra l'appareil dans le tiroir de la table de chevet. Ce soir, le Palais pouvait attendre.

— Je vois que votre nouveau fan est là.

Grace, l'infirmière de bloc qui travaillait avec Lia depuis trois ans, était une femme adorable. Elle fixait la galerie d'observation où Oliver mangeait un sandwich, assis au premier rang.

Il agita la main en souriant. Le cœur de Lia manqua un battement avant de s'emballer joyeusement.

— Mon fiancé, vous voulez dire, dit-elle nonchalamment.

Grace haussa les sourcils.

Elles n'avaient pas échangé de confidences devant le distributeur de boissons. Et passer d'un célibat endurci à des fiançailles avec un homme dont elle ne lui avait jamais parlé justifiait amplement le regard sceptique de Grace.

Lia n'avait même pas encore remis à Nate sa demande de congé pour le mariage, ce qui était stupide, car le Palais avait finalement décidé que la noce ne serait pas célébrée à Sainte-Victoria mais à Karolinska, au cours d'une « petite cérémonie intime » dans les jardins du palais.

Elle avait protesté. Vivement.

Oliver l'avait calmée en arguant qu'il ne s'agissait pas de comptabiliser les concessions, mais de préparer l'avenir et de faire preuve de bonne volonté pour avoir des munitions contre le Palais quand viendrait l'affrontement.

Elle avait utilisé les mêmes arguments quand les parents d'Oliver avaient dévoilé leur liste d'invités.

— Certains de ces cousins ont été exhumés du mausolée familial, ma parole ! s'était-il écrié avec incrédulité.

— Des munitions, avait-elle rappelé, avant de prévenir le palais qu'ils donnaient leur agrément aux invitations du duc de Banford.

C'était agréable de ne pas avoir à se soucier des préparatifs du mariage, de ne pas les voir envahir leurs vies tranquilles à Sainte-Victoria.

Ils étaient convenus de s'envoler pour Karolinska le jour J – un mariage dans le plus pur style Las Vegas –, puis de reprendre un vol pour regagner Sainte-Victoria, où ils fêteraient l'événement tous les deux, dans l'intimité.

Mais entre le bébé, le mariage et son fiancé tout neuf, Lia avait besoin de son travail pour rester elle-même.

— J'espère qu'il ne s'attend pas à des fantaisies, remarqua Grace d'un air désapprobateur. Ce n'est pas un numéro de cirque. Cette opération est importante.

— Bien sûr ! répliqua Amelia, horrifiée que Grace pût penser qu'elle ne donnerait pas le meilleur d'elle-même. Toutes nos interventions sont importantes.

Ils s'apprêtaient à opérer l'anévrisme cérébral d'un musicien âgé. Grâce à une technique peu invasive, ils n'auraient pas besoin de réaliser une incision dans le crâne, ce qui devrait empêcher l'anévrisme de se rompre.

— Nous avons besoin de toute votre concentration, reprit Grace avec insistance, j'espère que vous n'allez pas lui envoyer des baisers…

— Non !

Grands dieux, non !

Le regard de Lia chercha Oliver dans la galerie. Il lui fit un clin d'œil et lui envoya un baiser. Manifestement il entendait tout. Elle sentit de doux picotements parcourir son ventre. Il était si craquant. Adorable. Bienveillant. Et jamais de toute sa vie elle n'avait été éprise, aussi vite.

Était-ce dû aux hormones de la grossesse ? À l'homme qu'il était ? Outre un délicieux amant, il était un ami formidable. Un confident. Quelqu'un auprès de qui elle pourrait s'éveiller le matin, pour qui elle aurait envie de se faire belle. Il avait tout pour lui et, chose incroyable, il était tout à elle.

Le front de Grace était plissé par la contrariété, et une idée malicieuse traversa l'esprit de Lia. *Juste pour faire marcher Grace,* se dit-elle, et, faisant mine d'embrasser son gant chirurgical, elle envoya un baiser vers la galerie. Oliver fit semblant de l'attraper et le pressa contre son cœur avant de croquer allègrement dans son sandwich.

Fredonnant, Lia porta son attention sur le plateau que Grace posait devant elle avec un soupir mécontent.

C'était ça, tomber amoureux ? Sourire bêtement à un plateau d'instruments en sachant que l'être cher était là pour nous soutenir ? Elle l'espérait. De tout son être. Parce qu'on se sentait délicieusement bien.

— Votre patient est important, remarqua Grace qui semblait douter de la concentration de Lia.

— Grace, je suis là. Nous allons faire le maximum pour lui.

L'infirmière marmonna dans sa barbe.

— Qu'est-ce qui se passe, voyons ?

Grace contourna en silence la table d'opération et la regarda droit dans les yeux.

— Il a joué à mon mariage, dit-elle d'une voix étranglée. Cet homme a béni notre union avec sa musique et… je ne veux pas participer à la destruction de son merveilleux talent.

— Hé ! murmura Lia d'un ton apaisant. Nous sommes une équipe de choc. Nous veillerons à ce que rien de mal ne lui arrive. Je vous le promets.

C'était la première fois qu'elle voyait l'infirmière s'émouvoir pour un patient. Elle songea au guitariste qui jouait quand Oliver l'avait tenue dans ses bras pour la première fois. Elle prit conscience que ce morceau de guitare resterait à jamais dans ses pensées et, enfin, put répondre à la question qui la hantait depuis des jours.

Oui. Elle était en train de tomber amoureuse.

Grace grommela sous son masque chirurgical. À en juger par les rides qui plissaient ses yeux, elle souriait enfin.

— Petite, cet homme là-haut vous fait assurément de l'effet. Vous savez que c'est la première fois que vous ne jouez pas les sergents instructeurs avec moi ?

— Que voulez-vous dire ? grogna Lia.

— Oh ! vous avez compris... Vous n'êtes pas exactement le genre à faire des câlins et à serrer les gens dans vos bras.

— Je vous ai déjà prise dans mes b...

Lia s'interrompit. Peut-être ne l'avait-elle jamais fait...

Grace baissa la voix.

— Ne le prenez pas mal, docteur. On est habitués à votre comportement maintenant.

— Et comment définiriez-vous mon comportement ?

— Clinique. Comme un manuel médical. Ce n'est pas votre faute. Tout le monde ne montre pas ses émotions, en tout cas pas vous. Mais on dirait que la fréquentation du Dr Bainbridge vous a rendue plus gentille. Et on en est tous ravis. Mais je veux m'assurer que ça ne vous déconcentre pas pendant les heures de travail, conclut Grace avec un regard éloquent vers la galerie d'observation.

Lia devint écarlate en réalisant qu'Oliver avait tout entendu... et que Grace avait raison.

Durant ses trois années ici, elle ne s'était pas fait de vrais amis, surtout pas parmi le personnel de la clinique avec lequel elle passait la majeure partie de son temps. Elle avait cru que c'était à cause de son éducation, mais elle était peut-être en partie responsable de son isolement avec son habitude de tenir les autres à distance.

Comme la princesse de *La Reine des Neiges,* son cœur était froid à cause du fardeau qu'elle portait depuis sa naissance.

Elle leva les yeux vers la galerie où Oliver l'observait. Son cœur bondit. Ils avaient passé une agréable semaine, partageant leurs repas avec des médecins amis d'Oliver et rencontrant ses partenaires de football. Elle avait même échangé son numéro avec un adolescent qui faisait du bénévolat à l'hôpital et envisageait de devenir chirurgien.

Grace avait raison. Oliver Bainbridge la métamorphosait.

Avec sa détermination, sa passion pour son travail et, surtout, sa capacité à dépasser son éducation rigide pour devenir un homme chaleureux et bienveillant. Avec lui, tout semblait possible. Et il la changeait. En mieux.

Elle posa la main sur son cœur en espérant qu'il comprendrait le message.

L'opération se déroula sans anicroche.

La technique utilisée était intéressante, et elle allait surtout sauver la vie du patient. Elle consistait à insérer un microcathéter avec un anneau relié à un cathéter chirurgical. Dès que Lia eut introduit le microcathéter dans l'anévrisme, elle envoya une décharge électrique pour séparer l'anneau du cathéter, scellant ainsi l'ouverture de l'anévrisme.

Le patient devrait rester sous surveillance une nuit ou deux à la clinique, mais Lia assura à Grace qu'il jouerait de nouveau dans quelques jours.

Le reste de la journée passa dans une sorte de brouillard. Après sa dernière intervention et une douche rapide, Lia se rendit au service de pédiatrie où elle devait trouver Oliver. C'était sa journée hebdomadaire à la Clinique des Îles, et généralement ils prenaient des plats à emporter au restaurant de l'établissement.

Quittant la chambre d'un patient, Oliver sourit en voyant Lia, quand une infirmière s'approcha, la mine sombre.

Saluant Lia d'un signe de tête, Oliver écouta attentivement l'infirmière, Maddy Orakwee, lui parler de l'appel qu'elle venait de recevoir de l'hôpital de Sainte-Victoria.

Son cœur sombra.

— Elodie ? Vraiment ? demanda-t-il, en se passant nerveusement la main dans ses cheveux.

Maddy hocha la tête d'un air lugubre.

Sa jeune patiente avait quitté l'hôpital quelques jours plus tôt, et on avait recommandé à sa famille d'appeler si sa fièvre revenait ou si ses symptômes empiraient. Une dure perspective pour une fillette de six ans pleine de vie.

— On craint une pneumonie secondaire, dit Maddy, navrée.

— On lui a donné des antibiotiques ?

— Oui. Elle est sous oxygène et sous perfusion mais…

Maddy regarda Lia qui patientait un peu plus loin.

— Approche, Lia, dit Oliver. Maddy, vous connaissez ma fiancée, le Dr Trelleburg ? Elle est chirurgienne en chef du service de neurologie.

Maddy hocha la tête et sourit à Lia avant de poursuivre :

— Les infirmières disent que vous aimez beaucoup Elodie, mais comme les urgences sont débordées…

— Pourquoi ? Il y a eu un accident ?

— Rien de grave. Des types s'étaient réunis, vous savez…

— Un enterrement de vie de garçon ? demanda Lia.

— C'est ça. Ils étaient sortis en jet-skis pour frimer devant un groupe de filles, et…

Oliver n'avait pas besoin d'explications. Pendant la saison des mariages sur l'île, les jeunes faisaient les intéressants et buvaient beaucoup. Mais l'alcool, l'océan et les véhicules motorisés ne faisaient pas bon ménage.

— Elodie n'est pas seule, si ? demanda-t-il.

— Non, mais…

Aucun proche n'est là pour elle.

Le personnel faisait de son mieux pour que les enfants se sentent en sécurité, offrant des lits dans leur chambre aux parents et aux proches, et des infirmières et des médecins passaient régulièrement les voir, mais avec le pic d'activité, il n'y avait personne pour prodiguer tendresse et affection aux enfants qui en avaient besoin.

Elodie était très sensible et faisait partie de ces enfants.

— Et son oncle et sa tante ? demanda-t-il.

— Ils ne viendront pas avant trois jours, répondit Maddy. Ils assurent la restauration sur une croisière dans les îles et ne seront pas de retour avant la fin de semaine.

— Quoi ? Où était-elle censée passer ses nuits ?

— Chez un autre parent, j'imagine. En tout cas, dans son état, elle devra être hospitalisée plusieurs jours.

Oliver jura entre ses dents. L'oncle et la tante d'Elodie travaillaient dur. Chacun cumulait deux, voire trois, jobs dans des complexes touristiques pour joindre les deux bouts, et gérer la restauration d'un yacht privé leur garantirait une rétribution substantielle.

Il savait qu'ils n'auraient jamais laissé Elodie de gaieté de cœur. Mais entre leur travail et leur propre progéniture, ils ne pouvaient pas passer leurs nuits à l'hôpital.

Quinze jours plus tôt, il aurait sauté dans sa jeep et foncé à l'hôpital. Mais la situation était différente aujourd'hui. Il était fiancé. Il allait être père.

Il était convenu avec Lia qu'ils ne sacrifieraient pas leur travail à la préparation du mariage, et cette semaine avait été particulièrement chargée. Après plusieurs soirées consécutives d'astreinte, ils s'étaient promis de dîner ensemble ce soir. Juste tous les deux. Pour se retrouver, étudier les listes envoyées par le Palais concernant la noce et, surtout, rédiger les vœux qu'ils prononceraient le grand jour.

Ils avaient perdu la bataille pour les fleurs, les robes des demoiselles d'honneur et même les nœuds des chaises, mais Lia avait été inflexible sur les vœux, refusant que le Palais décide de leur mode d'engagement l'un envers l'autre.

Mais Elodie… le regard d'Oliver glissa vers la sortie.

— Fais-la transférer ici, dit Lia, lisant en lui. On a des lits vacants. On pourra la surveiller pendant la nuit, si tu restes, précisa-t-elle à voix basse.

— Tu es sûre ?

— Évidemment, répondit-elle sans hésiter avec un doux sourire. Sinon tu passeras la nuit à déplorer de ne pas être au chevet de ta patiente préférée.

— Je n'ai pas de patient préféré, protesta-t-il faiblement.

Lia faisait preuve d'un altruisme admirable. Elle n'avait jamais été prioritaire pour personne. Il avait voulu qu'elle sache qu'elle le serait pour lui. Mais…

— Tu es sûre-sûre ? répéta-t-il, prenant sa main.

Elle pressa ses doigts en guise de réponse. C'était un oui.

Oliver hésita. Il voulait qu'elle puisse compter sur lui, pas juste comme père de leur enfant, mais parce qu'il était en train de tomber amoureux d'elle.

— On peut organiser son transfert ensemble, suggéra-t-elle, passant en mode action. Pour dîner, on prendra plus tard un petit truc au restaurant de la clinique.

Il sourit en songeant au « petit truc » de la semaine passée, un somptueux plateau de fruits de mer pour deux.

Il se concentra sur le moment présent.

Il s'ensuivit une demi-heure de folie à collecter des informations sur l'accident qui monopolisait les urgences. Le conducteur de jet-ski fautif s'avéra être un célèbre rappeur de Miami, témoin de son producteur qui s'apprêtait à convoler en justes noces dans une résidence privée de l'île. Le rappeur, C-Life, faisait des acrobaties avec son jet-ski quand il avait accidentellement coupé les lignes de l'aile d'un kitesurfeur. Déséquilibré, l'engin s'était retourné et l'avait éjecté.

On ignorait encore la gravité de ses blessures, mais son entourage avait insisté pour qu'il soit conduit à la clinique où son équipe pouvait loger au luxueux hôtel de l'établissement.

Le pilote de l'hélicoptère accepta de retourner à l'hôpital de Sainte-Victoria chercher Elodie et la ramena à la clinique.

— Je vais aux admissions aider à gérer la bande de fêtards, dit Lia, baisant la joue d'Oliver. Sauf si tu veux que je reste.

— Vas-y. On se verra plus tard, d'accord ?

— Entendu, répondit-elle avec un sourire.

Il embrassa le sommet de son crâne et alla accueillir Elodie à sa descente d'hélicoptère.

Lia comprenait que son travail était une vocation et respectait cela. Habitué à prioriser son métier, il veillerait cependant à ce qu'elle sache qu'elle et le bébé comptaient tout autant pour elle.

Une heure plus tard, le niveau d'oxygène d'Elodie était redevenu normal, et on lui perfusait un nouvel antibiotique. Il lui sourit tendrement.

— On lit une histoire ? demanda-t-elle timidement.

— D'accord.

Elle s'écarta pour lui faire de la place sur le lit, la respiration sifflante à cause de l'effort. Il réprima à grand-peine son envie de la prendre dans ses bras pour lui jurer qu'il veillerait toujours sur elle.

Elle leva vers lui ses yeux brillant d'attente.

N'ayant pas de livre sous la main, il décida d'improviser.

— Quel genre d'histoire veux-tu entendre ? Effrayante ?

— Non.

— Drôle ?

Elle haussa les épaules.

— Je veux une histoire de princesse !

Du coin de l'œil, il vit Lia à la porte de la chambre. Elle posa un doigt sur sa bouche et lui fit signe de continuer.

— Une histoire de princesse... Donc, il était une fois une belle princesse qui vivait dans une île ressemblant beaucoup à celle-ci...

Avec un soupir, Elodie se blottit contre lui.

Lia s'adossa au chambranle de la porte, attendant la suite.

— Cette princesse n'avait jamais pu bien dormir, continua-t-il.

— Pourquoi ? demanda Elodie en bâillant.

— Quelqu'un mettait tout le temps des petits pois sous son matelas.

— Pourquoi ?

— Pour la mettre mal à l'aise.

— Elle ne pouvait pas juste manger les petits pois ?

— Si, dit-il en riant. Mais les petits pois étaient un test.

— Pour quoi faire ?

— Pour s'assurer qu'elle était une vraie princesse.

— Comment un petit pois peut savoir ça ?

Oliver allait expliquer que le test était destiné à prouver la sensibilité de la princesse, les princesses étant dotées d'une sensibilité surnaturelle. Mais en voyant Lia croiser les bras, sur la défensive, il modifia le conte.

— Le fait de sentir le petit pois à travers le matelas ne garantissait pas seulement son statut de princesse, c'était la preuve qu'elle était une princesse *exceptionnelle*.

— Comment ça ?

— Elle possédait un cœur aussi grand que le royaume auquel elle avait juré fidélité et loyauté. Mais c'était dur d'avoir un cœur si plein de sentiments, et parfois elle avait envie de fuir. Mais un jour, elle rencontra un étranger…

— Il était beau ?

— Incroyablement beau, répondit-il en souriant. Et il était aussi très sage. Il admirait la princesse pour son esprit autant que sa beauté. Et il ne voulait qu'une chose : la protéger, elle et son cœur magnifique rempli de sentiments qui l'empêchaient de dormir sur des petits pois.

Du coin de l'œil, il vit une larme glisser sur la joue de Lia.

— Et le prince devinait tout ça rien qu'en voyant les petits pois ? fit remarquer Elodie, sceptique.

— Oh ! il n'était pas prince.

— Qu'est-ce qu'il était alors ? Une grenouille ?

Il réprima un rire.

— Il était duc. Ce n'est pas aussi extraordinaire qu'un prince, mais il comprenait la princesse et le monde d'où elle venait.

— Est-ce qu'il l'aimait ?

Lia regarda autour d'elle comme pour chercher une échappatoire.

— Il tomba amoureux d'elle, dit Oliver, captant son regard. Il la trouvait merveilleuse, et se jura de faire tout ce qui était en son pouvoir pour qu'elle sache à quel point elle était unique.

Lia porta les mains à sa poitrine, et il se demanda si elle éprouvait la même émotion que lui.

— Alors il a mangé les petits pois ? demanda Elodie, surtout intéressée par l'inconfort nocturne de la princesse.

— Oui. Il a mangé tous les petits pois qu'il a fallu pour qu'elle se sente bien, et ils furent heureux jusqu'à la fin des temps… Et maintenant c'est l'heure de dormir !

Oliver promit à Elodie de passer la voir le lendemain matin puis, lui ébouriffant affectueusement les cheveux, il éteignit la lampe de chevet.

Quand il sortit de la chambre, Lia ne dit rien. C'était inutile. Elle prit sa main, les yeux brillant de larmes.

— Tu as faim ? demanda-t-il.

Elle secoua la tête.

— On va dormir ?

Elle acquiesça et pressa sa main.

Mais en voyant ses yeux brûler d'une passion qu'il n'y avait encore jamais vue, il comprit que dormir était la dernière chose qu'elle avait en tête. Ce qui lui convenait parfaitement.

9.

— Tiens…

Lia tendit une tasse de café à Oliver, émue par le plaisir que lui procurait ce petit geste simple. Peut-être parce que c'était délicieusement nouveau pour elle.

— Hum ! merci. Ça sent bon.

Oliver l'embrassa sur la joue, prit une gorgée de café, et se renfonça sous la couette.

Elle aimait le voir dans son lit à la pâle lueur de l'aube qui filtrait à travers les rideaux soulevés par une brise légère. Leur attirance sexuelle était toujours aussi forte, mais il s'y ajoutait une nouvelle dimension. La confiance.

La porte de son cœur qu'elle protégeait le plus farouchement… et Oliver l'avait conquise.

Le moment partagé avec Elodie la veille avait hissé leur relation à un degré d'intimité qu'elle n'avait jamais connu avant. Causant une sorte de déclic au fond d'elle.

Ils formaient une équipe et s'étaient promis de combattre ensemble les plans du Palais pour le mariage. Mais qui voulait combattre quelque chose d'heureux ?

Sans son titre, son monogramme et son diadème, elle était comme n'importe quelle autre femme, qui trouvait son accomplissement dans une profession dont elle était fière, une famille unie et un amour partagé.

Sa main caressa son ventre, et naturellement elle songea au minuscule bébé qui grandissait en elle. L'enfant qu'Oliver et elle aimeraient et chériraient, même si sa conception avait été imprévue et leur mariage, décidé en haut lieu.

Une pensée lui vint tandis qu'elle se versait une tasse de tisane.

Peut-être avait-elle eu besoin de ce coup de pouce du destin. Elle n'avait pas de famille ni d'amis vers qui se tourner quand elle allait mal, et ne savait pas quelle direction donner à sa vie amoureuse, n'ayant pas eu de modèle de mariage heureux. Si elle n'avait pas eu à rendre des comptes à la Couronne, serait-elle partie s'installer à des milliers de kilomètres de Karolinska quand la situation était devenue trop dure pour elle ?

Elle avait réagi d'instinct. Et elle avait rencontré un homme merveilleux dont elle était tombée enceinte. Elle avait décidé de garder le bébé mais, doutant que ses sentiments soient partagés, s'était d'abord résolue à fuir pour ne pas être rejetée.

La peur ne l'avait pas seulement poussée à se protéger. Elle l'avait rendue aveugle. Incapable de voir ce qui crevait les yeux. On ne rencontrait le vrai bonheur qu'en ayant le courage d'aimer, même si cet amour rendait vulnérable.

Un sentiment de culpabilité l'étreignit. Était-ce ce qu'avait traversé sa mère ? Avait-elle perdu le contrôle parce que son mari avait été élevé dans la conviction que la voie qu'il choisissait était forcément la bonne, au mépris des espoirs et des rêves de son épouse ?

— Approche, ma belle, murmura Oliver, tapotant le lit près de lui. Prépare-toi à un grand moment d'éloquence !

Elle s'assit sur le petit fauteuil bleu en face du lit.

— Je suis prête.

— Quoi ? s'écria-t-il, faussement horrifié. Mon haleine matinale est-elle si affreuse que tu n'oses pas t'approcher ?

— Non, répondit-elle en riant.

Elle avait mauvaise conscience, car sa fiche de vœux était désespérément vierge. Elle n'avait pas encore été capable de noter ce qu'elle voulait lui dire. Tout était si frais, si changeant, entre eux. Elle n'avait même pas pu lui avouer qu'elle était en train de tomber amoureuse de lui.

— Je te vois mieux d'ici, dit-elle en prenant son air le plus inspiré. Comme tu as travaillé dur à la rédaction de tes vœux, je veux laisser respirer tes écrits…

— Très généreux de ta part…

Elle essaya d'imiter son ton hautain.

— C'est ainsi qu'au palais royal nous aimons recevoir et transmettre l'information… à distance.

Elle avait voulu faire de l'humour, mais une lueur méfiante passa dans les yeux d'Oliver.

— Pardon, dit-elle, les mains jointes sur son cœur. Ça m'intéresse, sincèrement. Ces vœux sont importants. Mais… je n'ai encore rien noté, et si ce que tu as écrit ressemble à ce que je suis incapable de formuler…

Elle était distraite par son torse nu, bronzé et musclé, qui semblait appeler ses caresses. Elle déglutit difficilement.

— Et si je m'approche, je vais t'arracher ton boxer, et tu sais comment ça finira. On sera en retard au travail, et ce serait mal. Ces vœux sont importants. *Tu* es important.

Ils se fixèrent. Lia était essoufflée, comme si elle venait de courir. L'atmosphère était électrique. Oliver roula des épaules en un mouvement félin d'une sensualité inconsciente.

Il jeta un coup d'œil au radio-réveil.

— Nous avons vingt minutes, dit-il d'une voix rauque. On peut faire beaucoup de choses en vingt minutes.

On pouvait. En mettant du cœur à l'ouvrage.

Leur étreinte fut torride, rapide, immorale. Ils se dévorèrent comme si c'était la première et la dernière fois.

Crier à l'instant de l'orgasme n'était pas une option, car les jardiniers de la clinique travaillaient derrière le cottage, et ce frisson supplémentaire pimenta encore leurs ébats.

Au plus fort du plaisir, Lia mordit l'épaule d'Oliver. Fort. Ce qui ne fit qu'accélérer ses puissants coups de reins, avant que leurs corps se rejoignent dans la même jouissance.

À bout de souffle, Lia glissa les doigts dans les cheveux d'Oliver. Elle le chevauchait toujours et se sentait aussi épuisée qu'exaltée. Prêts à commencer la journée, ils étaient déjà excités à la perspective du soir, où ils se retrouveraient.

Baisant son épaule, il souleva Lia et la cala contre lui.

— Là, dit-il d'un air suffisant. Je savais que je pouvais te rapprocher de moi.

Il se pencha pour attraper ses notes.

— Il nous reste sept minutes, ma belle promise. Voyons… que penses-tu de ça ?

Affichant une expression songeuse comique, il déclama d'une voix sonore :

— Les roses sont rouges…

Elle éclata de rire pour masquer sa déception.

Mais elle ne pouvait pas lui reprocher son ton blagueur alors qu'elle ignorait comment mettre des mots sur ses propres sentiments. « Je t'aime » paraissait insuffisant pour traduire ce qu'il représentait déjà pour elle.

— Un début prometteur, dit-elle enfin.

Il se gratta la tête et retourna la feuille. Elle était vierge. Il n'avait rien écrit ; aurait-il des doutes ?

— Ces propositions me semblaient un peu sèches, dit-il en brandissant l'impression papier des suggestions du Palais.

— Comme le désert ! répliqua-t-elle, pour cacher sa peine.

Oliver ne fut pas dupe. La mine grave, il lui prit le menton et déposa un doux baiser sur ses lèvres.

— Hé ! On les finalisera, ces vœux. Nous rédigerons quelque chose de personnel qui sera approuvé par le Palais. Tu me fais confiance ?

Elle le souhaitait plus que tout. C'était cela l'aimer vraiment. Lui accorder une confiance absolue.

Elle sonda son regard, mais n'y vit aucun doute. Ses hormones devaient la rendre paranoïaque.

Quand il l'attira à lui et que son parfum citronné l'enveloppa, elle sentit son cœur se gonfler d'espoir.

— J'aimerais qu'on se marie comme des gens normaux…

— Nous sommes des gens normaux.

— Pas vraiment, murmura-t-elle en se blottissant dans ses bras. Ce n'est pas que les jardins du palais soient laids mais… il n'y a aucune spontanéité dans ce mariage, et tout doit se faire sous le feu des projecteurs.

— Comme quoi ?

Haussant les épaules, elle lâcha la première chose qui lui vint à l'esprit.

— Et si tu voulais enterrer ta vie de garçon ?

— Me soûler et chevaucher un jet-ski ? Non merci, répondit-il avec dédain.

— Les hommes ne font pas que ça à leur enterrement de vie de garçon. Allons, réfléchis. Qu'est-ce que tu ferais ?

Elle se redressa pour le scruter.

— Ce n'est pas très viril, mais j'aimerais emmener des petits orphelins faire de la plongée à Turtle Cove. Partager un super pique-nique avec eux. Inviter peut-être des médecins à se joindre à nous pour jouer au foot. Et Elodie, bien sûr…

— Jouer le rôle du père qu'ils n'auront jamais ?

— Ouais…

— Du père que *tu* n'as jamais eu ?

Il hocha la tête en soupirant.

Le cœur serré, Lia s'en voulut d'avoir douté de lui. Quelle importance s'il n'avait pas rédigé ses vœux ? Il avait reçu la même éducation coincée qu'elle. Où on n'exprimait pas ses sentiments de peur qu'ils soient jugés « inappropriés ».

Elle enlaça ses doigts et s'adossa à la tête de lit avec un soupir.

— Je n'ai aucune idée de ce que je ferais si j'enterrais ma vie de jeune fille.

— Ah bon ? dit-il avec un sourire doux.

— Je ne le ferais sans doute pas, pour ne pas déplaire au roi et à la reine.

— Allez, dis-moi ce que tu aimerais si ça t'arrivait. Tu danserais en tutu ? Tu jouerais à colin-maillard avec le pédiatre ? Tout est permis !

Elle éclata de rire avant d'avouer timidement :

— Je voudrais une vraie fête d'anniversaire de fille de douze ans.

Il siffla et applaudit, entre ravissement et perplexité.

— Quoi ? Pourquoi ? Tu n'as jamais connu ça ?

— Si, mais c'était du genre coincé…

Elle jeta un coup d'œil au radio-réveil.

— Zut ! il faut qu'on se dépêche. J'ai une opération bientôt.

— Dis-moi, la pria-t-il, la sortant du lit et l'entraînant vers la douche. Dis-moi exactement ce qu'une Amelia de douze ans aurait fait pour son anniversaire.

Et pendant qu'ils se douchaient et s'habillaient pour la journée, elle le lui dit.

Lia retira la caméra chirurgicale de l'endoscope.

— Parfait. On peut refermer.

— Donnez-la-moi, petite. Je ne veux pas que vous la lâchiez parce que vous êtes en train de rêvasser, déclara Grace, pince-sans-rire.

Lia n'avait pas vu Oliver depuis des jours. Ils avaient prévu de déjeuner ensemble ce jour-là, mais tout pouvait changer à la dernière minute. Avec la saison touristique qui battait son plein, l'hôpital et la clinique étaient submergés de travail, comme chaque été.

Lia savait qu'elle avait l'air idiot en souriant bêtement derrière son masque à la pensée de son charmant fiancé.

— Jamais je ne compromettrais la sécurité d'un patient.

— Je sais…

Depuis trois semaines qu'elle le connaissait, Grace avait changé d'opinion sur Oliver, et ses jugements à l'emporte-pièce avaient fait place à une approbation inconditionnelle. Oliver l'avait remarqué, et il avait pris l'habitude de lui offrir ses bonbons préférés, à la noix de coco, qu'on ne trouvait qu'à Williamtown.

Lia remit la caméra à l'infirmière en souriant derrière son masque. En toute franchise, elle avait apprécié que Grace joue les mères poules, ce qui s'était le plus rapproché d'une protection maternelle pour elle.

— Merci, Grace. Encore un travail bien fait, dit-elle à l'adresse de son équipe.

Elle demanda à son assistant de fermer la petite incision qu'elle avait pratiquée, puis se rendit tranquillement au vestiaire où elle accéléra la cadence. Après une douche rapide, elle se séchait quand Grace entra.

— Le beau gosse est dehors.

— On déjeune ensemble, répondit-elle avec un sourire.

— Je croyais que vous alliez en Floride.

— Oh ! zut ! s'écria-t-elle tandis que son cœur sombrait. J'avais complètement oublié.

Elle avait une consultation avec une patiente potentielle qui refusait de venir à Sainte-Victoria sans l'avoir d'abord rencontrée sur son propre terrain. D'après la rumeur, c'était une personnalité du complexe touristique d'Orlando. Elle souffrait d'une tumeur au cerveau jugée inopérable.

Navrée de ce contretemps, Lia baissa la tête.

— Ça va sûrement s'arranger, dit Grace, laconique.

Quand Lia sortit des vestiaires, elle fut surprise de trouver Oliver avec un sac de voyage en bandoulière.

— Qu'est-ce qui se passe ?

— Ne vous inquiétez pas, Votre Altesse. Tous vos rêves se réaliseront là où vous allez.

— Je ne peux pas, Oliver. Je dois aller voir une patiente.

— Bien sûr. Et tu vas être escortée au fin fond de la Floride par ton serviteur.

— Tu ne travailles donc pas ?

— Pas les prochaines quarante-huit heures.

Elle entendit Grace fredonner dans les vestiaires. Pour le moins inhabituel… Que diable se passait-il ?

— Oliver, c'est chouette mais… un peu bizarre. Pourquoi m'accompagnes-tu en Floride ?

Le sourire d'Oliver s'élargit.

— Tu verras.

— Tu veux que je fasse *quoi* ? s'écria Lia, incrédule, comme ils arrivaient à l'aéroport privé de la clinique.

Elle agita la perruque qu'il venait de lui remettre, aussi brune et bouclée que ses cheveux étaient blonds et raides.

— Tu ne comptes pas réaliser un fantasme sexuel refoulé avant d'épouser une blonde scandinave, j'espère ?

— Non ! protesta-t-il avec véhémence.

Quoique, maintenant qu'elle en parlait…

Non !

Ce n'était pas l'objectif de ce voyage.

— Oliver ? Que se passe-t-il ? demanda-t-elle avec un regard nerveux par-dessus son épaule. Je ne veux pas qu'à la clinique on croie que je compromets un rendez-vous avec une patiente avec… tu sais… nos affaires de sexe.

Elle paraissait inquiète. Peut-être devrait-il tout lui dire.

Non.

Le plan était lancé, le patron de Lia savait tout, et il allait montrer à Lia qu'il adorait faire des surprises. De bonnes surprises. Autant qu'elle sache à quoi s'attendre avant qu'il lui passe la bague au doigt.

Un frisson désagréable le parcourut à la pensée de la propriété inhospitalière de ses parents. Un domaine où ils voulaient le voir s'installer une fois marié. Une autre surprise qui attendait Lia, et qu'il ignorait encore comment gérer.

Mal à l'aise à l'idée de lui cacher une chose aussi importante, il sortit une autre perruque qu'il ajusta sur sa tête.

— Nous voyagerons tous les deux déguisés.

— Pourquoi ? Ce vol n'a rien de secret, objecta-t-elle. Quelqu'un n'a pas prévenu la presse, j'espère !

— Non. Absolument pas.

Il y avait veillé.

Lia fronça les sourcils, visiblement perdue.

— Je suis heureuse que tu viennes, mais… des perruques ? C'est un simple voyage d'affaires, Oliver.

— L'équipe pédiatrique de l'hôpital veut que j'examine quelqu'un, répondit-il avec douceur.

— Il y a autre chose, affirma-t-elle, les yeux plissés. Qu'est-ce qui se passe vraiment, Oliver Bainbridge ?

Il lui jeta un coup d'œil malicieux.

— Tu le découvriras assez tôt.

— Et je dois porter ça ? demanda-t-elle en mettant la perruque, sans même prendre la peine de glisser ses mèches blondes sous les boucles brunes.

Éclatant de rire, il l'attira à lui pour l'embrasser, et elle lui rendit son baiser. Elle partageait ses sentiments. Alors pourquoi ne pas lui parler de la propriété au Royaume-Uni ? Pourquoi ne pas lui dire qu'avoir un bébé avec elle comptait beaucoup pour lui ? Et surtout, pourquoi ne pas lui avouer qu'il l'aimait ?

Il peinait à l'admettre, mais malgré ses sentiments et ses projets d'avenir avec elle il protégeait encore son cœur meurtri par la trahison de son ex.

Il devait absolument dépasser cela. Et vite.

Lia le scruta, consciente de sa tension.

— Oliver ?

Ses yeux avaient pris une teinte bleu nuit. Assombris par l'inquiétude. L'affection. L'amour peut-être. Le même amour prudent que celui qu'il lui portait. C'était un obstacle qu'ils devaient surmonter avant d'échanger leurs consentements.

Il ne pouvait pas l'épouser tant que son cœur – qui battait pour elle et leur enfant – avait des secrets. Il lui dirait tout. Mais pour l'instant, il espérait que l'expérience unique qu'elle allait vivre lui montrerait à quel point il tenait à elle.

Il sourit et lui envoya un baiser.

— Tu sauras tout en temps et en heure, ma future femme chérie.

Le voyage à Orlando se déroula sans anicroche, en dépit des questions dont ne cessa de l'abreuver Lia durant le vol.

Heureusement il savait d'expérience garder un secret. Plus jeune, il avait pris l'habitude d'offrir des cadeaux aux camarades de pension que leurs parents ne venaient pas chercher pour Noël, s'amusant à les cacher comme dans une chasse au trésor pour pimenter les choses.

Si ses parents n'avaient pas exigé sa présence aux photos de famille annuelles, il serait resté à la pension pour jouer avec les enfants délaissés et lire des histoires aux petits. Abandonner ces frimousses tristes lui semblait d'autant plus incongru qu'il ne recevait jamais un accueil chaleureux des siens. Il s'était accommodé de son enfance, mais avait eu du mal à en voir les bons côtés.

Lia lui tapota le genou, tandis que leur limousine filait vers l'hôtel du complexe touristique.

— Hé ! tu vas bien ?

Il prit sa main et la porta à ses lèvres.

— Absolument. J'étais plongé dans mes souvenirs.

— Pas des bons, apparemment.

Il l'embrassa sur la joue et pressa son front contre le sien.

— Ne t'inquiète pas. Tous mes souvenirs seront bons à partir de maintenant.

Elle posa machinalement la main sur son ventre.

— On ne lui donnera que de beaux souvenirs, n'est-ce pas ?

Dans sa question, il y avait une solennité qu'il ressentait au plus profond de lui-même.

Ils partageaient la même peur. Que leur enfant connaisse la même enfance qu'eux, embourbée dans la tradition et dépourvue d'amour, pour le meilleur et pour le pire. C'est pourquoi il avait tant de mal à rédiger ses vœux de mariage. Il voulait qu'ils traduisent son envie de changer, d'être différent. Son désir de se battre pour elle.

La façon la plus simple de le dire tenait en trois mots. Trois petits mots qu'il n'avait pas encore dits à Lia.

— Tu as préparé tes vœux ? demanda-t-il.

Elle plissa le nez.

— Désolée. J'y travaille encore.

— Il ne reste plus que dix jours !

Elle prit sa tête dans ses mains.

— Inutile de me le rappeler !

Il la tourna vers lui pour soutenir son regard. Si elle avait des regrets, elle devait le dire maintenant.

— Si tu ne veux pas le faire…

— Non… je veux dire, si. Je veux le faire. De tout mon cœur. Je…

Elle se tut, ses joues s'empourprèrent. Avait-elle été sur le point de lui dire qu'elle l'aimait ? Il l'espérait de tout son être.

Il était prêt à sacrifier tant de choses pour elle et leur bébé. Son anonymat. Son titre. Sa vie tranquille, qui ne le serait plus dès lors qu'ils seraient mariés. Mais il renoncerait à tout cela pour une chose infiniment plus précieuse : une famille à aimer et chérir, à honorer et à protéger. Il le ferait sans hésiter, mais il devait s'assurer qu'ils formaient une équipe solide.

— Que redoutes-tu le plus ? demanda-t-il.

— Que tu t'en ailles, lui avoua-t-elle en se mordillant la lèvre.

Il sentit son cœur se fendre.

— Ça n'arrivera jamais.

Au fond de lui, il savait qu'il l'aimait. Qu'il avait la force d'affronter ses parents… de changer les choses. De s'en remettre à Lia. Il devait juste guérir de son passé.

Elle le fixa longuement et dut trouver dans ses yeux ce qu'elle attendait, car elle se pencha pour l'embrasser.

Ils pouvaient y arriver, se dit-il comme leur chauffeur annonçait qu'ils atteignaient leur destination. Ils pouvaient construire une vie heureuse, pour eux et leur enfant.

— Quel luxe ! déclara Oliver comme ils pénétraient dans la suite-terrasse de l'hôtel.

Lia acquiesça.

— J'ignore comment ma patiente gagne sa vie, mais ça doit marcher pour elle si elle peut nous loger ici.

Ils visitèrent la suite, émerveillés. Comme lui, Lia devait avoir l'habitude des somptueuses chambres d'hôtel, mais là, on était un cran au-dessus.

Baies vitrées du sol au plafond. Verre et chrome partout. Immense jardin sur le toit-terrasse avec piscine à débordement et cascade. Corbeilles débordant de fruits. L'hôtel offrait même un service de location d'animal domestique au cas où votre toutou vous manquerait. Et un chef particulier était à disposition pour préparer des sushis.

Ils pouvaient avoir tout ce qu'ils souhaitaient… sauf une baignade dans le lac où un alligator avait élu domicile.

Lia jeta à Oliver un regard embarrassé.

— Euh… j'espère que tu ne t'habitueras pas à ce type d'hébergement. Ma rente de princesse n'ira pas jusque-là pour nos vacances en famille.

Il rit de bon cœur.

— C'est plus le genre de mes parents que le mien. Un pique-nique sur la plage me convient parfaitement.

En plus de la fortune familiale dont il avait hérité, son père était un nabab de l'immobilier de luxe, et ses parents figuraient parmi les couples les plus riches d'Angleterre. Détail qu'ils ne manquaient pas de rappeler à Oliver quand ils voulaient connaître ses projets concernant la fortune familiale après leur disparition.

Il était très heureux avec sa maison dans les arbres et sa vie anonyme, merci. Même s'il ne cracherait pas sur quelques folles nuits dans un palace avec sa future épouse.

Il espérait qu'elle ne lui en voudrait pas trop quand elle apprendrait qu'il n'y avait pas de mystérieuse patiente.

Le téléphone de la suite se mit à sonner, et le majordome répondit, parlant à voix basse. Puis il s'approcha de Lia.

— Votre Altesse…

— Amelia, ou Dr Trelleburg.

— Docteur Trelleburg, dit l'homme en s'inclinant respectueusement, c'est votre hôtesse. Elle vous prie de l'excuser ; elle ne peut pas vous voir aujourd'hui et demande si votre réunion peut être reportée à demain matin.

Oliver réprima un sourire quand Lia lui jeta un regard confus.

— Dites-lui que je serai heureuse de la voir au moment qui lui conviendra, répondit-elle.

L'employé transmit la réponse et raccrocha. Comme il s'apprêtait à sortir, Lia lui adressa un sourire de conspirateur.

— Pouvez-vous me dire qui est cette dame ?

Le majordome se raidit.

— Je crains de ne pas avoir le privilège de détenir cette information.

— Oh ! très bien…, dit-elle en jetant un regard perplexe à Oliver. Ça veut dire que nous pouvons avoir notre dîner en tête à tête. Ça ne t'ennuie pas que je revoie le dossier de la patiente quelques minutes ?

— Pas du tout.

Elle ne tarderait pas à découvrir que le dossier traitait d'une opération réalisée par Nate Edwards un an plus tôt sur un homme politique du Costa Rica. Mais cela lui laisserait le temps de passer quelques coups de fil rapides.

Quand il eut fini, il trouva Lia en train de déguster une pêche sur la terrasse, l'air songeur. Il se pencha pour embrasser ses lèvres sucrées. Elle s'écarta en bâillant.

— Pardon… Ce n'est pas toi, je t'assure.

Il se passa la main dans les cheveux et la scruta. Elle paraissait fatiguée. Son travail à plein temps, ses projets de mariage et sa grossesse se faisaient sentir. Ils avaient aussi passé plusieurs nuits à apprendre à se connaître plus intimement.

— Ça te tente un room service et un film au lit ?

— Avec grand plaisir, répondit-elle.

Dix minutes plus tard, elle était pelotonnée contre lui dans le grand lit et dormait profondément. Ce n'était pas tout à fait la nuit qu'il avait imaginée, mais c'était parfait aussi.

Le lendemain matin, Lia était reposée et en pleine forme.

Elle allait revêtir son tailleur quand Oliver demanda :

— Ça te plairait une petite aventure ?

— J'adorerais, mais je dois rencontrer ma patiente.

L'expression d'Oliver changea, et elle comprit qu'il s'était joué d'elle. Il n'y avait pas de patiente.

— Oliver Bainbridge… qu'est-ce que tu as fait ?

— Rien de grave. Nate est au courant, tu es en règle professionnellement parlant.

— Que lui as-tu dit exactement ?

— Que je voulais surprendre ma future épouse.

— Et on aura besoin de perruques ?

— Oui.

Un court vol en hélicoptère plus tard, Lia poussait une exclamation, incrédule.

— Disneyworld ? s'écria-t-elle avec un grand sourire, regardant autour d'elle avec émerveillement. Je ne suis jamais allée dans un parc d'attractions !

Oliver avait dû craindre sa réaction, car il se détendit, visiblement soulagé.

— Joyeux enterrement de vie de jeune fille !

Des larmes de joie montèrent aux yeux de Lia. Il avait organisé tout ça pour elle ? Jamais on ne lui avait préparé de fête surprise.

Elle refoula ses larmes entre deux gloussements, ne sachant où poser les yeux.

— Comment savais-tu que je rêvais de venir ici ?

— Je l'ignorais, répondit-il en riant.

Il lui tendit un mouchoir en papier et essuya une larme sur sa joue.

— Je me suis demandé ce qu'une fille de douze ans voudrait pour son anniversaire. Puis j'ai interrogé Internet et une enfant de six ans, et à nous trois, on a trouvé ça.

— Elodie ?

— Exact.

Elle se jeta à son cou et l'embrassa de tout son cœur. Puis elle s'écarta, et son sourire s'effaça.

— Mais les enterrements de vie de jeune fille se font avec des amies, et je n'en ai pas vraiment…

— Eh bien… tu m'as moi. Et quelques autres personnes qui aimeraient te considérer comme leur amie.

Il désigna l'entrée VIP du parc vers laquelle ils se dirigeaient, et là, se tenant la main, elle vit Grace et Elodie qui leur faisaient de grands signes. Elodie portait déjà des oreilles de Mickey. Et Grace aussi, à la grande joie de Lia.

— C'est génial ! s'écria-t-elle en battant des mains, ravie.

— On a pris les perruques au cas où tu voudrais circuler incognito, dit Oliver.

— Je ne veux pas me cacher du monde. Toi et moi allons former une famille, alors autant commencer tout de suite.

C'était aussi proche d'une déclaration d'amour qu'elle en était capable. Son cœur chantait. Cette journée serait peut-être celle où elle ferait fi de toute prudence et lui avouerait enfin son amour.

Il sortit sa perruque et lui jeta un regard interrogateur. Elle s'affola. Avait-elle mal interprété ses propos ?

— Sauf si tu préfères que les gens ignorent que nous sommes ensemble..., dit-elle, hésitante.

— Non ! Grands dieux, non ! C'est tout le contraire. J'ai envie de le crier au monde entier... Je veux juste que tu sois à l'aise. Heureuse.

C'était de l'amour. Forcément. Ils communiquaient souvent sans parler, et ce devait être un de ces moments. Un synchronisme parfait de leurs cœurs et de leurs esprits.

— Je suis heureuse. Ridiculement heureuse, bredouilla-t-elle en lui prenant le bras. Merci. Ce sera le meilleur enterrement de vie de jeune fille de tous les temps.

— Eh bien, alors... ce n'est pas ton royaume, mais on va voir quel genre de magie nous offre celui-ci ?

Il salua deux personnages de dessin animé qui déroulaient un tapis rouge, pendant qu'une Cendrillon lui remettait une épée en plastique et distribuait des diadèmes à Lia, Grace et Elodie.

Le sourire de Lia s'élargit de plus belle.

— Nous voilà parés pour conquérir le monde !

10.

— C'était la meilleure de toutes les attractions !

— La plus rapide, en tout cas ! Je regrette que tu n'aies pas pu en profiter, Lia.

Lia sourit. Elle le déplorait aussi, mais Oliver avait gentiment argué que les secousses des montagnes russes étaient déconseillées aux femmes enceintes. Avec raison.

— La précédente allait plus vite, nota Elodie, évoquant l'attraction qu'ils avaient faite tous ensemble juste avant.

— Et elle était la plus effrayante, renchérit Grace. Quand j'ôterai mes oreilles de Mickey, j'aurai sûrement de nouveaux cheveux blancs !

— Qu'avez-vous pensé du Voyage de Peter Pan ? demanda Oliver. On avait l'impression de voler avec les personnages.

— C'est vrai. La fée Clochette doit s'épuiser…

Le bavardage d'Elodie, Grace, et Oliver se poursuivit pendant qu'ils se dirigeaient vers le manège suivant. Lia rayonnait. Elle n'aurait jamais imaginé pouvoir s'amuser autant. La présence d'Oliver était comme un sésame ouvrant des bonheurs insoupçonnés.

Elle avait fini par mettre sa perruque. Grace portait ses oreilles de Mickey et un diadème, Elodie une perruque de sirène, et Oliver un chapeau de pirate avec une épée à la ceinture. Pour ne pas être en reste, Lia avait même mis sur ses boucles brunes une casquette de base-ball rouge ornée d'oreilles. Ce n'était pas le look du siècle, mais c'était fun.

Comme la vie avec Oliver, qui vivait à fond les bons moments.

Il était la plus belle personne qu'elle ait jamais rencontrée.

Un être d'exception. Et elle allait l'épouser dans quelques jours. Pour une fois, elle pouvait remercier le Palais pour son ingérence.

Il avait parfaitement choisi ses compagnes de fête. Elle n'aimait pas les grands groupes, et ce quatuor était idéal. C'était leur première visite au parc, et ils étaient tous aussi enchantés par les ours chanteurs du royaume magique, le manège des tasses, et la cabane abandonnée dans les arbres qu'ils visitèrent deux fois, Oliver voulant s'inspirer de la roue hydraulique en bois pour sa propre maison.

Ils avaient éclaté de rire quand Grace, d'ordinaire si digne et maîtresse d'elle, avait hurlé lorsque le train de la mine d'or avait plongé dans l'eau.

Elodie prit la tête du groupe quand ils pénétrèrent dans la partie du parc consacrée aux princesses.

— Elle est dans son élément, on dirait, murmura Lia à Oliver comme Elodie faisait la queue avec Grace pour être photographiée avec la princesse Ariel, la Petite Sirène.

— Elle adore les histoires de princesse.

— Une en particulier ?

— J'aimerais te dire que c'est *La Princesse au petit pois*, ma préférée, reconnut-il, la prenant par la taille pour la serrer contre lui. Mais ces temps-ci, elle n'en a que pour Belle.

En le regardant, Lia sentit son cœur se gonfler d'un amour infini. Oliver aimerait l'enfant qu'elle portait. Il l'aimerait, elle. Si la vie était aussi merveilleuse aujourd'hui, serait-elle encore plus heureuse dans quelques années ?

Plus heureuse que celle de ses parents, en tout cas, se promit-elle, croisant les doigts et priant pour qu'il en soit ainsi.

— Que penses-tu de Belle ? demanda-t-il comme si la question méritait réflexion. C'est un bon modèle pour les petites filles ? Ou est-elle trop rêveuse ?

Lia le fixa. Oubliant le chagrin associé à ses souvenirs d'enfance, elle comprit qu'Oliver se souciait sincèrement des choix d'Elodie. Son cœur s'emballa quand elle réalisa qu'il porterait le même intérêt à leur bébé.

Enfant, elle n'avait pas eu droit aux contes de fées. Ses parents avaient bien essayé de lui en lire, mais ils étaient trop préoccupés par l'échec de leur mariage. Et les nurses étaient plus focalisées sur les règles et restrictions imposées par le Palais que sur la fillette dont elles avaient la charge.

Pour elle, être élevé dans une famille royale était comme grandir dans un autre siècle. Un siècle pas amusant du tout.

— J'ai une confession à te faire, dit-elle, soutenant son regard bleu foncé.

— À quel sujet ?

— Je suis un peu novice pour ce qui est des princesses de conte de fées. Qui est Belle ?

— Belle ! Tu sais… de *La Belle et la Bête* ?

Il tordit ses mains en griffes avec un grognement bestial pour imiter le monstre, ce qui amusa beaucoup Lia.

— Il est évident que tu es Belle, ma chère.

Il déposa un baiser sur sa joue, et lui raconta brièvement l'histoire, les yeux fixés sur Elodie.

— Je crois qu'Elodie aime Belle parce qu'elle ne craint pas la Bête. Elle-même a affronté bien des monstres avec sa maladie. Et, comme Belle, elle est orpheline et a souffert. Trop pour une petite fille avec tant de joie à donner.

Il pressa la main de Lia.

— Belle est aussi comme toi, Lia. Intelligente. Attentionnée. Avec un goût sûr pour choisir ses fiancés… C'est peut-être pour ça qu'Elodie apprécie tant ta compagnie. Vous portez un lourd fardeau depuis votre plus jeune âge, mais les obstacles ne vous font pas trébucher, ils vous rendent encore plus fortes.

Lia allait répondre qu'elle était née avec un titre alors que Belle avait choisi de devenir princesse, quand les paroles d'Oliver résonnèrent en elle.

Il la voyait forte. Résiliente. Comme quelqu'un qui avait surmonté les épreuves de son passé sans se laisser abattre. Elle ne s'était jamais considérée ainsi.

Elle se blottit contre lui en espérant qu'il savait à quel point son opinion comptait pour elle. À quel point elle lui était reconnaissante pour sa conception positive de la vie. Il n'était pas la

Bête, mais un preux chevalier. *Son* preux chevalier. Et, à cet instant, elle sut que ses craintes de le voir changer après leur mariage étaient sans fondement. Et cet homme exceptionnel, elle aurait le privilège de l'aimer le reste de ses jours.

Enlacés, ils ressemblaient à tous les autres couples, heureux au milieu du tohu-bohu, souriant à Elodie qui se retournait pour leur faire signe en se rapprochant peu à peu de son idole, la Petite Sirène.

Oliver souriait à Elodie, comme un papa fier et bienveillant. Son affection pour elle dépassait celle d'un médecin pour son patient, il l'aimait comme sa propre fille.

Au lieu de se sentir exclue, Lia avait l'impression d'être invitée dans une grosse bulle d'amour. Une bulle qui grossirait à mesure que leur famille grandirait.

Cette révélation lui réchauffa le cœur. On lui avait enseigné que l'amour était un sentiment exclusif. Privé. Mais c'était tout le contraire. Oliver était généreux dans son affection, et cela n'enlevait rien à celle qu'il avait pour elle et leur futur enfant.

Son super-pouvoir, c'était l'amour.

Elle voulait offrir le même cadeau à leur enfant.

Les yeux fixés sur lui, elle savoura son expression ravie quand Elodie étreignit la princesse Ariel devant l'objectif de Grace qui immortalisait la scène. La Petite Sirène frétillait. Elodie se tortillait. Les fillettes dans la file d'attente trépignaient. Tout le monde gloussait, ravi.

Oliver se mit à se trémousser et invita Lia à en faire autant.

Elle sentit son cœur se serrer, brûlant d'envie de s'amuser librement, elle aussi. Mais son instinct et son éducation lui dictaient que les princesses ne se comportaient pas ainsi.

Et pourquoi pas ? Ce comportement rendait heureux et joyeux, ça ne pouvait pas être mauvais.

Comme si les écailles lui tombaient des yeux, Lia vit soudain son avenir avec une clarté nouvelle. Sa façon d'assumer son statut de princesse ne dépendait que d'elle. Ce n'était pas forcément un devoir contraignant, un fardeau qu'elle était forcée de porter et qui s'accompagnait de règles étouffantes. Les princesses du parc n'étaient que sourires et plaisir, car elles jouaient un rôle et étaient payées pour ça... Mais la joie qu'elles transmettaient à tous ces enfants était réelle et sincèrement partagée. Et elle voulait en faire partie.

Pendant qu'ils poursuivaient leur promenade dans le royaume enchanté, Lia demanda à Grace de lui raconter toutes les histoires de princesse qu'elle connaissait. La marâtre de Blanche-Neige l'avait envoyée se faire tuer dans la forêt. La Belle au bois dormant avait été maudite par une méchante fée. Cendrillon avait été forcée par sa belle-mère à vivre comme une souillon. Pour avoir volé une sorcière, le père de Raiponce avait été contraint de lui donner sa fille.

Atterrée par ces histoires, Lia commença à penser qu'elle n'était pas si malheureuse, en fin de compte.

Quand ils parvinrent à la file d'attente du carrousel du prince charmant, Grace avait besoin d'une pause.

— Ces contes ne te font pas peur ? demanda Lia à Elodie.

— Pas du tout !

— Pourquoi ?

— Parce que les princesses l'emportent toujours, et les méchants disparaissent dans un nuage de fumée quand ils comprennent que le bien est plus fort que le mal.

— Je croyais que les princes charmants arrangeaient tout, observa Grace avec un clin d'œil à Oliver.

Elodie pinça les lèvres, comme si c'était une idée ridicule.

— Ce sont les *princesses* qui gagnent, répondit-elle. Elles ont l'intelligence et le pouvoir. Il faut juste qu'elles s'en servent, et alors..., dit-elle, agitant la baguette magique qu'Oliver lui avait offerte, tout rentre dans l'ordre !

— Le pouvoir des femmes. Ça me plaît, observa malicieusement Lia. Dommage pour les princes. C'est toujours agréable d'avoir une main secourable quand le monde s'écroule autour de vous.

Elodie la considéra gravement.

— Les princesses et les jeunes filles en détresse auraient pu croire les mauvaises marâtres et les méchantes fées, mais non, déclara-t-elle en se frappant la poitrine. Elles ont écouté leur *cœur* !

Elle se pencha vers Lia et prit sa main.

— Beaucoup de gens pensent que les princes sont les plus forts, mais ils ont beau être gentils et connaître la médecine, comme Oliver, ils sont plus mignons qu'autre chose.

Oliver porta les mains à son cœur.

— Ah ! Quel coup pour mon ego ! Moi qui espérais vous sauver toutes d'un danger avant la fin de la journée…

— Eh bien, concéda Elodie, certains princes ont des qualités, ils possèdent de beaux chevaux, un château, et même un chien. Toutes les princesses aimeraient avoir un chien, non ?

Réprimant un fou rire, Oliver acquiesça.

— Prochain tour, choisissez vos montures ! annonça la femme chargée d'installer les clients sur le manège.

— J'aime ta façon de voir le monde, observa Grace, en aidant Elodie à monter sur un cheval pendant que Lia et Oliver enfourchaient les chevaux juste derrière elles.

Lia saisit les rênes de sa monture et fit mine de l'éperonner tandis que le carrousel s'ébranlait lentement.

— Le premier sur la ligne d'arrivée ! cria-t-elle, défiant Oliver qui talonna son cheval pour simuler un galop.

Elle se sentait incroyablement heureuse. Au cours de cette fabuleuse journée, elle avait appris une importante leçon de vie. Elle était maîtresse de son propre destin.

Tout était une question de perspective. Si elle arrivait à sonder le fond de son cœur et à réviser son point de vue… elle serait la plus heureuse du monde pour le reste de ses jours.

Quelques heures plus tard, après avoir laissé Grace et Elodie dans leur chambre d'hôtel, Lia et Oliver se glissaient dans le lit de leur somptueuse suite.

— C'était la plus belle journée de ma vie.

— Vraiment ? murmura-t-il en l'attirant à lui. Je me demande s'il y a moyen de la rendre encore plus belle…

L'atmosphère badine se chargea de sensualité. Quand leurs peaux nues se touchèrent, Lia sentit vibrer son corps de femme.

L'enfant-princesse aux jeux innocents avait disparu, remplacée par la femme déterminée à montrer à son beau prince à quel point elle l'aimait. Et elle s'y employa.

Le lendemain matin, ils prirent un café au lit en savourant ce rare moment de farniente. Soudain, prise d'une lubie, Lia se mit à sauter et à bondir, prenant le lit pour un trampoline. Elle portait un haut et un bas de pyjama dépareillés, et ses cheveux volaient autour d'elle. C'était tellement amusant ! Elle n'avait jamais vécu ce genre d'expérience.

— Qu'est-ce qui t'arrive ? s'écria Oliver en riant.

— Je n'ai jamais fait ça quand j'étais petite, dit-elle avec un sourire en l'invitant à la rejoindre. C'est ta faute. Tu m'as appris que c'était important d'être soi-même !

Sautant de plus en plus haut, elle prit son élan et amorça un saut périlleux… et atterrit lourdement sur le dos.

— Ouille !

Le sang d'Oliver se glaça dans ses veines.

Le bébé !

Il se précipita, terrifié à l'idée de perdre cette chance de devenir père.

— Ne bouge pas. Tu as mal au ventre ? Dis-moi.

Elle se redressa péniblement.

— Je vais bien. Cette chute peu gracieuse n'a blessé que mon orgueil, dit-elle, s'assurant que son cou n'avait rien avant de passer la main sur son abdomen. On va bien tous les deux.

Le soulagement d'Oliver fut englouti par une vague de souffrance irrépressible surgie du passé.

— À quoi pensais-tu ? gronda-t-il.

Elle prit son visage entre ses mains.

— Hé ! je vais bien. C'est bon.

Il la repoussa.

— Tu dois être plus prudente, dit-il d'un ton dur qu'elle ne lui connaissait pas. Tu ne te soucie pas de notre enfant ?

Elle leva les mains pour lui imposer silence, et il se tut.

Ils se dévisagèrent froidement. Comme deux boxeurs se défiant avant un match.

Les rares fois où elle l'avait vu ainsi, il avait toujours été protecteur, sans chercher à lui imposer des règles.

Elle avait fait une sottise, mais était-ce une raison pour l'accuser de ne pas se soucier de son enfant ? Il n'aurait pas dû franchir cette ligne.

Elle se rappela qu'un mois plus tôt ils ne se connaissaient pas, et qu'ils avaient été contraints de se marier à cause d'une grossesse accidentelle et des exigences du Palais. Après une enfance difficile, tous deux se préparaient à un avenir très différent de ce dont ils avaient rêvé. Pourtant elle avait cru qu'ils avaient trouvé le bonheur avec ce nouveau rêve.

— Oliver ? dit-elle, s'accrochant au peu de sang-froid qu'il lui restait. Il se passe quelque chose ?

Le calme inquiétant d'Oliver eut raison de son assurance. Et son âme se glaça quand il déclara :

— J'aurais probablement dû t'en parler plus tôt, quand tu as appris que tu étais enceinte…

Le moment était décisif, ils le savaient. Oliver se passa la main dans les cheveux, cherchant ses mots.

Il n'avait pas voulu cacher la vérité à Lia, mais il avait beau se répéter que la situation était différente et que Lia n'était pas son ex, la crainte de perdre cette chance de paternité le minait, l'empêchant de lui ouvrir son cœur.

Il s'efforça de raisonner lucidement.

Lia était indépendante. C'était une femme fière, intelligente, maîtresse d'elle-même et secrète, qu'il avait vue devenir un esprit libre. Et même s'il se détestait pour ça, une part de lui redoutait les choix qu'elle pourrait faire sans lui. Mais il l'aimait. Elle méritait de savoir pourquoi ils en étaient là.

— J'ai eu une compagne autrefois, dit-il avec émotion.

Inclinant la tête, Lia entoura ses genoux pliés de ses bras, comme pour se protéger.

— On s'est connus pendant notre internat à Oxford.

Nouveau hochement de tête de Lia dont les yeux bleus méfiants étaient presque transparents.

— Elle est tombée enceinte, mais ne m'a rien dit. Puis elle a… réglé la question sans même en discuter avec moi.

Lia fronça les sourcils avant de comprendre qu'elle avait mis un terme à sa grossesse.

— Je suis vraiment navrée, Oliver. Elle devait avoir ses raisons, mais… Je n'ose imaginer ce que tu as dû ressentir.

Elle tendit la main vers lui et la retira aussitôt.

— En quoi ma séance de saltos t'a rappelé cette histoire ?

Il devait choisir soigneusement ses mots. Exiger qu'elle soit plus prudente irait à l'encontre du but recherché, car il lui imposerait alors des règles, ce qu'elle avait en horreur.

Il voulait qu'elle sache qu'il était là pour elle. Qu'il désirait s'impliquer. Participer à ce voyage avec elle à chaque étape du chemin en les soutenant elle et leur enfant. Alors quand il l'avait vue faire une pirouette et s'affaler durement sur le lit, ses pires craintes avaient pris le dessus.

— J'ai eu peur que tu te sois fait mal. Et au bébé.

— Oliver, les femmes font toutes sortes de choses pendant leur grossesse, y compris danser, travailler, se livrer à des batailles d'oreillers, et elles ont des bébés en parfaite santé. Ma grossesse en est au début et ne se voit même pas. On est dans les trois premiers mois, et la plupart des gens n'en parlent même pas à ce stade.

— Ils n'en parlent pas, car les risques de perdre le bébé sont plus élevés.

Elle pinça les lèvres avec irritation. Il ne la blâmait pas d'être en colère. Son commentaire était terriblement condescendant. Surtout venant du père de son enfant.

Elle le dévisagea durement.

— Oliver, tu m'as emmenée dans un parc d'attractions hier, et on est montés sur des manèges !

— Oui, et j'ai pris soin d'éviter ceux qui risquaient de faire du mal au bébé.

Les yeux bleus de Lia flambèrent d'indignation.

— Ah ? vraiment ? Tu as gardé un œil sur moi, car tu as décrété que je n'avais pas l'instinct maternel pour le faire moi-même ? Je ne suis pas ton ex, Oliver. Je chéris ce bébé autant que toi. La question que je devrais me poser, c'est de savoir si je te veux autant que cet enfant !

Oliver ressentit l'impact de ces paroles comme un uppercut en pleine poitrine. Il avait laissé son passé affecter son avenir. Il aimait Lia. Il voulait construire un futur sur la base de ce qu'ils avaient partagé ces dernières semaines. Mais quelque chose bloquait les mots dans sa gorge.

Lia refoula des larmes de colère.

— Il est clair que ta priorité est notre enfant, pas moi. Bien joué, Oliver. Endosser le rôle du fiancé gâteux jusqu'à ce que tu aies ton héritier. M'envelopper dans un cocon de petite princesse fragile. Me charmer pour me faire croire que c'est à moi que tu tiens. C'est réussi.

Il avait envie de se cogner la tête contre le mur. De revenir en arrière. De n'importe quoi pour réparer le mal qu'il avait fait.

Dis-lui que tu l'aimes.

— Lia, tu sais que je ne suis pas comme ça.

— Tu crois ? Que sais-je vraiment de toi ? Jusqu'à il y a quelques instants, j'étais sûre de te connaître et de ce que tu ressentais pour moi, mais maintenant…

Les mots restaient coincés dans la gorge d'Oliver, incapables d'exprimer ce qu'il éprouvait. Et son silence alimentait la colère de Lia.

— Je te rappelle que c'est *moi* qui t'ai parlé de notre enfant. Je n'étais pas obligée. C'est aussi moi qui ai prévenu le Palais, sachant qu'ils me forceraient à faire ce qu'ils voulaient.

Il tiqua, indigné.

— Qu'ils te forceraient à m'épouser ? Personne ne force qui que ce soit. Je croyais qu'on s'amusait bien, qu'on…

— Je ne veux pas me marier pour *m'amuser*, le coupa-t-elle.

Il avait l'impression de voir les émotions de Lia refluer comme la marée, laissant place à une froideur glaciale. Pourquoi ne cherchait-il pas à percer ce mur de glace pour atteindre son cœur si chaleureux, si magnifique ?

— Je ne voulais rien de tout ça, dit-elle avec froideur.

Les sujets qu'ils n'avaient pas abordés planaient au-dessus d'eux comme une énorme vague menaçant de les engloutir, avec une question primordiale : s'aimaient-ils ?

Il fit un rapide bilan de leurs vies. Le positif ? L'existence était fantastique sur Sainte-Victoria. Le dernier mois avait été merveilleux. Ils arrivaient à travailler sans être entravés par leur passé. Le négatif ? La vie de Lia n'était pas un conte de fées. Avant leur rencontre, elle était isolée. Solitaire. Et la sienne n'était pas plus parfaite. Il se souciait de tout le monde sauf de lui. Il soignait les blessures des autres alors que les siennes restaient à vif.

Ils devaient survivre à cette conversation pour que leur histoire ait une issue heureuse. Pour ça, il leur fallait se confronter à leurs pires angoisses.

— Qu'est-ce que tu veux vraiment, Lia ?

— Épouser un homme qui me veut *moi*. Pas le Palais. Ni le bébé. Rien que moi.

Elle souhaitait être la femme d'un homme qui l'aimait, et elle le méritait plus que quiconque.

Il comprit avec désespoir qu'il avait abordé leur histoire de la pire façon. Quand il avait appris sa grossesse, il s'était focalisé sur le bébé. Avide d'être père, il n'avait pas laissé à ses sentiments pour Lia l'espace qu'ils méritaient.

Elle lui avait fait confiance. Et il avait stupidement brisé ce lien précieux.

— Je ne te croyais pas capable d'une telle cruauté, dit-elle. Mais j'ai de la chance e l'avoir découvert à temps. Maintenant que je sais qui j'ai accepté d'épouser, je doute que cette union soit une très bonne idée.

Submergé par l'angoisse, il n'eut pas le temps de réagir.

Il ne voulait pas d'une séparation alors que leur voyage ensemble commençait à peine, mais il n'insisterait pas pour l'épouser si elle voyait ce mariage comme un piège. Une prison.

Il n'y avait qu'une seule option.

— Très bien, déclara-t-il en la regardant droit dans les yeux. Le mariage est annulé.

11.

La voix d'Oliver pénétra à peine le bourdonnement sourd du son sang dans ses oreilles.

Il ne voulait pas l'épouser.

Lia fixa sa bouche, tentant d'assimiler ses paroles.

— Ton bonheur et le bien-être du bébé sont les seules choses qui comptent.

Elle avait l'impression qu'on lui arrachait le cœur. Elle ne s'était jamais sentie aussi humiliée. Aussi aveugle. Oliver ne s'intéressait pas à elle. C'était le bébé qu'il voulait. Un héritier. Un enfant pour remplacer celui qu'on lui avait pris.

Elle compatissait à ce qu'il avait enduré, mais ce n'était pas une raison pour jouer cruellement avec ses sentiments.

Elle retira la bague de son annulaire, la lui fourra dans la main, et quitta précipitamment la pièce. Elle refusait d'en entendre davantage. Il l'avait rejetée, comme tant d'autres.

D'abord sa mère, puis son père, et un tas de soi-disant amis et petits copains qui avaient juste voulu profiter de son statut, de son prestige, voir leur photo dans les magazines people. C'est pour cela que ses camarades d'école avaient été gentilles avec elle. Mais elles n'avaient pas vraiment envie de l'avoir pour amie.

Mais vouloir d'elle pour un bébé ?

Elle avait du mal à accepter cette effroyable idée. Cela ne collait pas avec l'homme avec qui elle avait communié si parfaitement lors de cette première nuit inoubliable. La nuit où ils avaient conçu leur enfant.

Comme un automate, elle pénétra dans l'ascenseur sans se soucier d'où elle allait. Quelle importance ? La seule certitude de sa vie venait de voler éclats.

Elle s'était crue à l'abri derrière la barrière protectrice qu'elle s'était forgée au fil des ans. Mais elle avait laissé Oliver abattre ses défenses, lui, le seul homme qu'elle se soit autorisée à aimer vraiment. Et il n'avait voulu d'elle que pour l'enfant qu'elle portait.

Elle était glacée au plus profond d'elle-même. Elle avait cru connaître la solitude avant lui, mais elle s'était trompée. La vraie solitude, c'était cette perte atroce, insoutenable.

— Lia ? Que faites-vous là ?

Regardant autour d'elle, elle s'aperçut qu'elle se trouvait devant l'hôtel.

Grace lui toucha la main, son regard se posa sur son annulaire, et elle comprit. Son visage s'adoucit.

— Vous allez bien ?

Non. Elle ne pouvait pas aller plus mal. Mais impossible de l'avouer à une collègue.

Jusqu'à récemment, elle avait toujours évité de mêler vie professionnelle et vie privée. Son travail était l'unique sanctuaire de son existence, et la seule pensée de se confier à Grace la terrifiait.

— Allez, ma chérie, murmura l'infirmière avec une douceur apaisante. Venez avec moi.

— Mais… vous ne partiez pas à l'aéroport ?

— Si, et vous pouvez venir avec nous si vous voulez.

Lia fouilla dans le fourre-tout qu'elle avait attrapé au vol en quittant précipitamment la chambre.

— Je ne crois pas avoir mon passeport…

Elle perdait les pédales. Il n'était pas question de retourner dans la chambre chercher son passeport. Perdue, elle songea à son cher petit cottage à Sainte-Victoria. Son refuge.

— Lia !

Elle se raidit. Elodie… qui lui rappelait tant Oliver.

Comme elle se forçait à sourire, la fillette la dévisagea. Son regard perspicace d'enfant meurtrie lut en elle.

— Tenez, dit-elle en lui tendant sa baguette magique. Vous en avez plus besoin que moi.

Lia gloussa en reniflant, ravala un sanglot, et s'accroupit devant elle.

— Merci, ma puce, mais même une baguette magique ne peut pas tout résoudre.

Elodie la regarda avec une incrédulité désarmante.

— Mais… quand on croit très fort à quelque chose, normalement nos vœux se réalisent.

Lia aurait voulu lui dire que le monde ne marchait pas ainsi. Puis elle se rappela qu'Elodie savait mieux que personne que les rêves ne se réalisaient pas. Elle avait beau prier, agiter sa baguette magique, ses parents ne reviendraient jamais. Malgré son jeune âge, elle connaissait les dures réalités de l'existence et pourtant elle faisait face à l'avenir avec espoir.

Lia posa les mains sur son ventre et inspira profondément.

Bien. La situation n'avait peut-être pas tourné comme elle l'espérait avec Oliver. C'était même tout le contraire. Mais elle était toujours enceinte d'un petit bébé qui avait la vie devant lui. Et elle voulait s'assurer qu'il aurait un bel avenir.

— Je crois que c'est le destin qui nous a réunies ce matin, dit Grace avec douceur. Venez avec nous, je vous en prie.

— Mais… mon passeport…

Grace lui pressa le bras.

— Je vais monter le chercher.

Elle commença à s'éloigner et s'immobilisa.

— Au fait, en arrivant, je compte emmener Elodie chez ma fille et sa famille. Aimeriez-vous nous accompagner ?

— Vous avez une fille ?

— Oui. Et un fils.

Lia était consternée. Grace avait des enfants ; depuis trois ans qu'elles travaillaient ensemble, elle ne l'avait jamais interrogée sur sa famille.

Elle avait accusé Oliver de l'avoir enfermée dans un cocon, mais n'avait-elle pas tissé ce cocon toute seule ? Pour se protéger ?

— Quel âge a votre fille ?

— Trente ans. Elle m'a donné deux adorables petites-filles.

Lia fronça les sourcils. Comment avait-elle pu l'ignorer ?

— Mon fils a vingt-huit ans et se marie le printemps prochain… Pardon, je pourrais parler d'eux des heures.

— Continuez, je vous en prie. Ça m'intéresse.

Lia avait honte. Ce n'est pas parce qu'elle n'aimait pas voir sa vie étalée sur la place publique qu'elle ne pouvait pas témoigner de l'intérêt pour celle des autres. Grace avait été gentille avec elle pendant ces trois années, et elle n'avait même pas su qu'elle avait de grands enfants et qu'elle était grand-mère.

Avec un sentiment de malaise, elle comprit qu'Oliver avait peut-être eu raison de la ménager. Elle aurait dû lui poser mille questions ces dernières semaines. Sur son passé, ses espoirs, ses rêves. Et il aurait dû lui poser les mêmes…

— Votre taxi est là, madame, annonça un groom qui tirait deux valises à roulettes au logo de la Clinique des Îles.

Grace se pencha vers Lia et chuchota :

— L'oncle et la tante d'Elodie travaillent encore sur ce yacht, et j'ai décidé de l'emmener un jour ou deux chez ma fille pour qu'elle s'amuse un peu avec mes petites-filles avant de regagner une maison vide.

— Son oncle et sa tante n'ont pas d'enfants ?

— Si, mais ils sont adolescents et ils travaillent. Je n'aime pas l'idée que cette petite reste seule si longtemps… Melody ne verra pas d'objection à ce que je lui amène un enfant de plus.

— Melody ?

— Ma fille.

Grace la dévisagea longuement, la mine indéchiffrable.

— Vous joindre à nous ne vous oblige à rien, vous savez, dit-elle enfin.

Lia s'en voulut. Elle devait cesser de rejeter les autres si elle voulait un jour mener la vie normale à laquelle elle aspirait.

— Non ! protesta-t-elle. Ce n'est pas ça. Pas du tout. Je veux juste…

Elle voulait être avec Oliver. Remonter le temps jusqu'à la veille, quand tout semblait si parfait, comme dans un conte de fées. Mais la vie n'avait rien d'un conte. Oliver venait d'annuler leur mariage. Et elle y était pour quelque chose.

— Avec plaisir, Grace. Je serai ravie de venir.

Le visage de l'infirmière s'éclaira d'un large sourire tandis qu'Elodie trépignait de joie avec force « Youpi ! »

— Montez dans le taxi et aidez Elodie à s'attacher, je vais chercher votre passeport, dit Grace.

Quand Grace revint, elle n'était pas seule.

Oliver l'accompagnait, le visage tendu. Il était plus beau que jamais, et ses yeux bleus brillaient d'un mélange de force et de bonté. Il lui avait ouvert son cœur et lui avait confessé ses plus grandes peurs, et elle en avait fait autant, déversant ses angoisses sur lui comme des coups.

Le voir ici renforça son respect pour lui. C'était un homme qui attaquait les problèmes de front. Elle devait pouvoir en faire autant. S'il s'avérait qu'il ne l'aimait pas, ils trouveraient un moyen d'avancer. Ils s'arrangeraient pour qu'il fasse partie de la vie de leur fils.

Aurait-elle le cœur brisé ? Absolument. Était-elle prête à le faire pour son bébé ? Sans le moindre doute.

Elle s'avança vers lui dans une ambiance électrique chargée d'émotion.

Il ne disait rien. C'était à elle de rompre le silence.

— Eh…

Elle avait des progrès à faire…

— J'ai cru comprendre qu'un gâteau nous attendait chez Melody, déclara-t-il, les yeux soudés aux siens.

Lia jeta un coup d'œil à Grace qui était l'innocence même pour quelqu'un qui avait prévenu Oliver que sa fiancée prenait la fuite. Ou plutôt, son *ex*-fiancée.

Son cœur se serra. Elle ne voulait pas être son ex. Elle voulait être à lui, et qu'il soit à elle. Le seul au monde à tout savoir sur elle. Le bon, le mauvais, et tout le reste.

Un minuscule espoir accéléra son rythme cardiaque. Sa présence ici voulait dire quelque chose, non ?

Peut-être était-il aussi nerveux qu'elle. Aussi anxieux pour leur avenir.

Ils auraient dû aborder autre chose que leurs couleurs préférées quand ils avaient appris qu'elle était enceinte. Et ils devaient impérativement se parler maintenant.

Si seulement sa bouche n'était pas si attirante !

Il adorait qu'elle caresse son visage et le couvre de baisers, que leurs corps blottis l'un contre l'autre ne fassent qu'un dans le secret de la nuit… mais le moment était mal choisi pour penser à ça.

Levant les yeux, elle vit qu'Oliver la scrutait, se demandant sans doute pourquoi elle souriait alors qu'il venait d'annuler leur mariage.

Elle sentit ses joues s'empourprer.

Lui sauter dessus pour lui arracher ses vêtements ne réglerait rien. Parler, si.

Consciente que les choses ne s'arrangeraient pas d'un coup de baguette magique et qu'il n'y aurait pas de nouvelle demande en mariage dans la file d'attente des taxis, Grace poussa tout le monde dans la voiture où elle se mit à bavarder avec Elodie, vantant les attractions du parc, les frites du room service, et le parfum du gel douche de l'hôtel, mais impatiente de rentrer à Sainte-Victoria.

Elodie approuvait gravement : les parcs d'attractions étaient très amusants, surtout avec des adultes qui riaient beaucoup plus que dans la vraie vie. Elle voulait faire partie d'une équipe de natation quand elle serait grande, car elle adorait les sirènes et voulait leur ressembler. Enfin, elle ajouta que vivre comme une princesse avait du bon, mais peut-être pas chaque jour, car les princesses ne pouvaient pas faire tout ce qu'elles voulaient et n'avaient probablement pas le droit de manger du gâteau au chocolat autant qu'elles voulaient.

Lia et Oliver échangèrent un sourire. Il savait que depuis qu'elle était enceinte, elle avait toujours envie de chocolat.

Pendant la course en taxi, le vol jusqu'à Sainte-Victoria et le trajet en taxi pour se rendre chez Melody, Lia et Oliver parlèrent peu. Mais leur colère semblait apaisée.

Parvenus à destination, ils s'attardèrent sous le porche pendant que Grace et Elodie entraient dans la maison.

— J'ai un coup de fil à donner, annoncèrent-ils en chœur.

Ils rirent nerveusement.

— Je dois appeler mon père, dit-elle en même temps qu'il prétendait vouloir joindre ses parents.

Elle le dévisagea.

— Pour annuler le mariage ?

— Pour mettre les choses au clair, répondit-il.

— Ne devrait-on pas faire ça d'abord ? Éclaircir les choses avant d'appeler nos familles ? demanda-t-elle, espérant qu'il voulait autant qu'elle sauver leur histoire.

Il pencha la tête, soutenant son regard.

— Bonne idée, dit-il finalement.

Et elle put enfin respirer.

D'un accord tacite, ils allèrent rejoindre la famille de Grace. Ils avaient encore besoin d'un peu de temps avant d'avoir la conversation qui déciderait de leur avenir.

Quand les fillettes furent installées devant des jeux, Grace, Lia et Oliver s'assirent à la table ombragée du jardin, et Melody apporta un gros gâteau au chocolat.

— Il paraît que le chocolat fait tomber amoureux, mais j'imagine que vous n'en avez pas besoin, tous les deux, dit-elle avec un sourire en posant le gâteau devant Lia.

Lia s'efforça vainement de ravaler ses larmes.

— Oh ! pardon ! Je n'aurais pas dû dire ça.

Oliver s'éclaircit la voix et but une gorgée de thé glacé.

Grace se leva.

— Melody ? Tu veux bien m'aider à préparer des sandwichs pour les enfants ?

Lia lui lança un regard reconnaissant. Ils avaient besoin d'être seuls, et Grace l'avait compris.

Melody se dirigea vers la cuisine.

— Je ne sais pas si on a du pain…

— Dans ce cas, allons en chercher à l'épicerie, répliqua Grace. Si vous entendez des hurlements, ça ne vous dérange pas de jeter un coup d'œil aux enfants ?

Melody leva les yeux au ciel en riant.

— Il vaut mieux qu'on les prenne avec nous… Tu n'es pas là depuis longtemps, mais c'est bon de retrouver ma meilleure amie, dit-elle en étreignant sa mère.

— Votre mère, vous voulez dire, la corrigea Lia sans réfléchir.

— Elle est ma maman, mais surtout ma meilleure amie.

La mère et la fille échangèrent un regard complice et allèrent chercher les enfants.

Une aspiration à la fois douce et poignante comprima la poitrine de Lia. Une faim douloureuse qu'elle s'était efforcée de dissimuler toute sa vie. Une soif inextinguible d'amour et de tendresse de la part de sa mère.

Les larmes qu'elle tentait de contenir se mirent à couler sans retenue.

Oliver lui tendit un mouchoir et lui servit du gâteau.

— On dit qu'un problème partagé est un problème réduit de moitié…

— Même si nous ne nous marions plus ?

Il prit une profonde inspiration.

— Ne nous soucions pas du mariage pour l'instant. L'important, c'est que nous nous comprenions.

— Eh bien… j'imagine pourtant qu'on doit parler de l'annulation du mariage.

Il leva la main.

— Je l'ai annoncée parce que c'était ce que tu semblais souhaiter. Et je ne veux pas me marier si tu n'en as pas envie.

Elle sentit son cœur se réchauffer timidement.

— Alors… tu veux toujours m'épouser ?

Il sortit la bague de sa poche et la posa sur la table.

— Je te propose d'avoir une longue conversation pour voir ce qui en sort.

Et Lia se mit à parler. Encore et encore. Avec une franchise et une candeur qu'elle s'était toujours interdites.

Elle évoqua son enfance. L'amer divorce de ses parents. L'exil de sa mère quand le conseil royal avait décidé que Lia et son père reviendraient vivre au palais une fois le divorce prononcé. Le repli de son père sur lui-même. La pension. La solitude. Le plaisir de pratiquer la médecine, décuplé à la Clinique des Îles.

— Et puis je t'ai rencontré…

Leurs regards se soudèrent, et la magie de leur première nuit lui revint avec une violence inédite.

— Et tu es tombée enceinte.

Lia acquiesça.

— Et le Palais a décidé que nous devions nous marier.

— Et ça t'a rendue malheureuse ? demanda Oliver.

— Ça m'a fait peur.

— Pourquoi ?

Les larmes jaillirent malgré elle.

— Je refuse que ce qui est arrivé à mes parents nous arrive.

Voilà. Elle l'avait dit. Et le monde ne s'était pas écroulé. Oliver ne s'était pas enfui à toutes jambes. Au contraire. Penché vers elle, il avait pris ses mains et la regardait avec tendresse.

— Ça ne pourra pas nous arriver.

— Comment le sais-tu ?

— Parce que nous nous aimons.

Elle refoula ses larmes.

— Tu ne me l'as jamais dit…

— Je sais. J'aurais dû. Mais je… à cause de mon expérience passée, je me suis focalisé sur le bébé. *Notre* bébé. Ça m'a empêché de voir que j'étais en train de tomber amoureux de toi. Quand tu as quitté la chambre aujourd'hui, j'ai soudain pris conscience que tu étais devenue une part essentielle de ma vie. Évidemment j'ai hâte de voir notre bébé, mais je n'imagine pas un seul instant de ma vie future sans toi… Je ne conçois pas l'existence sans toi. C'est nous qui donnons la vie à cet enfant, et je veux que nous l'élevions ensemble, en famille. L'emmener visiter Disneyland, chaque année si tu veux. Ou on peut s'isoler du reste du monde et rester juste tous les trois, cachés dans la maison dans les arbres. Ou même vivre dans des logements séparés…

— Non, le coupa-t-elle, passant des larmes au rire. Je crois que, moi aussi, j'avais peur d'admettre que je t'aimais. Et même maintenant que je le fais, j'ai l'impression de renoncer à une partie de moi. À mon libre arbitre.

Il hocha la tête.

— Avec ton passé, ça ne m'étonne pas. Tous ceux que tu as aimés t'ont déçue d'une façon ou d'une autre. Mais je ne serai pas comme eux.

Elle lui caressa la joue en silence. Puis elle prit la bague.

— Si je la remettais en promettant de ne plus jamais l'enlever ?

Le soulagement submergea Oliver. Lia voulait toujours être sa femme.

— Tu fais de moi le plus heureux des hommes.

Elle lui tendit l'anneau, et il la glissa à son doigt.

— Tu te sens bien ?

— Parfaitement bien. Je me suis beaucoup épanchée… As-tu des problèmes qu'à ton tour tu aimerais réduire de moitié ?

Il tritura la bague en riant.

— Tu ne veux pas que le mariage ait lieu au palais, hein ?

— Non, répondit-elle. J'aimerais qu'il se passe ici, à Sainte-Victoria. À une date et avec des invités que nous aurons choisis, un buffet selon nos goûts, et une cérémonie sur la plage… si tu es d'accord.

— Ça me semble parfait, répondit-il, déposant un baiser sur sa main. Surtout si on prend un bain de minuit après le départ des invités.

Elle sourit, mais reprit son sérieux, rattrapée par la réalité.

— J'ignore comment on va faire pour déjouer les plans du Palais…

— J'ai une idée, dit Oliver. Au lieu de téléphoner, si on prenait l'avion pour l'Europe ? Toi et moi avons encore beaucoup de questions à aborder, et le temps d'atterrir en Angleterre nous aurons sûrement trouvé un plan valable.

— Pour faire quoi ?

— Pour annoncer à nos parents que nous sommes nos propres maîtres maintenant. Que nous les aimons et les respectons, mais que notre avenir nous appartient.

Trois jours plus tard, Lia revenait dans un autre monde. Un monde figé dans le temps, à l'image de son enfance.

— Prête ? demanda Oliver, pressant sa main.

— Autant que je puisse l'être, répondit-elle, croisant les doigts qu'il embrassa pour conjurer le sort.

De gigantesques lions de pierre trônaient sur d'énormes piliers de granite en haut d'une longue allée bordée d'arbres qui avait dû voir passer des générations de Bainbridge.

L'été s'épanouissait dans toute sa splendeur en Angleterre, et le domaine Bainbridge était magnifique.

— Je vois que ma mère a veillé à ce que les fleurs soient en pleine floraison pour toi.

Lia lui lança un regard bizarre. Elle n'avait rien vu, mais quand ils parvinrent au bout de l'allée ombragée, elle eut le souffle coupé, estomaquée.

Devant eux se dressait un manoir monumental. Impressionnant. Avec ses multiples fenêtres, balcons et tourelles croulant sous les rosiers grimpants, il se découpait sur des jardins impeccablement entretenus. À droite, s'étendait un lac immense où se mirait une demeure moins imposante, et une autre maison se devinait plus loin.

— Le logis de la duchesse douairière, actuellement inoccupé, expliqua Oliver. Et sur la gauche, les écuries. Également inoccupées, sauf par les chevaux de mes parents.

— Et tu as bien réfléchi à ce que tu veux leur soumettre ?

— Regarde autour de toi, dit-il, conduisant d'une main experte sur l'allée circulaire devant le manoir. C'est gigantesque. Même avec une dizaine d'enfants, on n'occuperait jamais tout l'espace.

— En effet, répondit-elle avec un rire nerveux.

Le domaine des parents d'Oliver – son héritage – était aussi grandiose que le palais où elle avait grandi. Se penchant pour en admirer la splendeur, elle pensa soudain à leur vie à Sainte-Victoria et éclata de rire.

— Quoi ?

— Tu as grandi dans un somptueux manoir, et maintenant tu vis dans les arbres !

Oliver joua les offensés.

— Je croyais que tu aimais ma maison !

— Je l'adore, lui assura-t-elle, sincère. Tu te rends compte que tu as carrément vécu dans un film d'époque ?

— Un vrai drame en trois actes, s'esclaffa-t-il avant de soupirer. La guerre froide, plutôt.

Amelia se tourna vers lui.

— Oliver, ça va ? Tu n'es pas obligé de faire ça, tu sais.

— Si, répliqua-t-il avec un bref sourire avant de garer la voiture devant la maison. D'ailleurs, j'ai mon super-pouvoir maintenant.

— Quel super-pouvoir ?

— Toi.

Il fallut l'arrivée du majordome pour mettre fin au baiser qu'ils échangèrent. Empourprés, ils montèrent main dans la main le majestueux escalier de pierre pour aller à la rencontre du duc et de la duchesse de Banford.

Une heure plus tard, Oliver se demandait qui avait kidnappé ses parents pour les remplacer par le couple charmant qui leur faisait face.

Disparus l'attitude glaciale, les poignées de main distantes et les bavardages empruntés sur la météo. Ils avaient eu droit à un accueil chaleureux ponctué d'amusantes anecdotes sur l'enfance d'Oliver, et à une bienveillance que le duc et la duchesse n'avaient jamais témoignée à leur fils.

Ils étaient assis dans une loggia ornée d'une glycine aux

grappes mauve et blanc devant un thé accompagné de délicieux petits fours. Les nerfs tendus d'Oliver avaient atteint un point critique. C'était maintenant ou jamais.

Le regard de ses parents pesait sur lui et son ensorcelante future épouse. Puisant sa force en elle, il se lança.

Après leur avoir exposé son projet, il s'adossa à son fauteuil, vidé de son énergie.

— Je vous laisse le temps d'y réfléchir.

Ses parents se regardèrent en silence, puis d'un même geste inclinèrent la tête en signe d'assentiment.

À cet instant, Oliver comprit un tas de choses qui lui avaient toujours échappé. Ils s'aimaient à leur manière. Profondément. Maintenant qu'Oliver était adulte et qu'ils n'avaient plus la responsabilité de l'éduquer, ils pouvaient se détendre en menant la vie qu'ils souhaitaient. S'il recherchait le contact des enfants, ses parents préféraient celui des adultes. Ils appréciaient la maturité ; Oliver, la fantaisie.

Ils aimaient leur fils, mais n'avaient pas su le lui montrer lorsqu'il était petit.

Cette révélation ouvrait la voie à une nouvelle relation avec eux. Oliver déglutit, la gorge nouée. Il espérait ne pas l'avoir compromise avec sa proposition…

— Ton idée nous plaît, déclara son père. Il faudra étudier tout cela, bien sûr. On ne transforme pas d'un claquement de doigts une maison comme celle-ci en un centre d'accueil pour enfants défavorisés, mais… oui, je suis séduit.

Et, s'adressant à Lia, il ajouta :

— Le vieux manoir a fait son temps et servi le pays autrefois, vous savez.

— Vraiment ?

— Pendant la Première Guerre mondiale. Je n'étais pas né, mais j'ai vu des photos. Mon père, et son père avant lui, ont débarrassé chaque pièce du manoir et transformé l'endroit en hôpital pour accueillir les soldats qui rentraient du front. Les malheureux garçons avaient vécu des choses terribles.

Le vieux duc se tourna vers son fils.

— Oliver, ces jeunes que tu aimerais installer ici… tu penses qu'ils verraient une objection à ce que quelques vieillards traînent encore dans le domaine ?

— Bien sûr que non ! D'ailleurs, le centre ne sera pas opérationnel dans l'immédiat. Cette propriété est à vous. Vous pouvez en disposer comme vous l'entendez.

Oliver leur expliqua que le projet ne serait pas monté avant des années. Lia et lui étaient heureux à Sainte-Victoria, et ils ne comptaient pas venir s'installer au Royaume-Uni, même quand la propriété deviendrait un centre dédié aux enfants défavorisés. Ils reviendraient fréquemment, bien sûr. Mais…

— Je vous aime, tous les deux, dit-il. Mais c'est ainsi que nous envisageons notre implication future dans le domaine familial. Je ne peux pas entretenir toutes ces traditions, comme vous. Je ferai de mon mieux pour les honorer, mais nous avons l'intention de vivre différemment. Nous ne voulons pas que notre mariage ait lieu à Karolinska, ni vivre dans une immense propriété. Nous sommes médecins et, dans quelques mois, nous serons parents. C'est là-dessus que nous nous concentrerons désormais.

— Oliver…

Le regard de sa mère lui rappela les coups d'œil sévères qu'elle lui lançait lorsqu'il était enfant.

Il l'invita à poursuivre, rassuré par la main chaude de Lia qui tenait la sienne. Ils échangèrent un sourire. Elle adorait son projet de centre et avait promis de le soutenir.

— Oliver, répéta sa mère, ton père et moi n'occupons que quelques pièces du manoir, et nous envisagions de déménager dans la maison secondaire. Il nous fallait juste un coup de pouce, et tu viens de nous le donner. Si tu veux transformer le domaine en centre pour enfants dès la semaine prochaine, tu as notre bénédiction…

Elle s'interrompit pour s'éclaircir la voix, et Oliver s'aperçut qu'elle était en proie à une émotion intense.

Elle le regarda fixement de ses yeux bleu clair.

— Ton père et moi serons très heureux… très *fiers*… que tu réalises ton projet quand tu le jugeras bon. Mais…, dit-elle avec un coup d'œil à son époux, pourquoi attendre ? Dès maintenant, le domaine t'appartient. Considère-le comme un cadeau de mariage avant l'heure.

Lia faillit s'étouffer derrière sa tasse de thé.

— Brillante idée, commenta le duc en tapotant la main de son épouse. Merveilleux ! Oui, la propriété est à toi. Nous ne t'avons pas donné une enfance digne de ce nom, mon fils, mais nous sommes extrêmement fiers de l'homme que tu es devenu. Et si la transformation de ce vieux tas de pierres en institution pour joyeux bambins nous permet de te voir plus souvent, le moins que l'on puisse faire est de lancer les opérations dès maintenant.

Trop sonné pour parler, Oliver se leva et, pour la première fois de sa vie, il prit son père dans ses bras et l'étreignit.

Lia tenait les mains de son père dans les siennes. Leurs retrouvailles avaient été plus difficiles, mais non moins fructueuses.

— Tu es vraiment sûr de vouloir parler à grand-mère et grand-père ?

Derrière son père, Oliver leva le pouce en signe de victoire.

Elle l'avait fait. Elle avait dit à son père qu'ils ne voulaient pas se marier au palais, et qu'ils souhaitaient une cérémonie toute simple sur la plage, sans la presse. Mais que s'il leur faisait le plaisir d'être présent, elle serait ravie qu'il la conduise à l'autel.

— Je leur parle dès ce soir.

— Mais nous serons dans l'avion ce soir, objecta-t-elle.

— Je sais.

Son père lui adressa un clin d'œil malicieux, réminiscence du petit garçon qu'il avait été autrefois, qui apprenait des tours de magie et organisait des spectacles de marionnettes dans la nursery pour le personnel du palais.

— J'ai pensé que tu préférerais être à des milliers de kilomètres pour ne pas entendre les hurlements scandalisés de ta grand-mère.

Lia éclata de rire.

— Veux-tu qu'on t'apporte des bouchons d'oreille avant de partir ?

— Je crois pouvoir gérer ça, répondit son père avec un sourire un peu triste. Voir ce palais vide d'enfants m'a enseigné une chose. Nous devons changer. *Je* dois changer. Une famille royale à laquelle personne ne veut appartenir n'est pas le meilleur exemple pour la nation.

— Papa, murmura-t-elle, étreinte par l'émotion. Tu crois qu'on pourrait persuader maman d'assister au mariage ?

Il secoua la tête.

— Je ne sais pas, ma chérie. Mais si je peux t'aider à la faire monter dans l'avion, je le ferai.

Lia le scruta et s'aperçut que les sentiments qu'il avait eus pour son épouse couvaient encore en lui. Elle le serra tendrement dans ses bras, et il lui rendit son étreinte. Elle allait tendre la main à sa mère, et sa présence au mariage la comblerait. Sinon, elle viendrait peut-être pour la naissance.

Dans la voiture qui les ramenait à l'aéroport, Lia poussa un soupir de soulagement.

— Heureuse ? demanda Oliver.

— Presque, répondit-elle en se blottissant contre lui.

Les retrouvailles avec son père n'avaient pas été aussi pénibles qu'elle le craignait. En tout cas, elle savait désormais que, quoi qu'il arrive, l'homme qu'elle aimait se tiendrait à ses côtés. Pour elle, pour leur enfant, et pour la famille qu'ils fonderaient. Et c'était l'essentiel.

12.

Elodie accepta la couronne de fleurs tropicales aux couleurs vives comme une reine aurait coiffé un diadème de précieux joyaux.

— Qu'en penses-tu ? demanda Lia en la poussant devant la glace.

Elodie sourit et regarda Lia qui portait une unique fleur blanche derrière l'oreille.

— Que tu ressembles à une sirène et moi à une princesse, et que je veux vivre dans une maison dans les arbres quand je serai grande !

Émue ses paroles, Lia la serra dans ses bras pour lui cacher ses larmes. Très attachée à la fillette, elle se demandait si Oliver allait accepter son ultime requête avant le mariage.

Après avoir envoyé Elodie rejoindre « grand-mère Bainbridge », la mère d'Oliver, Lia gagna la chambre d'amis où Oliver se préparait.

— Toc toc !

Oliver bondit derrière la porte pour se cacher.

— Je croyais que ça portait malheur de se voir avant la cérémonie !

Lia éclata de rire, heureuse qu'il soit aussi adorable. Elle avait tant de chance.

— Oliver ?

— Oui, mon amour ?

— Que dirais-tu d'agrandir encore notre famille ?

Il passa la tête derrière la porte.

— Quoi ? Tu ne peux pas… Tu es de nouveau… ? bredouilla-t-il, ses beaux yeux bleus trahissant sa perplexité. Aide-moi à comprendre en ce jour de nos noces, ma douce épouse.

Elle sourit malicieusement et ne résista pas à l'envie d'ébouriffer ses cheveux blonds bien coiffés.

— Où as-tu fait tes études de médecine ? C'est rare, mais une femme peut être enceinte de deux embryons à la suite. Ça s'appelle la superfétation.

— Tu n'es enceinte que de quelques semaines. Tu le sais déjà ? dit-il, les yeux écarquillés.

Lia pouffa. Leur vie sexuelle était assez active pour qu'ils aient engendré un autre enfant, mais il ne s'agissait pas de ça.

Elle tapota son ventre.

— Il n'y a qu'un bébé pour l'instant. En fait, je pensais à…

Elle se tut et regarda vers la plage où Elodie s'efforçait de convaincre la mère d'Oliver de tremper ses pieds nus dans l'eau, poussant des cris perçants quand les vagues lui éclaboussaient les mollets.

Oliver suivit son regard, et il comprit.

— Tu veux adopter Elodie ?

Les yeux noyés de larmes, elle réalisa à quel point elle avait envie que la fillette fasse partie de leur vie.

Le visage d'Oliver s'éclaira d'un large sourire. Sans lui laisser le temps d'ajouter quoi que ce soit, il la prit dans ses bras et la fit tournoyer autour de lui en hurlant de joie.

— Que se passe-t-il ici ? demanda le père de Lia depuis la plage où il patientait avec le père d'Oliver. On dirait que vous êtes attaqués par une tribu de macaques enragés !

— Pas exactement, répondit Lia depuis le balcon. On descend dans une minute. Tout le monde est prêt ?

Une acclamation monta de la plage où parents et amis s'étaient rassemblés pour la cérémonie.

On avait prié les invités de laisser leurs portables chez eux pour qu'ils soient vraiment présents au moment où Lia et Oliver échangeraient leurs vœux. Ce mariage ne concernait pas qu'eux deux, mais aussi tous ceux qu'ils aimaient et qui tenaient à eux.

Dix minutes plus tard, au bras de son père, Lia foulait l'allée tapissée de pétales derrière Elodie qui lançait des poignées de fleurs dans son sillage. Elle aperçut les parents d'Oliver. Elle vit ses propres parents échanger des œillades curieusement tendres. Des cousins. Des amis de la clinique. Grace…

Le roi et la reine de Karolinska s'étaient fait excuser, prétextant ne pas supporter la chaleur tropicale, mais ils avaient invité Oliver et Lia à la fin du mois dans leur demeure estivale, pour faire connaissance dans des circonstances moins formelles.

Lia rencontra le regard d'Oliver. L'homme dont elle verrait désormais le sourire chaque jour de sa vie. Aujourd'hui, un nouveau secret les unissait. La certitude que bientôt Elodie appartiendrait à leur famille.

Lia jeta un coup d'œil à la maison dans les arbres, l'imaginant remplie de rires d'enfants, et son cœur se gonfla d'un bonheur indicible.

Après l'accueil d'usage, le célébrant commença la cérémonie. Le cœur de Lia bondit lorsque Oliver entreprit de prononcer ses vœux d'une voix chargée d'émotion, les yeux dans les siens.

— J'ai toute la vie pour te connaître. Durant les années à venir, je puiserai ma joie en toi. Je m'appliquerai à te voir telle que tu es, à t'aimer pour tout ce qui est familier, et pour tous tes mystères…

Dans un état second, elle n'entendait plus rien.

— Amelia ? Acceptez-vous l'engagement d'Oliver ? demanda une nouvelle fois le célébrant, déclenchant l'hilarité de l'assistance amusée par la nervosité de la mariée.

Lia sursauta. Captivée par les yeux d'Oliver, elle n'avait même pas remarqué qu'il s'était tu.

— Oui ! s'écria-t-elle avant de répéter plus doucement, les mains dans les siennes. Oui… je l'accepte.

Elle lissa sa robe dont le vaporeux tissu bleu-vert se soulevait sous la brise taquine.

— Et de tout mon cœur je l'honorerai comme, je l'espère, il honorera le mien, reprit-elle.

— Oui ! cria Oliver.

L'assemblée s'esclaffa.

— Tu n'as même pas encore entendu mes vœux, fit-elle remarquer avec un sourire malicieux.

Le visage d'Oliver se crispa sous l'effet de l'émotion, puis se détendit. Elle y lut tout ce qu'elle avait envie de savoir. Il l'aimait et ferait n'importe quoi pour elle. Il y aurait des hauts et des bas, et il ferait des erreurs, mais il essayerait toujours de s'améliorer, pour elle.

Elle essuya discrètement ses larmes et se lança.

— Oliver Bainbridge, dès le premier instant où je t'ai vu, j'ai su au fond de mon cœur que tu étais mon âme sœur. Un homme bien. Dont les passions enrichissent sa vie et celle de ses proches, et les rendent meilleures. Je respecterai et honorerai notre amitié, notre amour, et notre cheminement de parents. Comme je respecterai le chemin que tu choisis pour avancer avec moi main dans la main au cours de la vie folle et merveilleuse qui nous attend. Elle ne fait que commencer et, déjà, j'ai hâte de vieillir avec toi, de t'aimer davantage chaque jour qui passe. Je t'aime. Je te respecte. Et je suis la femme la plus heureuse du monde que tu deviennes mon mari et le père de nos enfants.

Sans laisser le temps au célébrant de demander s'il honorerait et respecterait les vœux de Lia, Oliver l'embrassa. C'était un baiser joyeux, enflammé, possessif, et toute à son bonheur Lia entendit à peine l'officiant les déclarer mari et femme.

— Permettez-moi de vous présenter Leurs Altesses Royales, les Drs Bainbridge !

En passant devant leurs parents et amis dont les visages rayonnaient de joie, Oliver et Lia échangèrent un sourire complice. Tout le monde s'attendait à les voir se diriger vers le magnifique buffet dressé à l'ombre des grands arbres, mais ils avaient une dernière chose à faire avant de se sentir vraiment mariés.

Il pressa la main de Lia.

— Tu es sûre de vouloir mouiller ta belle robe ?

— Absolument.

Et main dans la main, ils coururent dans la mer, trempés sous le soleil et se regardant en souriant, certains que l'avenir serait meilleur puisqu'ils seraient ensemble.

CHARLOTTE HAWKES

L'As des cœurs

Traduction française de
ADELINE MAGNE

BLANCHE

HARLEQUIN

Titre original :
REUNITED WITH HIS LONG-LOST NURSE

© 2021, Harlequin Books S.A.
© 2022, HarperCollins France pour la traduction française.

1.

L'As des Cœurs. Ce surnom, Liam Miller l'avait gagné en raison de ses talents extraordinaires de chirurgien, capable d'obtenir un rythme sinusal parfait, même dans les cas les plus désespérés. Quelle ironie qu'il sente que son propre cœur fasse des siennes depuis qu'il était arrivé à Sainte-Victoria, et même depuis que son avion avait survolé cette petite île volcanique des Antilles, quelques heures plus tôt. Avec ses forêts vert émeraude, ses récifs coralliens baignant dans une eau turquoise constellée d'éclats de lumière, ses longues plages de sable blanc, l'endroit avait tout d'un paradis. Lors du court trajet en taxi entre l'aéroport et la Clinique des Îles, Liam avait été captivé par cette débauche de couleurs et par l'énergie joyeuse et exubérante qui semblait pulser partout ici.

Tout cela, c'était tellement *elle*.

Liam ne s'attarda pas sur cette pensée. À vrai dire, cela faisait plus de trois ans qu'il fermait son esprit aux souvenirs et aux pensées qui le ramenaient à elle. Seulement, cette fois-ci, il n'arrivait plus à les retenir. La faute au décalage horaire, sans doute, ou parce qu'il se trouvait chez elle, sur ses terres. Liam n'en savait rien, mais une chose était sûre : cette île correspondait en tout point aux descriptions qu'elle lui en avait faites. Et elle lui ressemblait tellement…

Talia.

Liam n'oublierait jamais le jour où elle avait fait irruption dans sa vie. Tel un arc-en-ciel spectaculaire, elle avait transpercé des nuages gris et sombres qui nimbaient alors son existence sans qu'il en ait conscience. Talia avait projeté de la lumière dans tous les recoins de son univers jusqu'alors si triste. Elle avait été l'incarnation de la joie, du rire, elle lui avait donné un nouveau souffle. À son contact, et sans qu'il s'en rende compte tout de suite, la chape noire et glacée qui avait pesé si lourdement sur sa poitrine avait commencé à se fendre. Elle l'avait aidé à réfléchir, à remettre en perspective les récriminations dont il avait toujours fait l'objet de la part de son père. Grâce à elle, et pour la première fois de sa vie, il s'était dit que, tout autant que ce dernier, il était une victime de la mort de sa mère. Talia lui avait fait comprendre que, non, il n'était pas voué à la solitude, qu'il était digne d'être aimé tel qu'il était. Et puis, elle était partie, aussi brusquement qu'elle était arrivée, et sa vie avait retrouvé sa morosité d'antan. Seulement, cette fois, c'était encore pire, puisque maintenant il avait conscience de ce qui lui manquait.

Avec un soupir irrité, Liam s'écarta de la baie vitrée qui s'étendait sur tout un pan de mur dans le bureau du chef de la Clinique des Îles et se replongea dans la lecture du dossier médical affiché sur sa tablette électronique. Il s'en voulait de penser encore à elle, après toutes ces années. Il n'avait pas fait le voyage à Sainte-Victoria pour remuer de vieux souvenirs, mais parce qu'il pouvait être utile à ses patients. Enfin, à une, surtout : Lucy Wells, quinze ans, atteinte d'une malformation cardiaque congénitale qui nécessitait une reconstruction complète de la crosse aortique. À vrai dire, il aurait pu se dispenser de relire ses notes. Il s'était immergé dans ce dossier compliqué depuis ce jour de la semaine précédente où il avait reçu un coup de fil du chef de la clinique, un certain Nate Edwards. Il en faisait ainsi avec tous ses patients, parce qu'ils comptaient tous autant les uns que les autres. Chacun d'entre eux était l'enfant, le conjoint, la mère de quelqu'un. Tout comme sa mère à lui l'avait été.

Liam n'avait jamais connu sa mère, morte à sa naissance. Le premier jour de sa vie avait été pour elle le dernier. Son père ne s'en était jamais remis. Pis, il l'avait tenu pour responsable de ce tour cruel du destin, et jamais il ne lui avait pardonné. Dès lors, Liam avait consacré sa carrière de chirurgien à faire en sorte de sauver le maximum de vies, comme si, de cette manière, il se rachetait de la mort de sa mère. Comme s'il existait un nombre magique de patients à guérir, et qu'il serait automatiquement absous lorsqu'il l'aurait atteint, à supposer qu'il y arrive un jour. Auquel cas, peut-être retrouverait-il une certaine joie de vivre, comme avec Talia…

Talia, encore Talia… Il devait cesser de penser à elle. D'abord, la reverrait-il ? Il n'allait séjourner à Sainte-Victoria que quelques semaines, un mois tout au plus, le temps de remplacer un confrère qui se remettait d'un accident de plaisance bénin. Ensuite, il s'en irait. Avec un peu de chance, il ne croiserait pas Talia durant son séjour. À vrai dire, il ne savait même pas si elle était revenue vivre ici. En trois ans, elle ne lui avait donné aucune nouvelle. Mais en admettant qu'elle habite à Sainte-Victoria, elle avait dû reprendre son poste à l'hôpital, à l'autre bout de l'île. Autrement dit, il ne tomberait sûrement pas sur elle, même si l'île n'était pas bien grande, mille kilomètres carrés environ. En tout cas, il ne risquait pas de la croiser ici. Nichée à l'écart, la clinique fournissait un havre de sécurité pour un public fortuné et désireux d'anonymat. Non, il n'y avait aucune probabilité qu'il la revoie ici, à la clinique. Et c'était très bien comme cela.

— Bonjour, Talia. Je ne pensais pas te revoir un jour.

Un frisson glacé chatouilla la nuque de Talia et dégringola le long de son dos. Comme pétrifiée, elle était incapable de bouger, encore moins de se retourner. Au prix d'un effort monumental, elle posa les derniers instruments sur le plateau chirurgical. Son cerveau tourbillonnait à cent à l'heure. Cette voix était celle de Liam, sans être tout à fait la même. Talia aurait reconnu entre mille cette manière de parler sèche et professionnelle, mais ce ton glacial était nouveau. Il lui donnait envie de resserrer autour d'elle les pans de sa blouse.

Donc, il était venu. Sa présence n'était pourtant pas une surprise. C'était même elle qui avait suggéré le nom de Liam pour le remplacement. Mais elle l'avait fait sans trop y croire, s'attendant plus ou moins qu'il refuse ce cas à la seule mention de Sainte-Victoria. Or, non, il avait accepté. Et ce fait prouvait une chose : elle comptait si peu pour lui qu'elle n'était même pas entrée en ligne de compte dans sa décision. Mais cela, elle le savait déjà, bien sûr. Elle l'avait découvert trois ans plus tôt, à ses dépens. Raison de plus pour ne pas être affectée par le fait qu'il soit là. Après tout, elle ne l'avait pas recommandé à Nate dans l'espoir de le revoir : en voilà une idée ! Non, elle avait simplement pensé que le célèbre As des Cœurs de l'hôpital Duke représentait la meilleure chance pour sa jeune patiente. Ses propres émotions n'étaient pas entrées dans l'équation, mais alors, pas du tout. Mais dans ce cas, pourquoi son corps tremblait-il ainsi ?

Il n'est rien pour toi. Rien de rien.

Par bonheur, Liam ne pouvait pas se douter que c'était elle qui avait proposé son nom. Elle avait demandé à Nate de ne pas vendre la mèche.

— Sérieusement, c'est la conduite que tu vas tenir pendant un mois ? Tu vas faire semblant de ne pas m'entendre ?

— Bien sûr que non, murmura-t-elle.

Talia inspira profondément pour se calmer. Enfin, elle se retourna, et son sourire crispé se figea dès qu'elle croisa ses yeux froids. Un étau lui serra douloureusement le cœur. Devant elle se tenait l'homme qui, par un simple regard, par un simple mot, avait su jouer d'elle comme d'un instrument de musique. Mais cet homme la dévisageait comme s'il ne la connaissait pas, comme si elle n'était pour lui qu'une étrangère.

— Liam…

Bon sang, elle devait avoir l'air pathétique avec sa voix étranglée. Face à lui, elle avait l'impression d'être une proie fascinée par un serpent. Tout à coup, le souffle lui manqua et, les jambes en coton, elle agrippa le chariot médical pour se stabiliser.

Ces trois dernières semaines, Talia s'était préparée à la venue de Liam en se répétant que la vision fantasmée qu'elle avait gardée de lui n'existait que dans ses souvenirs de midinette. Mais elle se rendait compte à présent que ces mêmes souvenirs étaient en deçà de la réalité. Il la dominait du haut de son mètre quatre-vingt-dix, avec ses larges épaules et son torse musclé sous une chemise impeccable malgré les 30 °C ambiants. Sa mâchoire carrée était à elle seule une définition de la masculinité, et ses traits ciselés semblaient avoir été taillés dans du granite. Talia inspira profondément.

— C'est tout ce que tu as à dire ? Mon nom ?

Il parlait d'un ton neutre, aussi indéchiffrable que l'expression de son visage.

— Tu ne vas même pas me demander ce que je fabrique ici ?

Talia eut toutes les peines du monde à dissimuler la panique qui s'empara d'elle.

Il ne sait rien, se dit-elle fébrilement. *Comment pourrait-il savoir ?*

Elle s'efforça de sourire mais, n'y parvenant pas, se contraignit au moins à contrôler sa voix pour dissimuler son trouble.

— Je ne sais pas… Enfin, si : tu es là pour remplacer Isak pour une chirurgie critique. Du moins, c'est ce que l'on raconte.

Le visage de Liam se durcit encore plus, si c'était possible. En un clin d'œil, il s'était refermé comme une huître. Preuve qu'il n'avait pas changé depuis tout ce temps. Elle avait fait le bon choix en abandonnant cet homme, le seul qu'elle ait jamais aimé. Il y avait de cela trois ans… Trois ans, deux mois, deux semaines et quatre jours, pour être précis. À sa grande honte, elle aurait même pu aller jusqu'à l'heure. Cette décision avait été la plus difficile de sa vie. Quelle femme saine d'esprit aurait pu rompre avec un tel homme ? Son surnom d'As des Cœurs venait autant de ses qualités de chirurgien que de son aura auprès de la gent féminine de l'hôpital Duke. C'était même l'une des premières choses que lui avaient apprises ses collègues infirmières à son arrivée dans l'équipe. Chacune aurait voulu être celle qui retiendrait son attention, celle qui saurait percer sa solitude et soulager les tourments que l'on devinait en lui. Aussi Talia était-elle tombée des nues lorsqu'il lui avait proposé de sortir avec lui un soir, et puis un autre. Elle s'était sentie flattée, différente… Spéciale. Et elle était tombée follement amoureuse. Elle avait même eu la naïveté de croire que ses sentiments étaient réciproques. Quelle idiote elle avait été ! Mais depuis, elle avait plus de plomb dans la cervelle, Dieu merci. Liam lui avait appris que les choses ne se passaient pas comme cela dans la vraie vie, et qu'elle n'avait pas été assez bien pour lui, malgré son amour. Ou à cause de…

— Comment ça, « c'est ce que l'on raconte » ? Peux-tu me dire à quoi tu joues ?

La voix de Liam rouvrit douloureusement de vieilles blessures qu'elle avait pourtant crues guéries. Il avait suffi de quelques mots de Liam pour les raviver. Le menton fièrement dressé, Talia lui rendit son regard noir.

— Moi ? Je ne joue à rien. Ce n'est pas mon genre.

— Avant, j'aurais pu croire ça. De même que je croyais te connaître.

Piquée au vif, Talia aurait voulu crier, le renvoyer dans les cordes avec deux ou trois noms d'oiseau, mais elle se domina. À quoi bon se disputer avec lui ?

— En fait, je n'ai jamais vraiment su qui tu étais, ajouta-t-il avec un sourire acerbe.

C'est réciproque, songea-t-elle avec acrimonie. Jamais elle n'avait connu un être aussi secret. Il y avait toute une partie de lui-même que Liam tenait jalousement sous clé et dont il ne disait jamais rien à personne. Dire qu'elle avait cru pouvoir l'ouvrir aux autres, le guérir… Oui, il avait sans doute éprouvé des sentiments pour elle, à sa façon, mais au final quelle importance, puisqu'elle n'avait pas fait le poids. Oh ! bien sûr, elle ne s'était pas attendue qu'il lui voue un amour éternel et vienne lui parler de mariage et d'enfants après quelques semaines de relation. Mais elle n'avait pas pensé non plus qu'un homme puisse la détruire sur tant de plans. Avec le recul, elle avait bien fait de le quitter. Pour lui comme pour elle.

Malgré tout, à présent qu'il était ici, sur la petite île où elle avait grandi, Talia était assaillie par des « et si ? » et des « peut-être ». Comme si de telles pensées méritaient d'exister… Liam ne resterait qu'un mois, le temps de s'occuper de sa patiente. Ensuite, il repartirait. En tout cas, il était hors de question qu'elle lui rouvre son cœur pour lui permettre d'en faire de la charpie, comme trois ans plus tôt. Elle ne devait pas lui montrer à quel point il la déstabilisait. À quel point il lui faisait perdre ses moyens.

— Je pourrais en dire autant de toi, répondit-elle enfin. Mais franchement, à quoi nous mènerait cette conversation ?

— Bonne question.

À nouveau, elle fut heurtée par son indifférence glaciale.

— C'est tout ce que tu as à me dire ? Que tu ne m'as jamais connue, que tu ne pensais pas me revoir un jour… Parce que c'est réciproque, si cela peut te rassurer.

Sans rien dire, il se contenta de lui adresser un sourire, un léger sourire, bref et incisif comme une lame. Puis il fit un pas vers elle. Ce n'était qu'un seul pas, mais Talia eut l'impression que la pièce basculait autour d'elle.

— Je viens de rencontrer ton chef. C'est quelqu'un de très motivant.

— Tu veux parler de Nate ? dit-elle, ravie de pouvoir se raccrocher à un sujet apparemment moins sensible. Je suis d'accord. D'ailleurs, c'est lui qui a fondé la Clinique des Îles. Il a aussi organisé un programme de jumelage avec l'hôpital de Sainte-Victoria il y a quelques années, quand l'île a été frappée par une tornade.

Le sourire de Liam devint encore plus glacial.

— Je suis au courant du programme, et je sais que bon nombre de chirurgiens seraient prêts à se couper un membre avec leur propre scalpel pour avoir la chance de travailler à la célèbre Clinique des Îles.

— Oui… Bien sûr.

Il fit un nouveau pas vers elle, et Talia se rendit compte qu'elle serrait les poings pour ne pas réagir. Elle ne devait pas lui montrer qu'elle était intimidée.

Intimidée ou attirée ? lui susurra une petite voix intérieure.

— Tu comprendras donc ma surprise lorsque ce même Nate Edwards m'a contacté la semaine dernière à l'improviste pour me demander si j'étais disposé à travailler sur un cas délicat.

Talia sentit son cœur s'emballer. Le ton de sa voix était si lourd de sous-entendus qu'elle eut soudain la certitude qu'il savait. Comment était-ce possible ? Nate n'aurait quand même pas trahi sa confiance ? Quoi qu'il en soit, puisqu'elle avait fait semblant d'ignorer les motifs de sa venue, elle était bien obligée de continuer à feindre l'innocence. Elle plaqua donc sur son visage un air de vague intérêt, sans pouvoir s'empêcher d'humecter ses lèvres sèches.

— Ah bon ?

— Ah bon ? répéta-t-il avec nonchalance.

Une nonchalance presque dangereuse, voire un peu bizarre : Liam était connu pour être d'un caractère égal et calme, si détaché qu'il pouvait parfois passer pour une personne froide, même avec elle. C'était d'ailleurs le trait de caractère qu'elle détestait le plus en lui. Au cours de ce long été qu'ils avaient partagé, il y avait bien eu, çà et là, de rares moments où elle avait cru qu'il allait baisser la garde et lui parler librement. Mais aussitôt, il s'était refermé sur lui-même et avait mis sous séquestre ses émotions, ses pensées, les gardant pour lui, et pour lui seul.

— Donc, pour être clair, tu ne savais rien de mon arrivée ?

Sans qu'elle s'en rende compte, Liam s'était encore rapproché d'elle. Il se tenait maintenant si près qu'elle dut lever la tête pour voir son visage. Tout à coup, il lui fut impossible de continuer à faire semblant. L'espace qui les séparait était saturé d'une électricité qu'elle entendait presque crépiter. Elle se sentait trembler d'émotion, comme si, en elle, un ressort trop tendu était sur le point de lâcher. Avec consternation, elle se rendit compte que, après tout ce temps, elle continuait à avoir envie de lui, besoin de lui.

— Non, je n'étais au courant de rien, dit-elle d'une voix qui résonnait comme celle d'une étrangère. Bien sûr, je savais qu'on avait trouvé un remplaçant pour Isak, mais j'ignorais que c'était toi.

Les yeux verts de Liam semblaient fouiller en elle. Talia se sentit rougir. Elle se dit que c'était parce qu'elle avait toujours détesté mentir.

— Vraiment ?

Il leva une main, et si elle ne l'avait pas mieux connu, Talia aurait pu se dire qu'il allait lui caresser la joue ou coincer une mèche derrière son oreille. Bien sûr, il ne fit ni l'un ni l'autre. Talia demeura muette, comme pétrifiée. Elle avait de plus en plus chaud, le sol tanguait sous ses pieds, et elle aurait voulu se raccrocher à quelque chose, n'importe quoi.

— Imagine donc ce que j'ai pensé lorsque à la question de comment il avait entendu parler de moi, Nate m'a répondu qu'une des infirmières de son équipe lui avait suggéré mon nom.

2.

— Nate te l'a dit ?

Comment avait-il osé ? Talia lui avait pourtant expressément demandé de ne pas le faire !

— À quoi t'attendais-tu, Talia ? répondit Liam d'une voix égale. Nate n'est pas un animateur de jardin d'enfants. Il est à la tête d'une clinique de haut vol et tenait à s'assurer qu'il n'y a pas de problème entre nous. Que nous sommes capables de travailler ensemble.

— Et que lui as-tu dit ?

— À ton avis ? Je lui ai expliqué que nous avons eu une histoire ensemble, mais qu'elle est terminée depuis longtemps. Je lui ai dit aussi que tu es l'une des infirmières de bloc les plus professionnelles que je connaisse et que je serais ravi de travailler à nouveau avec toi.

— Ah ? Et c'est… Enfin, c'est vraiment le fond de ta pensée ?

— Tu veux tout savoir ? répondit-il avec brusquerie.

Bizarrement, cette réaction tranchante donna un élan d'espoir à Talia, comme si le fait qu'il n'était pas entièrement à son aise pouvait signifier quelque chose.

— Je suis là pour ma patiente, point. Je n'ai jamais songé que je serais peut-être amené à te revoir. D'ailleurs, je ne savais même pas si tu étais revenue vivre à Sainte-Victoria.

— Je suis ici chez moi, balbutia-t-elle, blessée. Où pensais-tu que j'irais après mon départ de Duke ?

Le silence qui s'ensuivit parut suffocant à Talia.

— Je n'en savais rien et je m'en fichais, répondit-il enfin.

Une femme plus avisée qu'elle serait partie, mais s'agissant de cet homme Talia n'avait jamais été avisée, justement.

— Oui… Tu n'as jamais laissé aucun doute à ce sujet.

— Vraiment ?

Sans qu'elle sache bien comment, l'espace qui les séparait s'était encore réduit. Ils étaient à présent si proches l'un de l'autre qu'elle sentait son souffle tiède sur sa joue. L'espace d'une seconde complètement folle, elle imagina ce que cela ferait de se mettre sur la pointe des pieds et de presser les lèvres sur les siennes. Éprouverait-elle les mêmes sensations que dans ses souvenirs ?

— Je sais que tu es ici pour des raisons professionnelles. Je n'ai jamais pensé une seconde que tu viendrais pour moi. Si tu en avais eu l'intention, tu n'aurais pas attendu trois ans pour le faire, non ?

Sitôt qu'elle les eut prononcées, elle regretta ces paroles, d'autant plus que le sourire de Liam disparut pour laisser place à une expression de… On aurait presque dit du mépris. Bizarrement, elle n'aurait su dire s'il était dirigé contre elle ou contre lui.

— C'est à cela que tu veux en venir ? À une sorte de test lamentable ? Je n'ai pas couru après toi il y a trois ans, mais tu as finalement trouvé un moyen de me faire venir ?

— Non ! Bien sûr que non.

Pourtant, n'y avait-il pas un peu de vrai dans l'accusation de Liam ? Mais Talia secoua la tête pour chasser cette pensée.

— C'est justement pour cela que j'avais demandé à Nate de ne rien dire au sujet de cette recommandation. Il ne s'agit pas de moi, ou même de toi, mais d'une gamine à qui trois chirurgiens ont dit que sa seule chance de survie reposait sur cet essai chirurgical. Or, tu as une expérience remarquable en matière de reconstructions complètes de la crosse aortique par TAD.

Sur ce point, au moins, elle n'était pas obligée de mentir : Liam avait mené à bien plusieurs thoracotomies antérieures droites – TAD pour les spécialistes. Pendant un long moment, ils se dévisagèrent sans rien dire, Talia se contraignant à dissimuler son tremblement.

— Crois-moi, je n'ai jamais cherché à organiser des retrouvailles de toute façon vouées à l'échec, insista-t-elle en désespoir de cause. Tu es la dernière personne que j'ai envie de voir.

À l'instant où cette phrase un tantinet mélodramatique sortait de sa bouche, Talia se rendit compte que c'était un mensonge. Dix minutes plus tôt, elle aurait pu penser, en effet, que Liam n'était plus rien pour elle, mais à présent qu'il était là, à quelques centimètres d'elle, elle se rendait compte qu'il n'en était rien.

— C'est drôle, mais je ne te crois pas.

— Tu devrais, pourtant. J'ai même demandé à Nate de me retirer du service de chirurgie durant tout le temps de ton séjour. Dans deux jours, je serai affectée à une mission d'un mois à St Vic, à l'autre bout de l'île.

— St Vic ?

— C'est l'hôpital de Sainte-Victoria, à une vingtaine de kilomètres de la capitale, Williamtown. Il est bien moins équipé, bien sûr, mais lorsque Nate a créé la clinique, son ambition principale était de s'en servir afin de financer de nouveaux équipements pour St Vic. Il tenait aussi à ce que les insulaires puissent bénéficier du matériel et des équipes de la clinique au travers d'un programme de jumelage.

— Merci pour ton baratin de guide touristique, mais j'étais déjà au courant. Ce qui m'étonne, c'est que tu aies raconté à ton chef que tout va bien entre nous, alors que dans le même temps tu lui as demandé de te transférer à un autre hôpital pendant un mois.

Gênée, Talia se balança d'un pied sur l'autre. Autrefois, elle inspirait du désir à cet homme qu'aujourd'hui elle semblait agacer prodigieusement.

— Je t'assure, Liam. Si tu n'étais pas arrivé deux jours plus tôt que prévu, nous ne nous serions pas vus, toi et moi.

Un éclat furtif traversa le regard de Liam. Une fois de plus, elle aurait donné n'importe quoi pour deviner ce qui se passait dans cette belle tête énigmatique. Si elle l'avait su trois ans plus tôt, elle se serait à coup sûr épargné une sacrée peine de cœur.

— Tu dis ça sérieusement ? demanda-t-il sèchement après un silence interminable.

Talia opina. Soudain, sa tête lui parut lourde. Autour d'elle, l'air semblait peser des tonnes.

— J'ai parlé de toi à Nate parce que tu représentes la meilleure chance pour Lucy. Voilà.

Mais Liam ne semblait toujours pas convaincu.

— Pourquoi moi ?

— Parce que je connais Nate. Je sais qu'il ne désirait pas seulement un cardiologue de premier ordre : il en voulait un qui soit capable de s'intégrer à l'équipe.

— Et tu as pensé à moi ? Au risque d'être amenée à travailler avec moi ?

— Je savais que tu trouverais ta place. Puisque tu as rencontré Nate Edwards, tu as compris que rien ne compte plus pour lui que sa clinique et ses patients.

Liam hocha la tête.

— Ça, et l'hôpital local. Si je ne m'abuse, il a fondé la clinique après une tornade, pour renflouer l'hôpital.

— Tout juste. Mais même si la Clinique des Îles est connue pour sa clientèle fortunée, Nate tient à ce qu'elle reste accessible aux insulaires en cas de besoin.

— Tiens donc ? Je croyais que cette clinique était prisée de l'élite parce qu'elle offre une discrétion totale en plus de soins de premier plan.

— Oui, c'est vrai.

C'était un véritable enfer de se tenir si près de lui tout en refusant de lui céder le moindre pouce de terrain. Un enfer et un paradis. Jamais, sauf dans ses rêves les plus secrets, Talia n'avait imaginé se trouver à nouveau si près de lui. Pouvait-il entendre le tambourinement de son cœur ? Cc bruit lui semblait quasiment assourdissant.

— C'est un endroit où des VIP viennent se soigner, ou faire soigner leurs enfants, comme Violet Silnag-Wells et sa fille Lucy. Mais l'héliport permet aussi d'acheminer les insulaires lorsque l'hôpital de Sainte-Victoria n'est pas capable de leur fournir des soins adéquats. Les patients ont tous la même importance aux yeux de Nate, quels qu'ils soient. Tu peux comprendre cela, non ? Surtout toi…

Liam eut un léger mouvement de recul qu'elle ne manqua

pas de remarquer. On aurait dit qu'elle l'avait pris au dépourvu avec ce compliment. Talia insista dans cette voie.

— Voilà pourquoi Nate a sauté sur l'occasion lorsque je lui ai parlé de l'As des Cœurs de l'hôpital Duke. Mais pour ta gouverne, Liam, je ne fais pas partie de l'équipe de l'essai. On ne risque pas de travailler ensemble, toi et moi. Seulement, ajouta-t-elle, la gorge serrée, j'ai tout de suite pensé que si tu venais, on finirait par se croiser. C'est pour cela que j'ai demandé à être transférée à l'hôpital pendant un mois. Je me suis dit que ce serait la meilleure solution, et pour toi, et pour moi.

Pendant un long moment, ni l'un ni l'autre ne parla. Puis, brusquement, Liam recula d'un pas, et Talia ne put s'empêcher d'éprouver un sentiment de perte. Mais c'était ridicule, puisqu'elle n'avait plus rien à perdre, justement.

— Bien, dit-il d'un ton où se mêlaient l'irritation, le déplaisir et un autre sentiment indéfinissable. C'est une solution acceptable.

Puis, sans lui laisser le temps de formuler la moindre réponse, il tourna les talons et la planta là. Le bruit de ses pas continua de résonner dans le couloir bien après qu'il avait disparu de sa vue.

Qu'est-ce qui lui avait pris, bon sang ?

Voilà qui lui apprendrait à la chercher. Mais ça avait été plus fort que lui. Dès lors que Nate lui avait confirmé que la recommandation venait de Talia, Liam n'avait eu de cesse de la retrouver. Et pour quel résultat ? Une colère sourde bouillonnait en lui, pulsait dans ses veines et lui faisait ressentir des choses absolument ridicules. Lui qui se targuait de ne jamais se laisser déstabiliser par rien ni personne, on aurait dit qu'il ne contrôlait plus son propre corps. Un peu plus, et il n'aurait pas pu s'empêcher de la prendre dans ses bras, histoire de montrer qu'elle n'était qu'une menteuse. Car au milieu de toutes les sornettes qu'elle avait débitées, il y avait un domaine sur lequel elle n'avait jamais été capable de le tromper. Cette attirance qui vibrait entre eux n'avait rien d'une invention, elle. C'était même la seule chose réelle qu'ils aient jamais partagée. Après toutes ces années, elle était encore là, intacte. Il l'avait reconnue dans chaque courbe de son corps sensuel, dans son souffle court, dans ses tremblements, dans ses prunelles assombries. Non, quoi qu'elle fasse, Talia n'arriverait jamais à feindre qu'elle n'en avait rien à faire de lui.

Mais lui non plus, et c'était bien ce qui le perturbait le plus. Bien sûr, il pouvait toujours mettre sa réaction sur le compte du choc des retrouvailles, prétendre que l'émotion qui l'étreignait était de la colère. La vérité, c'était qu'il s'agissait d'un sentiment bien plus puissant encore. Oui, il ressentait du désir, même s'il lui en coûtait de l'admettre. Il la désirait comme il l'avait toujours désirée, depuis l'instant où il avait posé les yeux sur elle, avec son rire léger et son corps de rêve. Mais cette attirance avait été véritablement décuplée lorsqu'il l'avait vue à l'œuvre en salle d'opération. Cette fille, c'était la totale : elle était belle, intelligente, compétente, débordante de joie de vivre. Sans parler du sexe : entre eux, il avait toujours été intense, exceptionnel. Toutefois, ce n'avait pas été l'aspect le plus intime de leur relation, loin de là. S'il avait envisagé la possibilité de se confier à une femme, ça aurait été à Talia.

Mais elle l'avait quitté du jour au lendemain. Sans un mot. Raison bien suffisante pour lui manifester froideur et détachement. C'était absolument nécessaire, faute de quoi il doutait de pouvoir contrôler ce… ce *truc* qui brûlait toujours entre eux, envers et malgré tout.

Il fallait qu'il reprenne le contrôle de ses émotions. Lui, l'incarnation du sang-froid, ne s'était jamais senti aussi désemparé. Mille pensées fusaient dans son esprit, tel un animal sauvage prisonnier d'une cage dont il cherchait à s'enfuir. Mais était-ce vraiment la première fois que Talia le mettait dans tous ses états ? Il avait parfois l'impression que sa vie tout entière n'avait été qu'une prison, jusqu'à ce qu'il la rencontre. Elle avait été la clé qui l'avait libéré de ses entraves. Malgré tout, son corps était tellement crispé qu'il aurait bien voulu se défouler sur un ring, alors qu'il avait abandonné la boxe depuis ses années de lycée, en tout cas depuis qu'il avait su qu'il voulait devenir chirurgien.

Liam s'engouffra dans le bureau mis à sa disposition le temps de son séjour et referma derrière lui. Sa main s'attarda un instant sur la poignée, comme pour s'assurer que la porte était bien close et qu'il avait laissé de l'autre côté le déluge de souvenirs qui avait menacé de l'engloutir à la vue de Talia. Malgré tout, les images continuaient d'affluer, débordantes de couleurs exubérantes et joyeuses. Liam se laissa tomber dans un fauteuil et étala ses longues jambes devant lui. Il était fou de se comporter comme une espèce d'adolescent ravagé par les hormones. Combien de fois devrait-il se le répéter ? Il n'était pas venu ici à cause d'une femme.

Menteur, lui dit une voix dans sa tête.

Il haussa les épaules. Il était là parce que ce remplacement à la Clinique des Îles représentait une excellente opportunité de carrière. Il travaillait à son avenir professionnel, rien de plus. Talia, elle, appartenait à son passé. Un passé qu'il valait mieux laisser là où il était.

Et tant pis si son cœur continuait à tambouriner comme un fou dans sa poitrine.

3.

Le lendemain, lorsqu'il entendit frapper à sa porte, Liam se dit d'abord qu'il n'avait pas attendu cette visite si tôt. Mais il se rendit compte dans la foulée qu'il l'avait attendue quand même. Ce qu'il n'avait pas prévu, en revanche, c'était que la porte s'ouvrirait pour laisser entrer Talia sans qu'il l'ait invitée à le faire.

— La politesse la plus élémentaire consiste à ne pas entrer avant d'y être convié.

— Pour que tu me laisses poireauter dehors ?

À son grand dépit, Liam constata qu'il admirait toujours autant sa vivacité d'esprit. C'était d'ailleurs ce qui l'avait le plus attiré en elle : son énergie, son humour, son intelligence. Et ce corps sublime, bien sûr.

Une bouffée de désir le cueillit au creux du ventre et lui fit lever les yeux vers elle. Ce faisant, il cédait au danger qu'il redoutait le plus, mais c'était plus fort que lui. Son regard s'attarda sur chaque centimètre de sa personne, ce qu'il n'avait pu faire la veille parce qu'il s'était tenu trop près d'elle. Talia était restée comme dans ses souvenirs, avec ces yeux couleur chocolat, ces adorables fossettes qui se creusaient lorsqu'elle parlait, la courbe élégante de son cou. Ses cheveux étaient noués en un chignon professionnel, mais dénoués, ils devaient tomber sur ses épaules en lourdes boucles noires, sauvages et magnifiques. Son regard glissa ensuite sur sa poitrine généreuse, sur sa taille délicate qui s'évasait délicieusement. Non, il n'avait rien oublié de tout cela.

— Pour quelqu'un qui ne voulait pas me revoir, tu montres beaucoup d'empressement à me retrouver.

— Je tenais à te présenter des excuses.

— Ah bon ?

Avait-il tort de savourer la façon dont elle clignait des yeux, comme si elle avait du mal à le cerner ? Bien : autant lui donner l'impression qu'il n'était pas aussi facile à lire qu'un livre ouvert.

— Je… je n'aurais pas dû te cacher que c'est moi qui t'ai recommandé à Nate.

Liam la fixait sans rien dire, incapable de détacher son regard d'elle. Tandis que ses yeux la parcouraient, elle sembla se crisper légèrement, et ce mouvement ténu lui rappela ce que cela faisait, de la tenir entre ses bras, de la toucher, de la sentir s'arquer contre lui… Au diable sa faiblesse ! Il fallait qu'il se ressaisisse, tout de suite.

— Qu'est-ce qui t'a poussée à le faire ? À me recommander, je veux dire.

Talia plissa le nez comme si cette conversation lui coûtait plus encore qu'à lui. Il ne chercha pas à comprendre pourquoi cette pensée lui faisait autant plaisir.

— Que veux-tu que je te dise, Liam ? Tu sais déjà que Nate recherchait un expert des reconstructions de la crosse aortique qui serait capable de s'intégrer à l'équipe.

— Et tu as pensé que je ferais l'affaire mieux que n'importe qui d'autre.

Talia plissa le nez une fois de plus. Auparavant, ce geste signifiait qu'elle lui cachait quelque chose. À présent, toutefois, il n'était plus trop sûr de bien la cerner.

— En effet. Il s'agit d'un essai révolutionnaire, et il porte justement sur un domaine dans lequel tu excelles.

Essayait-elle de le flatter, à présent ? Si c'était le cas, elle se berçait d'illusions. Illusion, aussi, cet étau douloureux qui enserrait son cœur ? Pour un homme connu pour son sang-froid et son assurance, en cet instant précis il était tout sauf calme et posé. Heureusement, à mesure que Talia parlait, Liam reprenait le dessus. Cette discussion professionnelle était beaucoup plus facile à tenir que leur conversation personnelle de la veille. À présent qu'ils étaient en terrain sûr, Liam était même surpris de l'aisance avec laquelle ils conversaient tous les deux.

— Il existe une foule d'études qui comparent les différentes approches, notamment celles par MS, par TAD ou par sternotomie partielle. Elles ont pris en compte tous les paramètres possibles et imaginables : temps d'intubation, nouvelles interventions chirurgicales pour saignements ou infection, durée d'hospitalisation avant décès à l'hôpital, et j'en passe. En quoi celle-ci est-elle si différente ?

— Les autres études ont évalué ces trois approches à une époque où les TAD en étaient à leurs balbutiements. Les chirurgiens avaient alors tout à apprendre. À présent, des professionnels expérimentés comme toi et Isak ont réduit de manière significative les temps de clampage de l'aorte ou de pontage cardiopulmonaire. Résultat, le temps passé sur la table d'opération a été réduit de parfois une demi-heure. En plus de cela…

Il leva une main pour la faire taire.

— C'est bon, c'est bon. Tu m'as convaincu.

— Je ne cherchais pas à te convaincre de quoi que ce soit, je répondais juste à ta question. Enfin, si : j'espère t'avoir prouvé que je t'ai recommandé pour les bonnes raisons, et certainement pas pour… pour t'attirer jusqu'ici, ou je ne sais quoi.

— Je n'ai jamais rien dit de tel.

— Non, mais tu l'as sous-entendu.

Liam ne chercha même pas à la démentir. Bizarrement, il se sentait déçu, comme s'il avait confusément espéré qu'il existait une motivation personnelle derrière l'initiative de Talia. Comment cette femme pouvait-elle le déstabiliser à ce point ? Personne à part elle n'y était jamais arrivé. C'était énervant… énervant et intriguant. Liam éprouva un sursaut étrange dans sa poitrine, comme si la chose qui lui servait de cœur lui donnait signe de vie. On aurait dit qu'il était heureux que Talia soit de retour dans sa vie…

Liam repoussa cette pensée avec colère. Il ferait mieux de partir, de s'éloigner au plus vite de Sainte-Victoria et de Talia Johnson. Avait-il oublié la leçon qu'elle lui avait infligée trois ans plus tôt ? Dans la vie, on ne pouvait faire confiance qu'à soi-même. Accorder du crédit aux autres, cela revenait à s'exposer tôt ou tard à de grosses désillusions. Le problème, c'était qu'il s'était engagé vis-à-vis de Nate Edwards et de la jeune Lucy. Liam s'était toujours enorgueilli d'une conscience professionnelle irréprochable. Cette fois-ci ne ferait pas exception.

— C'est bon, j'accepte tes excuses pour m'avoir menti.

— Comment ça, menti ?

— Oui, en prétendant que tu ne m'avais pas recommandé à ton chef.

— Je ne t'ai pas menti, et je t'ai juste présenté mes excuses pour…

— Simplement, je préfère que tu l'aies fait pour des motifs professionnels.

— Ah bon ! Très bien, dit-elle dans un murmure.

Un silence tomba, pendant lequel, ils se dévisagèrent avec prudence. À nouveau furieux contre lui-même, Liam se contraignit à remettre ses idées en place.

— OK, bon. Si tu n'as plus rien à me dire, moi, j'ai du travail.

— Bien sûr.

Elle pivota sur ses talons, si vite qu'elle faillit tomber, et Liam se leva avant même de se rendre compte de ce qu'il faisait. Il réagissait au quart de tour, alors même qu'elle lui avait montré clairement qu'elle n'éprouvait pour lui que de l'indifférence. Il se laissa retomber sur son siège et étendit ses jambes d'un air dégagé, mais cela ne suffisait pas. C'était plus fort que lui, il voulait la chambouler autant qu'elle le chamboulait. La blesser, même de manière anodine.

— Tu as toujours l'intention de travailler à l'hôpital pendant le mois qui vient ?

Elle se tourna vers lui, l'air hésitant.

— J'ai pensé que tu préférerais cette solution.

— Ce serait le cas si je m'intéressais à toi, dit-il en affectant un ton détaché.

— Donc, ça ne t'embête pas que je reste à la clinique ?

— Tu ne m'as pas bien compris. Je me fiche pas mal de l'endroit où tu travailles, du moment que tu n'es pas affectée à mon équipe. C'est entendu ?

Elle se passa la langue sur les lèvres en un geste indéchiffrable. Il n'arrivait pas à lire l'expression qui se peignait sur son joli visage. Nervosité, peut-être ?

— Entendu.

Elle lui tourna à nouveau le dos et posa la main sur la poignée de la porte comme si elle avait hâte de quitter cette pièce.

Talia n'était pas plus tôt sortie qu'une poussée d'adrénaline relégua son humeur docile et conciliante aux oubliettes. Les colères de Talia étaient rares, mais homériques. Liam n'en avait jamais fait l'expérience, mais d'un autre côté elle ne l'avait jamais vu se comporter comme il venait de le faire, en idiot fini, ils étaient à égalité. Elle connaissait son caractère autoritaire, savait qu'il était un professionnel sûr de lui en salle d'opération. Elle n'avait toutefois jamais vu ce Liam-là, sans cesse sur la réserve, soucieux de réprimer une émotion qui bouillonnait sous la surface. De là à penser que ces retrouvailles l'avaient déstabilisé autant qu'elle, il n'y avait qu'un pas. Et Talia n'en était pas mécontente. Elle appréciait l'idée qu'elle découvrait une autre facette de la personnalité de cet homme aussi fascinant qu'énervant. Ce qui lui plaisait beaucoup moins, c'était d'avoir été congédiée comme si elle n'avait été qu'un vulgaire moustique.

Sans prendre le temps de réfléchir, elle rebroussa chemin et se posta devant Liam, les bras sur son bureau.

— Tu prétends que tu n'en as rien à faire de moi, mais ma présence a l'air de te gêner bizarrement, tu sais.

Lorsque Talia se rendit compte de son erreur, il était trop tard. Liam s'était levé et, debout, il était beaucoup plus près d'elle qu'elle ne l'avait escompté. Elle n'aurait eu qu'à tendre le bras pour le toucher, qu'à se pencher un peu pour l'embrasser. Son cœur se mit à battre comme un fou, et ses doigts se crispèrent sur le bureau. La veille, elle avait eu la force de résister à ses impulsions folles, mais maintenant ?

— J'ai toujours su que tu étais une femme passionnée, c'est

même un trait de caractère que j'admirais chez toi. Mais je ne me rappelle pas t'avoir jamais vue aussi véhémente.

— Peut-être que je ne me laissais pas aller avec toi autant que je le pensais.

Ces mots lui avaient échappé sans qu'elle y réfléchisse.

— Que veux-tu dire, au juste ? dit-il en fronçant les sourcils.

Talia ne répondit pas. Était-ce vraiment la discussion qu'elle avait désiré avoir ? Devant son silence, Liam haussa un sourcil narquois.

— Je t'en prie, continue. Si je ne m'abuse, tu avais quelque chose à me dire.

Sa moquerie fouetta la colère de Talia.

— OK. Ces dernières années m'ont permis de prendre du recul et de comprendre un certain nombre de choses.

— Tiens donc ?

— Oui. Je me demande si, avec toi, j'étais vraiment moi-même.

— C'est-à-dire ?

— Eh bien, ça me coûte de l'admettre, mais en Caroline du Nord, je crois que j'étais un peu intimidée par tout et n'importe quoi. Un nouvel hôpital, un nouveau pays, un nouveau style de vie. Et par-dessus tout, toi.

— Moi par-dessus tout ? Comme c'est vexant.

— Ce n'est pas ce que je voulais dire.

Rougissante, elle s'efforça de repousser les images qui s'invitaient dans son esprit. Une vague de chaleur la submergea lorsqu'elle se rappela comment la moindre caresse de Liam avait le pouvoir de la faire chavirer.

— C'est drôle, ton corps tient un tout autre discours.

Tout en parlant à l'autre bout du bureau, il se pencha, et Talia fut cueillie par un sentiment totalement inapproprié. Malgré elle, son regard s'attarda sur son physique offert à sa contemplation. Le silence retomba, ponctué par le cliquetis de l'horloge murale.

Tic…

Immobiles, ils se regardaient sans rien dire.

Tac…

— Et alors ? Tu m'as clairement fait comprendre que tu ne t'intéressais pas à moi.

— Je n'ai jamais rien dit de tel, répliqua-t-il, acerbe.

Talia s'efforça de parler, mais les mots demeuraient coincés dans sa gorge.

— Mais… tu as dit…

— J'ai dit que je ne pensais pas te revoir un jour. Pas que je n'étais pas intéressé.

Talia était consciente qu'il avançait vers elle, mais elle était incapable d'esquisser le moindre mouvement. En désespoir de cause, elle secoua la tête en silence.

— Tu ressens quelque chose pour moi ? parvint-elle enfin à demander.

Elle sentit soudain les mains de Liam sur ses épaules, aussi larges et fortes que dans ses souvenirs. Tout près des siens, ses yeux assombris par le désir la couvaient d'un regard brûlant comme la braise.

— Je suis venu pour ma patiente, pas pour toi. Et pourtant, te voilà, à me hanter comme une sorte de fantôme.

Tout à coup, sa bouche s'abattit sur la sienne, comme si, après bien des années, il revendiquait ce qui lui appartenait. Il l'embrassa avec une ferveur experte, comme Liam seul savait le faire. C'était un long baiser, vorace, enivrant comme un alcool fort, et Talia n'aurait su dire s'il s'agissait d'un cadeau ou d'un poison. Les mains de Liam lui tenaient la tête tandis qu'il approfondissait son baiser, et à chaque assaut de sa langue, Talia se sentait de plus en plus légère. Elle avait l'impression de flotter. Enfin, à bout de souffle, elle s'écarta pour respirer, tout contre ses lèvres de peur qu'il ne rompe ce contact délicieux.

— Et ça, qu'est-ce que c'est ? Les retrouvailles en fanfare de deux vieux amants ?

— Non, pas des retrouvailles, dit-il d'une voix aussi douce que menaçante. Je dirais plutôt un exorcisme qui n'a que trop tardé.

4.

En toute autre circonstance, de telles paroles auraient dû faire réagir Talia, mais elle était dans un état second, réduite à un amas de désir et de feu. Elle avait l'impression d'être sur le point de brûler vive dans un brasier dévastateur, et adorait chaque seconde de ce supplice délicieux. C'était comme si rien n'existait plus pour elle, à part Liam et ce qui était en train d'arriver. Ils auraient pu demeurer comme cela toute la journée, toute la semaine… Pour toujours.

Mais ce n'est pas possible ! lui cria une petite voix dans sa tête.

Cette voix lui parvenait étouffée, indistincte, comme enterrée sous des tonnes de magma rougeoyant, mais elle était bien là et lui rappelait certaines choses que Talia aurait préféré oublier : un monde existait au-delà de cette petite bulle séduisante, mais dangereusement éphémère.

Malgré elle, Talia posa les mains sur le torse de Liam. Elle aurait dû le repousser, mais ses bras n'en avaient pas la force. Au lieu de cela, elle agrippa les revers de la blouse de Liam pour l'attirer à elle. Il obtempéra volontiers. Ses baisers étaient devenus moins volcaniques, et sa langue explorait sa bouche avec une langueur presque paresseuse. Il prenait son temps, tel un goûteur exigeant, jamais satisfait. Des gémissements ténus s'échappaient de la gorge de Talia sans qu'elle puisse les retenir.

Elle se serait crue revenue au temps de son séjour en Caroline du Nord. Non, cette fois, c'était mille fois mieux. Leurs précédents baisers n'étaient qu'une pâle imitation de ceux-ci. C'était comme si le temps et la séparation avaient magnifié ces sensations au lieu de les tempérer. Inlassablement, les mains de Liam traçaient sur son corps des lignes de feu qui la consumaient tout entière, et ses yeux la couvaient d'un regard qui semblait lire en elle toutes les pensées concupiscentes qui la traversaient en cet instant. Elle avait tellement envie d'arracher les barrières de tissu qui les séparait et de se retrouver peau à peau contre lui, comme avant. Il resserra son étreinte, et elle frémit en sentant contre elle son érection. Lorsque les mots manquaient et que les émotions étaient à nu, c'était tout ce qui restait, n'est-ce pas ? Du désir à l'état brut, primitif. Mais c'était très bien comme cela. Trois ans plus tôt, l'intimité physique n'avait jamais été un problème pour eux. C'était plutôt le côté émotionnel qui avait été truffé d'embûches.

Sans trop savoir comment, Talia trouva la force de se redresser et de croiser son regard. Bon sang… Elle eut l'impression que ses poumons se vidaient de leur air. Liam la fixait comme si elle était le trésor le plus précieux au monde.

Mais ce n'est pas le cas ! cria à nouveau la petite voix.

Même s'il lui en coûtait de l'admettre, ce qu'ils faisaient était complètement fou. Entre eux, les problèmes demeuraient. Et pourtant, il lui était impossible de s'arracher à cette étreinte irrésistible. D'ailleurs, elle n'en avait pas envie, pas lorsque leurs langues se mêlaient de la sorte, avec délice. Liam prit son visage en coupe entre ses mains pour l'embrasser plus facilement, et les souvenirs se déversèrent sur elle en une vague lente et inexorable. Le passé se confondait avec le présent dans un brouillard qui rendait l'instant encore plus délectable. Talia savait qu'elle aurait dû mettre un terme à cette folie, mais sa volonté était réduite à néant. Au contraire, elle en voulait plus, tellement plus.

Alors, elle promena les mains sur la poitrine de Liam avec lenteur, pour mieux savourer le moment. Elle ne put s'empêcher de trembler en devinant sous le tissu le dessin de muscles impeccables qui lui rappelèrent aussitôt des souvenirs douloureusement familiers. Combien de fois avaient-ils dansé ce tango ? Jamais elle n'oublierait toutes ces fois où ils étaient entrés chez lui en trébuchant dans leur hâte, si pressés qu'ils ne prenaient parfois pas le temps d'aller jusque dans sa chambre. Avec quelle impatience fébrile elle avait accueilli ses caresses… Elle avait toujours perdu la tête dès lors qu'il s'agissait de Liam Miller. Pour lui, elle avait toujours tourné le dos à tout, y compris à son ancienne vie, à sa propre famille. Elle était même restée en Caroline du Nord dans l'espoir vain qu'il finirait par lui rendre ne serait-ce qu'une fraction des émotions qu'elle ressentait pour lui. Enfin, qu'elle avait ressenties.

Mais ils n'étaient plus en Caroline du Nord, non ? Ils étaient *ici*, à Sainte-Victoria. Chez elle. Et ils étaient tombés d'accord sur le fait que ce qui allait se passer au cours du mois à venir ne signifierait rien. L'entente sans faille qui les unissait était purement physique. Les émotions n'y avaient aucune place. Cette magie parfaite avait toujours existé et s'était toujours suffi à elle-même, malgré ce qui avait pu faire dérailler leur relation.

Mais Talia n'avait pas seulement perdu la tête dans cette histoire. Elle avait perdu son cœur. Donc, qu'y avait-il d'étonnant à ce qu'elle ne résiste pas lorsqu'il la soulevait ainsi dans ses bras pour l'asseoir sur le bord du bureau ? Elle aurait pu se dégager, si elle l'avait voulu. Or, non, elle obtempérait aux injonctions tacites de Liam et le laissa faire lorsqu'il lui prit les poignets pour les coincer contre son torse.

De sa main libre, il explorait toutes les courbes de son corps, comme pour se les remémorer après trois ans d'absence. Talia n'aurait su identifier clairement le sentiment qui l'envahit alors : une sorte de regret doux-amer, peut-être. Elle savait seulement qu'elle aurait voulu que cet instant ne s'arrête jamais. Cela ne l'empêchait pas de se reprocher sa faiblesse, ou la facilité avec laquelle elle se sentait fondre sous ses caresses.

Lentement, les mains de Liam remontèrent le long de sa taille, jusqu'à ses seins lourds. Puis, après un instant qui lui parut durer une éternité, il effleura avec les pouces la pointe de ses mamelons durcis. Même au travers de sa blouse, l'effet était électrique. En témoigna le gémissement involontaire qui s'échappa de la gorge de Talia.

— Patience…, murmura-t-il. Chaque chose en son temps.

Non sans une certaine satisfaction, Talia remarqua que sa

voix était loin d'être aussi calme qu'il l'aurait sûrement voulu. Elle n'eut toutefois pas le loisir de s'attarder sur cette pensée. Abandonnant sa poitrine, Liam fit glisser les mains sur ses hanches et caressa le bas de son dos avec application, comme si elle était pour lui un sujet nouveau et fascinant dont il aurait voulu tout savoir. Ses doigts se glissèrent alors sous sa chemise, et leur contact sur sa peau nue fit naître en elle des frissons brûlants. Seigneur, s'il la mettait dans un tel état par ses seules caresses, qu'arriverait-il s'il allait plus loin ? Le souffle court, elle se sentait emportée vers l'inconnu. Elle aurait dû lui rappeler où ils se trouvaient... Mais pour cela, encore aurait-il fallu que son esprit ne soit pas comme dans de la ouate.

— Liam...

— Chaque chose en son temps, j'ai dit.

Son regard voilé s'attacha à celui de Liam. La gorge serrée, elle sentit sa main plonger sous la ceinture de son pantalon et se hasarder plus bas, toujours plus bas. Il jouait avec elle. Il la narguait, même, mais noyée dans un océan de plaisir Talia était incapable de se dérober. Doucement, Liam traçait sur sa peau des arabesques voluptueuses partout où ses mains s'aventuraient. Partout, sauf à un endroit précis, où se concentrait l'essentiel du désir de Talia. Elle émit un gémissement étouffé.

— Je sais, murmura-t-il. Crois-moi, je comprends.

Il semblait pourtant prendre plaisir à prolonger son supplice.

— Liam...

— Quoi ? Qu'est-ce qui presse ?

— Rien. C'est juste que...

— Juste que quoi ? Tu parles de ça ?

Sans lui laisser le temps de répondre, il effleura son sexe, ce qui envoya une décharge de frissons partout sur son corps.

— Ou alors de ça ?

De ses doigts, il se mit à la caresser au cœur de son intimité.

— Comme ça, alors ? ajouta-t-il d'un ton triomphal.

Elle ne dit rien, mais les réactions de son corps étaient suffisamment éloquentes. Mille sensations l'assaillaient de toutes parts, et des gémissements sourds accompagnaient chaque va-et-vient de ses doigts en elle. C'était tellement mieux que tous les fantasmes qu'elle avait nourris dans la solitude de ces trois dernières années. Car pendant tout ce temps, il n'y avait eu personne d'autre pour elle. À quoi bon ? Aucun homme n'arriverait jamais à la cheville de Liam.

— C'est ça que tu veux ? demanda-t-il d'une voix altérée.

Talia fut incapable de répondre. Elle avait toutes les peines du monde à s'empêcher de crier. Une main dans sa culotte et l'autre sur sa joue, Liam la caressait de plus en plus vite. Au fait, à quel moment lui avait-il lâché les poignets ? Elle ne s'en était même pas rendu compte. Sans interrompre ses mouvements, il lui inclina à nouveau la tête pour l'embrasser. Liquéfiée, elle s'offrait à lui sans résistance, désarmée. Sous les assauts conjugués de ses mains et de sa bouche, elle flottait à la dérive sur un océan de plaisir.

Le tempo s'accéléra rapidement, lui arrachant des plaintes primitives du plus profond d'elle-même. Elle se frottait à lui dans un abandon total, comme pour faire venir plus vite un final en apothéose. Déjà, l'abîme approchait à toute vitesse. Secouée de tremblements, Talia sentit alors les lèvres de Liam se poser sur l'endroit sensible de son cou. C'en était trop. Elle avait l'impression d'être projetée en l'air, de voler, de valdinguer ici et là… Elle pensa que Liam allait arrêter, mais non : il continuait, encore et encore, inlassablement, et semblait s'amuser de faire d'elle ce qu'il voulait.

Enfin, elle se sentit plonger de plus en plus vite, emportée dans une dégringolade hors de contrôle. Avec un peu de chance, Liam serait là pour la réceptionner et atténuer sa chute.

Liam sentit qu'elle s'écartait, une exclamation de surprise sur les lèvres. Il était fou de se comporter de la sorte sur son nouveau lieu de travail. Mais lorsqu'il avait vu Talia, *sa* Talia craquer et partir en vrille sous ses caresses, il s'était bien moqué des convenances. Il avait l'impression d'avoir attendu cet instant pendant une éternité, et à présent qu'il était arrivé, il ne voulait plus le laisser filer.

Talia, en revanche, avait d'autres intentions. Cloué sur place, il la regarda mettre de la distance entre eux et réajuster sa blouse avec des mains tremblantes. Lorsqu'elle se redressa, ses yeux lançaient des éclairs.

— C'était quoi, au juste ?

— Ai-je vraiment besoin de te l'expliquer ? Tu es infirmière, non ?

Elle le fusilla du regard, et Liam eut toutes les peines du monde à ne pas sourire. Elle était tellement adorable.

— Sérieusement, c'est comme ça que tu fais valoir ton point de vue ?

— Comment ça ?

— Tu crois que je t'ai recommandé pour te faire venir ici, à Sainte-Victoria, hein ? C'est ta façon de me prouver que tu avais raison ?

— Pas du tout, répliqua-t-il calmement. Quoi qu'il en soit, il est un peu tard pour jouer les mijaurées, tu ne penses pas ?

Le regard de Talia se durcit encore plus.

— Non, je ne pense pas qu'il soit trop tard du tout.

— Tiens donc ? Alors qu'il me suffit de faire ceci pour te goûter ?

Joignant le geste à la parole, il porta la main à sa bouche et suça ses doigts. Les yeux ronds, Talia le considéra avec un gémissement étranglé. À vrai dire, sa réaction fournissait un répit à Liam. Toute à son indignation, elle ne remarquait pas à quel point il était chamboulé par ce qui venait d'arriver, à quel point il désirait ne pas s'arrêter là. Il fallait vraiment qu'il sorte de ce bureau et qu'il se ressaisisse, vite.

— Je crois que c'en était bien un, si, murmura-t-elle enfin.

— Un quoi ?

— Un test. Tu veux te venger.

— Me venger, moi ? Et de quoi donc ?

— Eh bien, tu m'as plus ou moins accusée de t'avoir plaqué

pour tester tes sentiments et voir si tu viendrais me chercher ici, à Sainte-Victoria.

— Si c'est tout ce que tu penses de moi, c'est insultant. Ce qui vient de se passer se résume à du désir pur et simple. Inutile d'y voir une quelconque vengeance.

En revanche, il n'avait aucune intention de lui faire part des émotions qui l'avaient conduit à bafouer toutes ses règles professionnelles. À vrai dire, il avait du mal à aligner deux pensées cohérentes. Il avait peut-être permis à Talia de se satisfaire physiquement, mais il était loin de pouvoir en dire autant pour lui-même, et son corps réclamait à présent sa part. Mais ces désirs étaient primitifs, et il refusait d'y céder. Au contraire, il s'efforça de se concentrer sur ce que Talia lui disait.

— Tu as encore envie de moi, mais tu ne m'aimes pas. D'ailleurs, tu m'as dit un jour que tu ne pourrais jamais m'aimer.

— C'est comme ça. Je ne suis pas fait pour ce genre de choses.

— Pourquoi, bon sang ? Parce que ta mère est morte et que ton père n'est pas le plus chaleureux des hommes ?

— Fais attention, Talia, tu joues avec le feu. Je te conseille de bien réfléchir à ce que tu vas dire.

— Ça a toujours été le problème entre nous, hein ? Dès qu'on aborde un sujet personnel, tu te dérobes.

Il la dévisagea d'un regard acéré.

— C'est faux. Je t'ai parlé de ma grand-mère, par exemple.

Il se rendit compte qu'il avait commis une bévue lorsque Talia se figea et cligna des yeux.

— Comment ça, ta grand-mère ?

Comme il ne disait rien, elle revint à la charge.

— Tu ne m'as jamais parlé d'elle, pas une seule fois. Même au détour d'une conversation.

Ah bon ? Il était pourtant sûr du contraire. Sa grand-mère avait été la seule personne au monde à lui avoir manifesté de l'affection, avec Talia, bien évidemment. À certains égards, les deux femmes se ressemblaient, d'ailleurs. Sa chère mamie Gloria, tellement haute en couleur… Elle ne s'en était jamais laissé conter par personne. Elle avait même été la seule à prendre sa défense contre son père. Jusqu'à ce qu'elle disparaisse de sa vie, elle aussi.

— Mais si, rappelle-toi. Je t'ai parlé d'elle lorsque je t'ai montré cette boîte.

Talia inclina la tête, manifestement étonnée.

— Quelle boîte ? Tu m'as juste montré un coffret qui contenait des photos de ta mère. D'ailleurs, si mes souvenirs sont bons, tu ne les avais jamais regardées. Je le répète, tu ne m'as jamais rien dit au sujet de ta grand-mère.

Alors ça… N'avait-il jamais parlé d'elle, vraiment ? Pas une seule fois ? Il aurait pourtant juré du contraire. Liam se rendit compte qu'il avait formulé ces pensées à haute voix lorsque Talia lui répondit :

— Non, jamais. Ni d'elle ni de rien. T'es-tu demandé pourquoi je t'avais quitté, Liam ? Tu ne t'es jamais posé aucune question, sérieusement ?

Il haussa les épaules avec humeur.

— Non. Je me suis dit que si tu avais voulu me l'expliquer, tu l'aurais fait.

— Justement, j'en avais envie, crois-moi, mais je ne voyais pas comment m'y prendre. Tu évitais systématiquement les conversations ayant trait à ta famille. Je le sais parce que j'ai essayé plusieurs fois d'aborder le sujet, sans succès. Tu me tenais à l'écart, Liam. Tu m'as toujours tenue à l'écart.

— Je te connaissais à peine. Je n'allais tout de même pas te raconter ma vie, non ?

— Avoue, en as-tu jamais parlé à quelqu'un, un tant soit peu ?

Liam ne répondit pas. Comment cette discussion avait-elle pu dérailler aussi vite ? Il aurait voulu appuyer sur un bouton RETOUR EN ARRIÈRE. Il avait mal au crâne et ne voyait pas comment démêler les pensées conflictuelles qui s'embrouillaient dans sa tête.

— Cette conversation ne rime à rien, déclara-t-il d'une voix sèche qu'il reconnut à peine. Elle ne nous mène nulle part.

— Non, tu ne le permettrais jamais, remarqua-t-elle tristement.

— Je suis venu pour le travail, Talia.

L'espace d'un instant, il crut qu'elle allait répondre quelque chose, mais elle se contenta d'un bref haussement d'épaules.

— Très bien. Je sais que Nate et toute l'équipe comptent vraiment sur toi pour ce dossier. Dans quelques jours, je pars à St Vic et nos chemins ne se croiseront plus.

Elle s'interrompit brutalement. Son regard tourmenté n'aida pas à dissiper la sensation de nausée qui lui remuait le ventre. Combien de temps demeurèrent-ils ainsi en chiens de faïence ? Le silence s'étira, de plus en plus lourd et oppressant, comme la chaleur qui annonçait ces orages tropicaux dont Talia lui avait si souvent parlé. Enfin, Liam eut l'impression d'avoir recouvré un certain équilibre, et il hocha la tête avec raideur.

— Merci. Je t'en suis reconnaissant.

Puis, sans lui laisser le temps de répondre, il s'en alla. La porte se referma doucement derrière lui, mais le mépris sous-entendu dans ses paroles, lui, n'était pas près de retomber.

5.

Les choses n'auraient pas pu se passer plus mal avec Liam, songea tristement Talia tout en comptant les instruments nécessaires à l'opération suivante.

Dix éponges.

Elle était encore sous le coup de leur rencontre de la veille. Elle aurait dû se douter qu'il arriverait quelques jours plus tôt afin de se familiariser avec la clinique et de rencontrer sa patiente. Elle avait été complètement stupide de s'imaginer qu'il l'avait fait pour elle.

Six porte-aiguilles.

Le problème, c'était qu'ils allaient devoir partager le même lieu de travail pendant deux jours encore. Tôt ou tard, ils se croiseraient forcément quelque part. Dans ces conditions, le plus sage serait sans doute de repartir de zéro, non ?

Deux pinces courbées.

Le pire, c'était qu'elle ne cessait de penser à lui, même au cours d'opérations délicates comme celle de ce matin : une fundoplicature de Nissen pour soigner un patient souffrant de reflux gastro-œsophagien. Selon toute probabilité, elle allait pendant longtemps se repasser en boucle leur conversation et les instants classés X qui l'avaient précédée.

— Tout est prêt, Talia ?

Elle cligna les yeux alors que deux collègues entraient en zone stérile. Elle promena le regard sur la salle d'opération et hocha la tête, satisfaite. Même dans son état de nerfs, elle s'était acquittée rapidement et méthodiquement des préparatifs de routine.

— Oui, tout est prêt.

Maintenant, toutefois, elle devait absolument se concentrer. Son expérience lui permettait sans doute de travailler en pilotage automatique sur un certain nombre de tâches, mais dans l'intérêt du patient elle ne devait pas se laisser distraire par des considérations personnelles.

Olivia, la chirurgienne, arriva alors, et Talia l'aida à s'habiller pour l'intervention. Pendant les quelques heures qui suivirent, elle réussit à bloquer toute pensée étrangère à son travail, et lorsqu'elle quitta le bloc opératoire, elle ne songeait plus du tout à Liam. En tout cas, elle ne pensait vraiment pas qu'il l'attendrait dans le couloir. C'était pourtant le cas.

— Talia, tu aurais un moment, s'il te plaît ?

Son cœur cogna violemment dans sa poitrine, mais elle parvint à limiter sa réaction à un simple hochement de tête. Elle le suivit en silence.

— Ce qui s'est passé hier n'aurait jamais dû arriver, commença-t-il une fois la porte de son bureau refermée derrière eux. Mets ça sur le compte du décalage horaire, du choc que j'ai éprouvé en te revoyant, que sais-je… Je n'aurais pas dû aller aussi loin.

Talia eut une moue mélancolique. Certes, c'était des explications plausibles, mais elle, quelles justifications pouvait-elle invoquer ? Certainement pas le choc, puisqu'elle avait eu des semaines pour se préparer à la possibilité de le revoir. De même, elle ne pouvait pas se prévaloir d'un quelconque décalage horaire. Non, elle avait juste perdu les pédales. Qu'est-ce que cela disait d'elle ?

— Non, moi non plus.

— Je préférerais que cela ne se reproduise plus.

Il disait cela comme s'il s'agissait d'un événement anodin, alors qu'elle avait eu l'impression de se désintégrer entre ses bras. Elle se contraignit à respirer profondément.

— Oui, bien sûr. Comme je te l'ai dit, nos chemins risquent de se croiser pendant encore deux jours, après quoi je partirai à l'autre bout de l'île.

— Oui, tu me l'as déjà dit, répondit-il d'une voix lisse et

neutre qu'elle n'arrivait pas à déchiffrer. Justement, je désirais te parler de cela.

— Ah bon ?

Elle n'aurait pas su dire pourquoi son cœur s'emballa soudainement et pourquoi sa peau se mit à la picoter bizarrement, sans parler de cette sensation étrange qui lui dégringola dans le dos.

— Si j'ai bien compris, Lucy Wells était ta patiente dans un premier temps. C'est pour cela que tu connais aussi bien son dossier, je présume ?

— En effet, je me suis occupée de Lucy, mais dès qu'elle a été sélectionnée pour l'étude, elle a été confiée à l'équipe dédiée aux essais cliniques.

— D'où ma question : pourquoi ne fais-tu pas partie de cette équipe ? En tant qu'infirmière de bloc, tu as déjà pris part à ce genre de procédures quand tu étais en poste à Duke. Avec moi.

L'esprit de Talia se mit à fonctionner à toute allure. Mille réponses possibles encombraient tout à coup son cerveau, mais aucune n'aurait servi à quelque chose. De toute façon, elle lui en avait déjà dit plus qu'elle ne l'aurait voulu. Au bout du compte, elle se rabattit sur une explication pratique.

— Le précédent chirurgien cardio-thoracique avait déjà organisé son équipe lorsque j'ai été embauchée. Il ne m'a jamais proposé d'en faire partie.

Liam fronça les sourcils, et un bref silence tomba.

— Ça te dirait d'intégrer cette équipe ?

Prise de court, Talia cligna des yeux.

— Oui, bien sûr. C'est une chirurgie fascinante, et Lucy est une gamine attachante.

— Et toi, tu es l'une des meilleures infirmières que je connaisse. Franchement, Isak ne sait pas ce qu'il perd.

Talia se sentit submergée d'un élan de gratitude auquel se mêlait un autre sentiment qu'elle n'osait pas identifier. Malgré tout ce qu'ils s'étaient dit, Liam n'hésitait pas une seconde à la complimenter sur ses qualités professionnelles.

— Merci, mais je ne maîtrise pas bien cette procédure, ajouta-t-elle avec une moue.

— Comment cela ? Tu as participé à plusieurs corrections aortiques à Duke. Avec moi, parfois.

— Oui, mais jamais à une reconstruction complète. J'ai tout au plus pris part à des interventions en deux temps, selon la technique de la trompe d'éléphant. En revanche, les chirurgies en un temps n'ont pas de secret pour toi.

— Ah ! Je ne m'en étais pas rendu compte.

Le silence se fit, et un élan de regret s'abattit sur Talia. Après ce qui s'était passé entre eux dans ce bureau moins de vingt-quatre heures plus tôt, il aurait sans doute été bon de tisser des liens moins… intimes avec lui. De renouer des relations plus simples, plus neutres. Mais à présent, il allait revenir sur sa proposition et, déjà, Talia s'en mordait les doigts. Il ouvrit la bouche pour parler, et elle se blinda pour accepter l'inévitable.

— Alors, tu vas devoir te mettre à la page. J'aimerais vraiment que tu fasses partie de mon équipe, ajouta-t-il avec un haussement d'épaules désinvolte. Donc si tu es d'accord, j'en parle à Nate aujourd'hui.

Elle le dévisagea, stupéfaite.

— Mais pourquoi ? Pourquoi fais-tu une chose pareille pour moi ?

Comme il ne répondait pas, elle se crut obligée d'ajouter :

— C'est à cause de ce qui s'est passé hier ?

— Ma vie privée n'interfère jamais avec l'organisation de mes opérations. Mes patients méritent les meilleurs professionnels, point. Je ne doute pas que les coéquipiers d'Isak soient excellents, mais je ne les connais pas. En revanche, toi, je sais ce que tu vaux. Tu as logiquement ta place parmi nous.

Talia fut incapable de réprimer un sourire. Il était donc encore disposé à lui donner sa chance. Mais fallait-il attendre autre chose de la part de Liam ? Quel que soit l'état de leurs relations, il avait toujours été le chirurgien avec lequel elle avait le plus aimé travailler. Il était à la fois professionnel et généreux de son temps et de ses connaissances. Peu de confrères pouvaient se targuer de telles qualités. Une émotion brutale la traversa. Faute de mieux, elle la mit sur le compte d'une sorte de regret nostalgique.

— Et pour ce qui s'est passé hier ?

Talia n'avait jamais été connue pour sa capacité à dissimuler ses sentiments. D'une certaine manière, c'était même un trait de caractère qu'elle enviait à Liam. Quoi qu'il en soit, elle aurait eu tort de se faire des idées. Pour Liam, l'intérêt du patient passait toujours avant tout. S'il la voulait dans son équipe, ce n'était certainement pas pour se rapprocher d'elle.

— Nous avons tous les deux tenu des propos qu'on regrette à présent. Oublions tout ça, veux-tu ?

Par « tout ça », il entendait sans doute ce baiser, et plus encore. Sans doute était-ce pervers de sa part, mais elle aurait voulu lui rappeler une fois de plus que le nœud du problème était justement là : il éludait toujours les sujets personnels sans jamais les traiter à la racine. Mais au fond, quelle importance ? Elle ravala ses sentiments et hocha la tête sans grande conviction.

— Tu as raison, nous avons changé, toi et moi. En trois ans, de l'eau a coulé sous les ponts.

— Tout à fait d'accord, répondit-il d'un air dégagé qui la blessa malgré elle.

Elle se contraignit à sourire.

— Tout cela n'a plus d'importance.

— Exactement. Tu veux un café ? Tu en profiterais pour m'exposer ce que tu sais au sujet de cette procédure.

Oui, pourquoi pas ?

C'était étrange de parcourir les couloirs de la clinique en compagnie de Liam. Talia avait l'impression que tout le monde les regardait et savait ce qui s'était passé la veille entre eux. Elle s'éclaircit la voix pour se donner une contenance et plaqua sur son visage un air qu'elle espérait professionnel.

— D'après ce que j'ai compris, cette technique permet de réunir en une seule opération chirurgicale les procédures endovasculaires réalisées jusqu'ici en deux temps pour traiter les lésions aortiques complexes.

— Tu ne veux pas attendre qu'on s'assoie quelque part pour en discuter ?

— Non.

Elle secoua la tête et inspira profondément. Plus vite leurs rapports redeviendraient professionnels, et uniquement professionnels, mieux ce serait. Marchaient-ils trop près l'un de l'autre ? Oui, mais si elle s'écartait davantage, ils auraient l'air bizarres, non ?

— Cette étude a notamment pour objectif de démontrer en quoi les mini-thoracotomies antérieures droites réduisent les douleurs postopératoires et accélèrent la convalescence, si je ne m'abuse.

— Tout juste, dit-il alors qu'ils arrivaient à la cafétéria. Tu cherches une table pendant que je m'occupe des cafés ?

Elle obtempéra, trop heureuse de ce répit. Alors qu'elle s'attablait, elle avait l'impression que tous les regards étaient braqués sur elle et sur Liam, qu'on scrutait leurs gestes, qu'on surveillait leur discussion. Nul doute qu'elle allait faire les frais de la curiosité, voire de la jalousie d'un certain nombre de collègues. Pas plus qu'à Duke, Liam ne laisserait personne indifférent. Bah ! qu'importe ! Ils n'étaient qu'amis. Enfin, en dépit de ce qui s'était passé la veille.

— Ton café, tu le prends toujours avec du lait, sans sucre ?

— C'est parfait, *docteur* Miller.

Elle s'empressa de prendre la tasse et ignora le regard bizarre qu'il lui lança.

— Donc, il existe deux types de prothèses, c'est ça ?

Liam n'hésita qu'une seconde, mais ce fut assez pour qu'elle se sente complètement stupide. Depuis quand se laissait-elle dicter son comportement par le qu'en-dira-t-on ? Et pourtant, elle continua sur cette lancée.

— J'ai compulsé les comptes rendus opératoires utilisés dans l'étude et j'ai remarqué qu'avec une endoprothèse ouverte…

— Arrête, Talia. C'est ridicule, à la fin.

—… raccordée au tronc supra-aortique…

— Talia, peux-tu me dire ce qui se passe ?

— Je…

Elle se tut, rougissante.

— Tu penses que ça va être un problème pour toi ? Travailler avec moi sur ce cas ?

Un élan de panique la saisit. Le visage de Liam était, comme d'habitude, un livre fermé dont le contenu lui était caché. Pourtant, sa voix avait pris une intonation qu'elle ne reconnaissait pas, et dans laquelle elle crut deviner de la désapprobation.

— Désolée. C'est juste que… Enfin, les gens nous regardent.

Liam eut un haussement d'épaules, blasé.

— Normal, je suis le remplaçant du grand Isak Nilsson. Tu ne peux pas les empêcher d'être curieux.

— Tu crois qu'ils sont au courant ? Qu'ils peuvent deviner quelque chose ? marmonna-t-elle dans sa tasse.

— Au sujet d'hier ? Non, je ne pense pas. Mais ils risquent de se poser des questions si tu continues à te conduire bizarrement.

La gorge nouée, Talia se sentit devenir écarlate.

— Talia, on discute d'une patiente en tout bien tout honneur. Si tu ne veux pas prêter le flanc aux rumeurs, n'aie pas l'air aussi nerveuse.

D'un seul coup, l'embarras et la mauvaise conscience de Talia se transformèrent en de vieux sentiments de frustration et de blessure. Elle eut envie de crier. La vérité toute bête, c'était qu'elle n'avait pas envie de discuter boulot avec lui à la cafétéria, justement. Elle aurait préféré de beaucoup un tête-à-tête dans son bureau, voire dans la suite luxueuse qui lui avait été réservée à l'hôtel. Mais inutile de perdre du temps à de tels fantasmes. Liam venait de lui dire explicitement que leurs relations intimes de la veille avaient été une erreur à ne pas répéter. Bref, il n'avait pas envie d'elle.

— Sais-tu que Nate a mis à ma disposition une voiture avec chauffeur pour me faire découvrir l'île ? dit-il sans transition. Apparemment, ton chef estime important que je me familiarise avec les lieux.

Malgré elle, Talia éclata de rire. Que Liam fasse du tourisme au lieu de se consacrer à une opération délicate, c'était inenvisageable. Mais néanmoins typique de Nate.

— Il est fier de son île. Comme nous tous, d'ailleurs. En plus, tu traînes une réputation de bourreau de travail, il essaye donc sans doute de te faire lever un peu le pied. Et puis, il espère aussi peut-être que tu feras un crochet par l'hôpital. Ils ont toujours besoin de professionnels qui acceptent de donner de leur temps.

— Comme toi, par exemple ?

— Chaque fois que je peux, oui.

Sa réponse eut l'air de le surprendre, et elle en éprouva une satisfaction certaine. Mais aussitôt, il lui posa une question qui la prit de court :

— Ça te dirait de me servir de guide ?

— Moi ? Pourquoi ?

— Ça nous aiderait peut-être à reprendre nos marques l'un avec l'autre, à mieux travailler ensemble.

Il lui offrit même un sourire vif et désinvolte, mais sa réponse avait été précédée d'une brève hésitation qui n'échappa pas à Talia.

— Tu m'as toujours promis de me faire visiter ton île, insista-t-il comme elle ne disait rien.

— Oui, il y a plus de trois ans.

— Et l'occasion se présente maintenant. Je te propose qu'on se retrouve à l'entrée de la clinique, n'importe quel matin de cette semaine, à 8 heures. Qu'en dis-tu ? Si mes souvenirs sont bons, tu es une lève-tôt, comme moi.

Talia s'humecta les lèvres et fit semblant de ne pas saisir l'allusion à toutes ces matinées où ils s'étaient réveillés avant l'heure et en avaient profité pour faire l'amour.

— Liam…

— Si mes souvenirs sont bons, une personne native du coin recommandait de commencer par les Beics.

— Je croyais que tu ne faisais pas attention à ce que je te racontais.

— C'est la preuve que tu avais tort, répondit-il en souriant. À l'occasion, fais-moi savoir quel matin te conviendrait.

Talia croisa son regard ferme et le soutint un long moment. Enfin, elle se leva et prit sa tasse de café à moitié pleine.

— Je vais y réfléchir.

— Bien. C'est toujours mieux qu'un non catégorique.

— Je n'ai pas dit oui non plus.

Mais à coup sûr, il savait à quel point elle était tentée. Dans tous les sens du terme.

6.

— Le chirurgien a parlé de signe du tourbillon. Qu'est-ce qu'il veut dire par là ? Je ne comprends pas ce qu'il va faire à Obi.

Talia se sentait bouillir d'énervement. Pas contre cette dame, bien entendu, mais contre le chirurgien pédiatrique en charge de sa fille. Pourquoi n'avait-il pas pris le temps d'expliquer les tenants et les aboutissants de l'opération à cette maman inquiète ? Manifestement, il avait été bien plus pressé de retourner à la Clinique des Îles et à sa patientèle fortunée. C'était un excellent praticien, mais certainement pas quelqu'un de très sympathique ni un ardent défenseur du programme de jumelage entre la clinique et l'hôpital. D'ailleurs, avec un chef de personnel comme Nate, il risquait de ne pas faire long feu au sein de l'équipe. Alors que Liam, en revanche…

Une image de ce dernier surgit alors à l'improviste dans le cerveau de Talia. Comment ne pas le comparer à ce confrère ? Si la petite Obi avait souffert de problèmes cardio-thoraciques et si elle avait été la patiente de Liam, nul doute qu'il n'aurait jamais laissé sa mère paniquée avec des questions sans réponses. À ce qu'il paraissait, la veille il avait passé deux bonnes heures avec Lucy Wells et sa mère pour leur expliquer en détail en quoi consisterait l'opération et pour répondre à toutes leurs interrogations. Il avait toujours été un habile vulgarisateur et n'avait pas son pareil pour rendre un exposé scientifique accessible au commun des mortels sans pour autant paraître condescendant.

Mais Obi n'était pas la patiente de Liam, et penser à lui ne servait qu'à la distraire. Elle s'empressa de reporter son attention sur la mère d'Obi.

— C'est pour cela que je suis ici, dit-elle en prenant dans

les siennes les mains de la jeune femme. Pour vous donner des explications, dans les limites de mes compétences.

Obi était une petite fille de huit ans à qui on avait diagnostiqué à la naissance une malrotation intestinale. Cependant, cette malformation congénitale n'avait pas été suffisamment grave jusqu'à présent pour faire l'objet d'une prise en charge chirurgicale. Or, depuis peu, la fillette présentait des douleurs abdominales chroniques et diffuses. Les équipes de St Vic avaient donc effectué plusieurs échographies pour déterminer la position du duodénum et de l'intestin grêle proximal, et pour rechercher ce fameux signe dit « du tourbillon » typique d'un volvulus, une torsion du tube digestif.

— Les clichés révèlent qu'une partie de l'intestin grêle de votre fille s'est complètement enroulée sur elle-même : c'est le signe du tourbillon dont parlait le chirurgien. Cette torsion provoque une occlusion intestinale. En cela, il s'agit d'une urgence chirurgicale qui doit être prise en charge dans les plus brefs délais. Votre fille sera transportée par hélicoptère à la clinique dès ce soir, mais nous avons de quoi héberger les parents d'enfants hospitalisés, donc ne vous inquiétez pas. Obi sera mise sous sonde naso-gastrique, avec un tube qui passe par le nez et descend jusqu'à l'estomac. Ce tube sert à éliminer une partie du contenu de l'estomac et à soulager la pression sur l'intestin. Il fonctionne par aspiration intermittente. De même, nous devrons nous assurer que les déficits hydriques ou électrolytiques sont bien corrigés. Enfin, Obi sera placée sous antibiotiques à large spectre avant la chirurgie.

— Pourquoi ? Elle a aussi une appendicite ?

— Non, pas du tout. L'opération consiste à dénouer la torsion pour réduire ce « tourbillon » et, le cas échéant, à retirer les zones endommagées.

La demi-heure qui suivit fut ainsi consacrée à des explications et à des réponses aux questions de la mère d'Obi. Talia en profita également pour la préparer au court vol en hélicoptère qui devait les transporter, elle et sa fille, à la clinique. Cela fait, les deux femmes prirent congé l'une de l'autre, et Talia retourna au bureau des infirmières pour régler quelques tâches administratives avant de quitter l'hôpital, elle aussi.

— Talia ! ça fait un bail que je ne t'ai pas vue, ma belle. Comment ça va, dans ta clinique de luxe ?

Talia redressa brusquement la tête de ses papiers et sourit à la vue de Nyla, une ancienne de l'équipe d'infirmières de St Vic. Elle se leva et se laissa entraîner dans une accolade chaleureuse.

— Ça va très bien, merci. J'assure de temps en temps des permanences à l'hôpital, mais nos horaires ne coïncident jamais, apparemment. Ne me dis pas qu'on va enfin pouvoir bosser ensemble, pour une fois.

— Non. J'étais de nuit, je pars dans une demi-heure.

— Oh non ! Décidément…

Talia était sincèrement désolée. C'était toujours un plaisir de travailler avec Nyla. En plus d'être expérimentée, elle était un réservoir inépuisable de bonne humeur. Et puis, cela l'aurait peut-être aidée à penser à autre chose qu'à Liam.

— Je comptais sur toi pour me mettre à jour des derniers potins.

— En une demi-heure, on devrait pouvoir en faire le tour.

Un éclat amusé s'alluma dans les yeux de Nyla, et Talia se rendit compte, trop tard, que les ragots allaient porter sur elle.

— J'ai cru comprendre que le remplaçant d'Isak est ton ex…

Talia secoua la tête en regrettant ses piètres qualités d'actrice.

— Moi ? N'importe quoi.

— Allons, inutile de nier, ma fille : je peux lire en toi comme dans un livre ouvert. Mais si cela peut te rassurer, personne ne se doute de rien. Les autres sont trop occupées à lui faire les yeux doux.

— Alors, qu'est-ce qui t'a mis la puce à l'oreille ?

Nyla se tapota le nez d'un air entendu.

— Tu as bon goût : quel canon !

— Arrête, s'il te plaît. Je te jure qu'il n'y a rien entre lui et moi.

— Bien sûr que si ! Tu me connais, allons, j'ai un flair

infaillible pour ce genre de choses. Dès que j'ai vu ta petite mine malheureuse, tout s'est expliqué : ce nouveau toubib de Caroline du Nord, ton transfert à l'hôpital, cet air que tu as d'être sans cesse près de sauter au plafond…

— Mais pas du tout !

Se rendant compte de sa maladresse, Talia soupira.

— OK, peut-être un peu…

Nyla hocha la tête avec un sourire affectueux.

— Donc, c'est lui qui t'a fait du mal.

Une semaine plus tôt, Talia n'aurait pas hésité à dire oui. À présent, toutefois, les récriminations de Liam résonnaient dans son esprit. Elle opina lentement.

— Oui, c'est bien lui. Mais à l'entendre, on croirait que tous les torts me reviennent.

Comme d'habitude, elle avait parlé trop vite, mais au lieu d'avoir l'air surprise Nyla eut un petit cri victorieux.

— On le savait.

— Qui ça, « on » ?

— Ta mère et moi. On le savait depuis le début.

Nyla leva un bras dodu pour lui presser l'épaule avec affection.

— On s'est toujours dit qu'il devait être stupide pour te faire souffrir. Ou alors, avoir un problème personnel.

— Maman a dit ça ?

— Bien sûr ! Il a mis du temps à te retrouver, mais on était sûres qu'il finirait par le faire.

Le cœur de Talia se mit à battre follement, mais ce vague espoir s'évanouit aussi vite qu'il était apparu. Elle secoua la tête.

— Non, ce n'est pas ça, dit-elle en affectant un ton ferme. Il n'est pas venu pour moi, mais pour un remplacement. C'est Nate qui l'a choisi.

— Il pouvait bien se douter que tu vis ici, non ?

— Pas vraiment, non. Il ne savait pas où j'étais partie.

Nyla se fendit d'un grand éclat de rire, incrédule.

— Tu crois ça, toi ? Évidemment qu'il le savait. Tu es ici chez toi. À quel autre endroit aurais-tu pu aller ? Quoi qu'il en soit, il est là, non ?

— Oui, mais pas pour moi.

— Je vois… C'est ce qu'il t'a raconté, n'est-ce pas ?

— Oui. On s'est disputés, et il a été très clair là-dessus.

Nyla hocha lentement la tête, et Talia fut tentée de lui apporter davantage de détails.

— Mais depuis, il s'est excusé. Il m'a même proposé de rejoindre son équipe.

Nyla ne dit rien, mais son expression triomphante se passait de mots. Il n'en fallut pas davantage pour ressusciter l'espoir de Talia.

— Il m'a aussi demandé de lui faire visiter l'île. Je lui ai dit que j'y réfléchirais parce que ça ne peut pas être une bonne idée, n'est-ce pas ?

En guise de réponse, Nyla se contenta de la dévisager d'un air entendu. Il n'en fallut pas plus pour faire jaillir un grand sourire sur le visage de Talia. Malgré elle, le coin de ses lèvres se releva, et une sensation de légèreté envahit son corps, tel un envol de papillons.

— Tu penses que je devrais dire oui, n'est-ce pas ?

Nyla leva les paumes d'un air théâtral.

— Ne me demande pas ça, ma fille. Moi, je suis là pour écouter, voilà tout. Mais si *toi*, tu penses que tu devrais lui dire oui, c'est l'essentiel.

Ce n'était pas la réponse que Talia recherchait, mais au fond quelle importance ? Elle mit de l'ordre dans ses papiers comme si un regain d'énergie la poussait à l'action, quelle qu'elle soit.

— Je vais voir si ma patiente et sa mère sont bien arrivées.

— Pas de problème. Tu me diras comment ça s'est passé avec ton beau docteur ?

— Oui. Enfin, on verra.

Qu'y aurait-il à raconter, de toute façon ? À supposer qu'elle accepte de lui servir de guide, ils allaient passer la journée comme deux vieux amis qui mettraient de côté leurs différends personnels. Liam lui avait tendu un rameau d'olivier en lui proposant une place dans son équipe, et Talia aurait eu tort de ne pas faire preuve d'ouverture. Alors, oui, pourquoi ne pas lui faire visiter l'île ?

— Et voici donc les Beics.

D'un geste, Talia désigna les montagnes dont la silhouette se dessinait à travers la vitre de la voiture.

— On les appelle comme ça parce qu'ils ressemblent à des becs d'oiseau, c'est ça ?

— Tout juste. Il y a le Petit Bec et le Grand Bec, et le sommet crochu au milieu est le Bec Dentelé.

Installé à côté d'elle sur la banquette arrière du véhicule avec chauffeur, Liam ne regrettait pas d'être venu, surtout avec Talia comme guide... Même si l'odeur de son shampooing lui montait à la tête, avec ses notes d'hibiscus et de noix de coco. Ses sens fonctionnaient à plein régime. À vrai dire, c'était le cas depuis son arrivée sur l'île. Sainte-Victoria était le plus bel endroit au monde, il débordait d'énergie à tous les coins de rue. Les rires, la musique des orchestres en plein air, les couleurs vives, tout lui rappelait la manière dont Talia avait fait irruption dans sa vie, trois ans plus tôt, telle une grande bouffée d'air frais. Comme un arc-en-ciel chatoyant, elle avait illuminé ses jours jusqu'alors si ternes. Auprès d'elle, il s'était senti vivant, bien dans sa peau. Pour la première fois, il avait éprouvé si ce n'était de l'amour, au moins un profond attachement pour quelqu'un. De la tendresse. Et même si ce sentiment lui avait paru étrange au début, il s'y était vite habitué et l'avait apprécié.

Et puis, sans prévenir, elle était partie aussi soudainement qu'elle était arrivée, et sa vie avait retrouvé sa grisaille d'antan. Mais cette fois-ci, c'était même pis, puisqu'il avait pris conscience de ce qui lui manquait. Plus jamais cela. Pour rien au monde il ne subirait à nouveau une telle désillusion. Il était venu ici pour le boulot, pas pour réveiller de vieux démons. Si les circonstances l'obligeaient à se confronter à son passé, il n'avait pas l'intention de se laisser déborder ne serait-ce qu'une seconde.

— Je crois me souvenir qu'on peut escalader la chaîne des Beics.

— Oui, assez facilement, surtout pour le Petit Bec et le Grand Bec. On peut se promener sur leur crête.

— Et profiter des sources chaudes.

À peine prononcées, Liam regretta ses paroles. Elles étaient chargées de tonalités personnelles et intimes, sans doute parce qu'elles le ramenaient irrésistiblement à des conversations qu'ils avaient eues lorsqu'ils étaient en couple, lorsque Talia lui parlait de son pays. Ils avaient même envisagé un voyage ensemble. D'ailleurs, il la vit avaler difficilement sa salive, comme si elle aussi était en proie aux mêmes souvenirs.

— C'est vrai. Mais il faut faire attention aux fumerolles.

Liam s'efforça de diriger la conversation vers un sujet plus sûr, moins personnel.

— Vous devez avoir pas mal de brûlures à l'hôpital, non ? Surtout pendant la période touristique.

— Tu raisonnes toujours en chirurgien, répondit-elle avec un léger sourire. Oui, c'est un motif fréquent de consultation. Mais on trouve aussi d'excellentes visites guidées qui permettent de voir les sources sans risquer sa vie.

— Je tâcherai de m'en souvenir, merci.

Était-ce pour cette raison qu'elle l'avait quitté ? Parce qu'il ne songeait qu'à ses patients, qu'à sa carrière ? Mais à supposer que ce soit le cas, pourquoi se souciait-il de ce qu'elle pensait ? Pourquoi avait-il envie de lui demander pour quelles vraies raisons elle l'avait recommandé à Nate ? Avait-elle seulement songé à cette patiente, vraiment ? N'avait-elle pas espéré, même qu'un peu, le revoir ? Ces questions ne cessaient de le tarabuster, et il détestait qu'elle le hante de la sorte.

— Bien sûr, si tu as peur, il y a beaucoup d'autres endroits à visiter.

— Comment ça, peur ?

— Eh bien, si tu ne me fais pas confiance pour trouver le chemin entre des fumerolles dangereuses.

— Ah ! je vois…

Liam imaginait d'autres endroits bien plus dangereux en présence de Talia. Et même s'il savait qu'elle le taquinait et qu'il avait mieux à faire que de la prendre au mot, c'était plus fort que lui.

— Pourquoi pas ? En plus, tu m'avais aussi promis une séance de plongée dans le lagon, ou une descente en tyrolienne au-dessus de la forêt.

Elle le fixa d'un regard qui semblait fouiller en lui, mais il avait du mal à deviner le fond de sa pensée. Talia et ses beaux yeux couleur cacao avaient souvent été une énigme pour lui. Pendant un long moment, ils se dévisagèrent en silence, puis Talia reprit la parole d'une voix faussement désinvolte.

— Que penses-tu de Lucy Wells ? J'ai entendu dire que tu avais enfin eu l'occasion de la voir en personne.

Liam lui jeta un coup d'œil, songeur.

— C'est une gamine intelligente et mûre pour ses quinze ans. Mais étant donné sa maladie, c'est compréhensible.

— C'est vrai. Et Violet ?

Il comprenait où elle voulait en venir : elle essayait d'orienter la conversation sur un sujet professionnel, comme il venait de le faire à l'instant. Mais ce sujet était tout aussi compliqué, pour d'autres raisons. Comme beaucoup de chirurgiens, Liam appréciait de rencontrer ses patients afin de mieux comprendre qui ils étaient, mais il évitait de trop s'attarder sur le sujet. On ne savait jamais… Si une opération ne marchait pas comme prévu, à être trop impliqué émotionnellement, on avait encore plus de mal à prendre certaines décisions.

— Que dire de Violet… Elle adore sa fille, mais je ne m'attendais pas à un tel pragmatisme de sa part.

— Ah bon ? Tu pensais plutôt rencontrer une star capricieuse qui abuse de son argent et de son pouvoir ?

— J'évite les préjugés, mais il y a sans doute un peu de vrai dans ce que tu dis, oui.

Fort heureusement, Talia n'insista pas. Un autre silence s'installa, puis elle reprit la parole.

— Comme tu peux le constater, l'île se divise en deux parties :

l'une, d'environ huit cents kilomètres carrés, est recouverte d'une forêt tropicale, et l'autre abrite la capitale.

— Donc, tu es heureuse ici ? demanda-t-il à brûle-pourpoint.

Talia se tourna brusquement vers lui.

— Pardon ?

Il la considéra sans répéter sa question.

— Je me plais bien ici, oui, finit-elle par répondre. Je... Enfin, c'est moins difficile qu'à une certaine époque.

Faisait-elle référence à toutes ces fois où elle lui avait dit qu'elle détestait vivre à Sainte-Victoria ? Que vivre aux États-Unis était un rêve pour elle ?

— À une certaine époque, tu racontais que tu ne voulais plus jamais remettre les pieds ici. Tu trouvais cette île trop petite, trop repliée sur elle-même.

— J'avais tort. Comme sur beaucoup d'autres choses.

Surpris par l'agressivité de sa voix, Liam fronça les sourcils. On aurait dit qu'elle lui en voulait, mais de quoi ?

— Tu parles de moi ? Tu avais tort à mon égard ?

Talia haussa les épaules sans rien dire.

— Pourtant, je ne t'ai jamais prise en traître, insista-t-il.

— Ah bon ? Tu crois vraiment ça ?

— J'ai toujours joué cartes sur table avec toi. Dès le début, je t'ai dit qui j'étais, ce que je pensais. Je n'ai jamais changé de ligne.

Elle lui décocha un regard noir avant de soupirer.

— Non, en effet. Tu es resté tel quel.

Mais dans sa bouche, cette remarque ne ressemblait pas vraiment à un compliment. Talia se renversa alors sur la banquette et se tourna vers la vitre, mettant un terme à cette conversation. Manifestement, ce ne serait pas aujourd'hui qu'il arriverait à restaurer une certaine complicité professionnelle avec elle.

Oui, bien sûr... Parce que c'était bien le but de cette journée, lui murmura une voix ironique dans sa tête.

Et alors ? Il était venu à Sainte-Victoria autant pour participer à une chirurgie innovante que pour voir l'île de Talia. Et cela, en soi, était un problème. Pourtant, comme toutes les autres réserves qu'il avait nourries ces derniers jours, Liam refoula cette pensée à l'arrière-fond de son esprit et reporta son attention sur la femme qu'il n'arrivait pas à se sortir de la tête, malgré tous ses efforts.

— OK, et maintenant ?

— Maintenant ?

Talia consulta sa montre en se raclant la gorge. Une expression soulagée se peignit alors sur ses traits. Elle tapota la vitre qui les séparait du chauffeur avant de lui donner une instruction, puis se laissa retomber sur la banquette.

— Maintenant, dit-elle, il est l'heure d'aller manger.

7.

Cette journée en compagnie de Liam était encore plus compliquée qu'elle ne s'y était attendue, songea Talia une heure plus tard, alors qu'ils se frayaient un chemin au travers des rues bruyantes et colorées de Williamtown. Et pourtant, elle n'avait jamais pensé que ce serait facile. Elle s'efforçait d'être un bon guide et de lui montrer son île sous un jour qu'elle aurait été fière de révéler à un collègue étranger. Le problème, c'était qu'il ne s'agissait pas de n'importe quel collègue, justement, mais de Liam Miller, l'homme qui n'avait jamais eu son pareil pour la mettre dans tous ses états.

En cela, rien n'avait changé. Pour ne rien arranger, cette visite avait tout d'un rendez-vous amoureux. Du moins, c'était l'impression qu'elle en avait. Dire qu'elle avait pensé qu'il s'agirait tout au plus d'une virée entre deux vieux amis, histoire de faire la paix, ni plus ni moins… Pour autant, ils passaient un très bon moment ensemble. Paradoxalement, elle se sentait bien avec lui, et là n'était pas le seul point positif de cette balade. Le fait de redécouvrir Sainte-Victoria à travers le regard de Liam avait été une révélation pour Talia. Elle comprenait encore moins pourquoi elle avait eu tellement envie de partir, quelques années plus tôt. Ou alors pourquoi elle avait refoulé son mal du pays à l'époque où elle vivait en Caroline du Nord. Elle fit comme si la réponse ne se trouvait pas justement à côté d'elle, si proche qu'elle ressentait la chaleur de son corps. C'était fou, mais en cet instant, si Liam lui avait proposé de retourner à Duke avec lui, elle n'était pas sûre qu'elle lui aurait dit non. Mais pouvait-elle vraiment sacrifier sa vie à Sainte-Victoria pour cet homme qui détenait encore son cœur ? Car quoi qu'elle en dise, elle avait encore des sentiments pour lui. Elle pouvait clamer haut et fort qu'elle avait tourné la page, c'était faux, archi-faux.

Quel guide tu fais ! se morigéna-t-elle en s'efforçant de se reconcentrer sur l'instant présent.

Partout où ils allaient, ils étaient accueillis par des sourires et par des paroles de bienvenue. Clairement, les gens les prenaient pour un couple, et Talia espérait que Liam ne comprenait pas assez le créole pour saisir les allusions dont ils étaient la cible. Certains les avaient même appelés « les jeunes mariés ». Talia ferma les paupières à cette pensée et sursauta en sentant la main de Liam sur son coude.

Allons bon !

C'était bien la dernière chose dont elle avait besoin… Celle, aussi, qu'elle désirait le plus au monde. Des sensations parcoururent son corps comme un courant de mille volts.

— Talia ? Tout va bien ?

Elle prit une grande inspiration et pivota vers lui si vite qu'elle se dégagea sans donner l'air de s'écarter volontairement.

— Oui, oui, dit-elle avec un sourire lumineux.

Mais Liam lui jeta un regard sceptique.

— Qu'est-ce qui t'arrive ? On passait un bon moment, mais tout à coup tu as l'air crispée.

— Moi ? Pas du tout.

— C'est vrai, ce mensonge ?

Talia ne le gratifia pas d'un rire, ni même d'un sourire.

— Allez, on recommence depuis le début. Tout va bien, Talia ?

Cette fois-ci, les lèvres de Talia se relevèrent légèrement.

— Idiot, dit-elle en lui tapant le bras.

— Voilà qui est mieux.

Une sensation de chaleur envahit Talia. Pourquoi fallait-il qu'elle soit aussi sensible au charme de cet homme ? Elle eut soudain envie de le déstabiliser, lui aussi, juste pour se prouver qu'elle n'était pas la seule à être sur les nerfs.

— Si tu veux tout savoir, plusieurs personnes nous ont pris pour de jeunes mariés.

Contrairement à ce qu'elle avait escompté, Liam n'eut pas l'air affecté, mais elle sentit qu'il se tendait de manière imperceptible.

— Je vois.

— Les gens nous prennent pour deux amoureux.

Talia eut l'impression que son cœur lui sautait dans la gorge, mais elle s'efforça de se maîtriser.

— Je suppose qu'on a l'air d'un couple, concéda-t-il à la grande surprise de Talia.

— Ça t'embête ?

— Pourquoi ? Ça devrait ?

— La dernière fois que j'ai évoqué l'idée de mariage, tu m'as répliqué qu'il s'agissait d'une institution ringarde qui n'était pas faite pour toi.

Il la dévisagea d'un air choqué et, l'espace d'un instant, Talia s'imagina qu'elle n'avait fait que rêver cette conversation cauchemardesque survenue trois ans plus tôt. Puis le visage de Liam s'éclaircit.

— Et d'après toi, c'est une raison pour que je ne souhaite pas qu'on nous appelle « les jeunes mariés » ?

Talia eut un haussement d'épaules incertain.

— L'idée m'a traversé l'esprit, oui. Je ne voulais pas que l'ambiance soit gâchée par quoi que ce soit. Et puis, je sais à quel point tu tiens à ta réputation professionnelle.

— Pardon ? Tu me fais visiter ton île, Talia, voilà tout. On ne peut pas dire qu'on se donne en spectacle.

— Non, mais…

À court de mots, elle eut un geste évasif des mains. Elle avait tant de choses à demander, à savoir, mais ni le lieu ni le moment ne se prêtait à ce genre d'explications. Elle se demandait parfois si ce moment arriverait un jour. L'esprit occupé par mille pensées, elle regardait Liam, et il lui sembla qu'il s'efforçait de revenir au présent. Jamais elle n'aurait autant voulu savoir à quoi il avait pensé.

— Je crois…

— Moi, je crois qu'il vaudrait mieux en rester là, l'interrompit-il avec une jovialité forcée. Revenir au point où nous en étions il y a quelques minutes. Pas toi ?

Malgré elle, Talia se demanda comment il réagirait si elle insistait. Mais au fond, elle n'en avait pas envie. Jusqu'à présent, cette journée s'était si bien passée qu'elle ne désirait pas tout gâcher maintenant. Avec peine, elle s'efforça de lui donner le change et arbora un grand sourire.

— Oui, bonne idée.

Elle n'aurait pas dû s'étonner qu'il la tienne à distance. C'était sa manière d'être, après tout. Vraiment, elle aurait été sotte de s'en formaliser. Alors, pourquoi avait-elle l'impression que son cœur se brisait une fois de plus ?

Malgré la profusion de bruits et de couleurs qui l'entourait, Liam évoluait dans un brouillard. Il s'était senti comme cela toute la journée, voire toute la semaine. Non, depuis ce baiser dans son bureau, en fait. En tout cas, la conversation qu'ils venaient d'avoir n'avait rien arrangé, bien au contraire. Lui, le célibataire impénitent qui ne supportait pas l'idée de mariage et de famille, avait caressé trois ans plus tôt le projet de demander à Talia de passer le reste de sa vie avec lui. Lorsqu'elle l'avait quitté, il s'était convaincu que c'était pour le mieux, même si c'était un coup dur. Mais à présent qu'il se trouvait ici, à Sainte-Victoria, avec elle, il avait de plus en plus de mal à croire une chose pareille. D'ailleurs, il était rempli d'une énergie qu'il ne pouvait ni ne voulait éteindre. Elle vibrait à une cadence qu'il n'avait pas ressentie depuis longtemps et qui ressemblait à s'y méprendre aux pulsations des orchestres de percussions qui animaient les rues bouillonnantes de Williamtown.

La voix de Talia s'insinua dans ses pensées.

— Les bananes plantain sont délicieuses. De même que les fruits à pain lorsqu'ils sont cuits avec du lait de coco dans des feuilles de bananier, comme ça.

— Je me souviens que tu me l'as dit, un jour.

Elle cligna des yeux, surprise.

— Ah bon ?

— Oui, un matin, chez Hal's Diner, ce resto à côté de Duke, tu t'en souviens ? On prenait le petit déjeuner, et tu as regardé tes pancakes en disant que tu donnerais n'importe quoi pour une bouchée de fruit à pain au lait de coco, rien qu'une fois.

— Oh !

— Tu as aussi dit que si, un jour, on rendait visite à ta famille, tu me ferais goûter les spécialités culinaires de Sainte-Victoria.

Talia releva une commissure de ses lèvres en une moue que Liam eut du mal à interpréter. En remuant tous ces vieux souvenirs, avait-il gâché une journée agréable ? Avait-il tout ruiné entre eux ?

Ce ne serait pas la première fois…

Encore cette petite voix contente d'elle, presque triomphante. D'ailleurs, à présent qu'il y pensait, cette voix ressemblait à s'y méprendre à celle de son père. Sans réfléchir, Liam promena les yeux autour de lui, comme s'il s'attendait à voir surgir le vieil homme. Mais il n'était pas à Duke, ni même en Caroline du Nord, dans tous ces endroits où Donald Miller hantait le moindre de ses faits et gestes, même s'ils n'entretenaient plus aucun contact depuis longtemps. Non, il était à Sainte-Victoria, une petite île des Caraïbes si étrangère à tout ce qu'il connaissait qu'il aurait pu aussi bien se trouver sur la planète Mars. Seulement, ici, il pouvait se permettre d'être quelqu'un de différent. Quelqu'un d'autre que celui dont l'existence servait uniquement à racheter la mort de sa mère.

Liam se tourna vers Talia, mais les paroles qu'il s'apprêtait à lui dire moururent sur ses lèvres : un gamin affolé accourait vers elle. Talia et l'enfant échangèrent quelques brèves phrases en créole, et Liam parvint à comprendre qu'un homme avait été renversé par une voiture non loin de là. Un voisin, ayant aperçu Talia au marché quelques instants plus tôt, avait envoyé le gamin la prévenir. Sans perdre une seconde, ils s'empressèrent de suivre l'enfant jusqu'au lieu de l'accident.

À leur arrivée, une ambulance se trouvait déjà sur place. Il ne leur fallut pas beaucoup de temps pour apprécier la gravité de la situation. La victime, grièvement blessée dans un choc avec un véhicule léger, avait été anesthésiée en vue d'être transportée à l'hôpital, mais elle avait fait un arrêt cardiaque. Les secouristes avaient commencé un massage, sans succès jusqu'à présent. Or, à chaque seconde, les chances de survie de l'homme s'amenuisaient inexorablement. À défaut de faire redémarrer son cœur très vite, il ne servirait à rien de le transporter à l'hôpital.

— Que vas-tu faire ? lui demanda Talia.

Il se pencha vers elle, la tête baissée pour que personne d'autre qu'elle ne l'entende.

— S'ils n'arrivent pas à le réanimer, je ne vois qu'une seule solution.

— Quoi ? Lui faire un massage cardiaque interne ? Ici, dans l'ambulance ?

Liam opina avec gravité.

— C'est une technique de dernier recours, mais si rien n'est fait, ses chances de survie sont carrément nulles.

Talia acquiesça brièvement, puis elle prit à part le chef des secouristes pour lui présenter Liam et exposer succinctement la manœuvre qu'il suggérait d'effectuer. Puis, aussi vite que possible, Liam se stérilisa et revêtit une blouse, des gants et un masque tandis que les secouristes réunissaient les instruments nécessaires à l'intervention. Cela fait, il procéda à l'opération.

Liam savait que plus tard, bien plus tard, il n'oublierait pas la facilité avec laquelle ils avaient travaillé en équipe, Talia et lui. Pour l'heure, il se concentrait surtout sur son patient et sur les gestes chirurgicaux, des gestes qui, pour délicats qu'ils soient, lui étaient complètement familiers et étrangement rassurants, en dépit des circonstances. Le cœur sous cet aspect physique, celui d'un muscle à la fonction physiologique essentielle, il savait se débrouiller avec. Mais pour ce qui était du cœur, siège des émotions, c'était une tout autre affaire. Pourtant, n'avait-il pas songé tout à l'heure qu'ici, à Sainte-Victoria, il se voyait offrir une chance d'être quelqu'un d'autre ?

La vie était si brève, si précieuse. Il était mieux placé que tout autre pour le savoir. Encore récemment, il avait cru que son existence était un exemple de réussite. Les émotions avaient toujours été une faiblesse qu'il laissait aux autres, et sa rupture avec Talia l'avait conforté dans cette opinion. Maintenant, en revanche, il n'était plus trop sûr de tout cela. Il avait tout à coup envie d'autre chose, d'un supplément d'âme. Mais à quoi cela le mènerait-il ?

8.

— Allez, Talia, fais-moi un peu de place, dit Nyla en se glissant derrière elle pour accéder au bureau des infirmières. Pour une fois qu'on partage une garde, je vais te montrer ce que l'aînée de mes petites-filles a ramené à la maison l'autre jour.

Talia accueillit volontiers cette distraction. Elle avait besoin de se changer les idées, de remettre en perspective certaines questions qui ne cessaient de tourner dans sa tête. Des questions qui portaient notamment sur la visite de l'île en compagnie de Liam, quelques jours plus tôt. Peut-être s'imaginait-elle des choses, mais elle avait l'impression que, pendant ces quelques heures, il avait été plus franc avec elle que pendant tout le temps qu'avait duré leur relation. Il lui avait semblé qu'enfin ils se rapprochaient l'un de l'autre… Et puis, cet accident avait interrompu brutalement leur journée. Liam était parti dans l'ambulance pour opérer l'homme, et elle ne l'avait pas revu depuis.

Talia serra la mâchoire. Plus elle fréquentait Liam, plus elle avait de mal à contenir toutes ces émotions qu'elle tenait enfouies en elle depuis trois ans. Il était resté aussi charismatique et puissant qu'à l'époque. À cela s'ajoutait à présent une fibre philanthropique qu'elle n'avait pas remarquée trois ans plus tôt. Prenait-elle ses désirs pour des réalités en se disant que peut-être, juste peut-être, il était enfin prêt à abattre ces barrières qui s'étaient toujours dressées entre eux ?

Elle avait besoin de réfléchir, de remettre un peu d'ordre dans ses idées, et cette petite récréation lui permettrait de prendre du recul.

— Tiens, regarde-moi cette jupe, dit Nyla en lui montrant

un bout de tissu de la taille d'un bandeau. Et je ne te parle même pas du bikini.

Talia éclata de rire.

— Non ! On dirait un mouchoir attaché à un bout de fil dentaire.

— Les garçons risquent de devenir fous en la voyant là-dedans.

— C'est joli, n'empêche…

— Oui, mais sur une femme de ton âge, pas sur une gamine de seize ans !

— Tu vas ramener tout ça au magasin ?

— J'y compte bien ! Avec un peu de chance, j'arriverai à lui dégotter quelque chose qu'elle acceptera de porter sans provoquer une crise d'apoplexie à ses parents ou à moi.

— Je te souhaite bonne chance… Sur ce, quoi de neuf depuis hier ?

— Deux départs et plusieurs admissions.

— Oh ! et Augustin a subi une ponction du péricarde, intervint Mia, une jeune infirmière qui venait de les rejoindre.

Talia releva brusquement la tête de ses notes.

— Augustin ? Le garçon admis pour pneumonie la semaine dernière ?

— Oui. Son état s'est brusquement aggravé la nuit dernière. Heureusement, le Dr Bashy était là pour le sauver.

— Ça suffit, Mia.

— Le Dr Bashy ? demanda doucement Talia.

« Bashy » était un mot d'argot local pour dire « beau gosse », et même s'il n'y avait aucune probabilité pour que Mia parle de Liam, Talia sentit son ventre se serrer.

— Quoi, tu ne l'as pas encore rencontré ?

Mia ponctua sa question d'un sifflement admiratif.

— Il remplace Isak à la clinique. À ce qu'il paraît, on l'appelle l'As des Cœurs, mais pour nous c'est Doc Bashy parce qu'il est super canon.

— C'est bon, Mia. Maintenant, ça suffit, répéta Nyla. Tu peux voir comment se porte Mme Frances en chambre n° 5 ?

La jeune infirmière ouvrit grands les yeux, surprise.

— Maintenant ?

— Oui, s'il te plaît.

Alors que Mia s'éloignait, Talia demeura de marbre. Pourtant, mille pensées se bousculaient dans sa tête. Liam se trouvait encore à l'hôpital de Sainte-Victoria ? Il aurait déjà dû être reparti à la clinique, non ? Lentement, elle se tourna vers Nyla.

— Il y a quelques jours, il a assuré une opération à titre bénévole. À présent, il assure carrément des gardes à l'hôpital ?

— Oui, depuis hier soir. J'ai l'impression qu'il préfère travailler ici. En tout cas, pratiquement toutes les infirmières se battent pour partager sa garde. Mais si cela peut te rassurer, aucune ne se doute qu'il est ton Dr Miller.

— Il est mon rien du tout. Il est encore ici ?

— Oui, mais il va bientôt partir. Talia, attends ! Qu'as-tu l'intention de faire ? Lui demander des comptes ici, maintenant ?

Mais Talia ne lui répondit pas. Elle arriva aux vestiaires à l'instant où Liam en sortait.

— Qu'est-il arrivé à Augustin ?

Liam se figea et la gratifia d'un regard étonné.

— Bonjour à toi aussi. C'est ton patient ?

Talia hésita, prise de court.

— C'est moi qui l'ai admis la semaine dernière avec un diagnostic de pneumonie.

— Comment cela, tu l'as admis ? Tu es infirmière de bloc, tu ne travailles pas au triage des patients.

— Tout le monde est polyvalent, ici. En plus, ça permet de se tenir à la page.

— Je vois.

— Quoi qu'il en soit, ses symptômes évoquaient une pneumonie.

— En quoi t'ai-je critiquée, dis-moi ? demanda-t-il d'une voix égale.

— En rien, mais…

— Il n'y a pas de « mais », l'interrompit-il d'une voix douce. Ta décision était logique, et les derniers jours n'ont pas fourni davantage d'indices, malgré l'absence d'amélioration. En revanche, son état s'est brutalement aggravé la nuit dernière, avec des douleurs thoraciques intenses, un essoufflement et une hypersudation. Il se trouvait que j'étais disponible, et l'infirmière de garde a songé à faire appel à moi.

— Et alors ?

— Alors, le patient était fébrile. Fréquence respiratoire à 36, pouls à 120 et tension à 18/7. Il n'avait pas passé d'ECG.

— Oui, parce qu'on lui avait diagnostiqué une pneumonie.

— Une fois de plus, je ne critique personne. Mais puisque j'étais présent, j'en ai profité pour réaliser une échocardiographie à son chevet. Comme je le soupçonnais, ses poumons étaient obscurcis par une structure anéchogène de taille importante.

Talia sentit son cœur battre à coups sourds. Une structure anéchogène était souvent la manifestation d'un kyste, voire d'une tumeur. Était-elle passé à côté d'un problème comme celui-ci ?

— Et donc, tu lui as fait passer une échographie cardiaque, insista-t-elle sur un ton pressant.

— En effet. Elle a révélé un épanchement péricardique et un collapsus cardiovasculaire. La veine cave inférieure était dilatée sans variation respiratoire.

— Alors, tu as procédé à une péricardiocentèse.

— Oui. J'ai drainé environ 1 050 ml de liquide séro-sanguinolent qui a été envoyé pour analyse.

Mille questions se pressaient dans la tête de Talia. N'avait-elle pas lu quelque part qu'environ 65 % des épanchements péricardiques étaient de nature sanguine ? Et que, dans un quart des cas, l'étiologie était maligne ? Bon sang, avait-elle raté son diagnostic ? Augustin n'avait que onze ans ! Le faisceau de signes décrit par Liam portait un nom, celui de tamponnade cardiaque. Une accumulation de liquide au niveau du cœur comprimait cet organe, l'empêchant de jouer son rôle de pompe. Il s'agissait d'une urgence vitale qui, faute d'être prise en charge, évoluait vers un arrêt cardiaque et la mort. La voix de Liam pénétra ses pensées, comme s'il lisait en elle.

— Tu n'aurais pas pu t'en rendre compte lorsque tu l'as examiné. Attendons les résultats au lieu de présager le pire, OK ?

— Ils arrivent quand ?

— Lorsqu'on aura déterminé si le prélèvement contient des cellules malignes ou des mycobactéries.

Ce n'était pas vraiment la réponse que Talia aurait désiré entendre, mais au fond laquelle aurait-elle préférée ?

— Tu ne peux pas soigner tout le monde d'un coup de baguette magique, Talia.

— Je n'ai jamais prétendu une chose pareille.

Mais sa voix tremblait d'émotion, et elle était sûre que Liam l'avait remarqué. D'ailleurs, il plissa les yeux d'un air pénétrant.

— Qu'est-ce qui ne va pas, dis-moi ?

— Rien, rien. Je ne sais pas… ça vient peut-être du fait qu'Augustin est un ami de mon petit frère. Ils sont dans la même classe. Et sa mère était très amie avec la mienne.

— Comment cela, « était » ? Augustin a perdu sa mère récemment ?

Elle aurait mieux fait de se taire. Pourquoi avait-il fallu qu'elle ouvre sa grande bouche ? À présent, Liam l'avait mise au pied du mur, et elle détestait cela.

— Oublie ce que je t'ai dit, OK ?

Sans un mot de plus, elle pivota sur ses talons et s'éloigna à grands pas.

— Talia ?

— J'ai du travail, et toi, tu as terminé ta garde. C'était une chance que tu aies été présent au bon moment pour Augustin. Sur ce, tu m'excuseras, mais je dois te laisser.

— Talia, attends.

À sa grande honte, elle obtempéra. Comme il la rejoignait, elle se tourna vers lui en se contraignant à arborer un sourire professionnel.

— Oui ?

Sans rien dire, il lui saisit le coude et l'entraîna dans une salle vide avant de refermer derrière eux. Talia leva les yeux vers lui, le cœur battant.

— J'ai été navré d'apprendre la nouvelle pour ta mère, dit-il avec douceur.

Talia se figea.

— Qui t'en a parlé ?

— Personne en particulier. Dans un hôpital, les gens bavardent. Tu le sais bien, ajouta-t-il avec un léger sourire.

— Qu'as-tu entendu, au juste ?

— Simplement qu'elle est morte il y a deux ans.

— Non, trois, le corrigea-t-elle sans réfléchir.

Liam fronça les sourcils.

— Comment ça, trois ? Elle est décédée après ton départ de Duke ?

— Non. Pendant mon départ, en fait.

Il la dévisagea longtemps, trop longtemps, avec un regard presque glacial. Mal à l'aise, Talia eut toutes les peines du monde à se retenir de se balancer d'un pied sur l'autre.

— C'est pour cela que tu es partie ? finit-il par demander. Parce que ta mère… Parce que ta mère est morte ?

— Non, mais… Enfin, elle a été emportée par une maladie foudroyante.

Liam fronça les sourcils de plus belle.

— Tu téléphonais à ta famille tous les dimanches. Tu ne m'as jamais dit qu'elle n'allait pas bien.

— Je ne le savais pas. Elle leur avait demandé de ne rien me dire pour ne pas gâcher ma nouvelle vie en Caroline du Nord.

La gorge serrée, elle se mordit la lèvre inférieure assez fort pour la faire saigner.

— Donc, que s'est-il passé ? Ils t'ont appelée au dernier moment pour te prévenir et te demander de sauter dans le premier avion ?

— Plus ou moins, oui.

Même à présent, trois ans plus tard, elle ne pouvait se remémorer ce jour sans éprouver un cocktail dévastateur de chagrin, de culpabilité et de remords.

— Je me doutais pourtant que quelque chose n'allait pas, finit-elle par ajouter. Elle n'avait pas l'air… je ne sais pas… dans son état normal. Elle était toujours fatiguée. Mais j'ai minimisé ces signes parce que je ne voulais pas les voir.

Les yeux de Liam brillèrent, et une tension crispa ses traits.

— Pourquoi ne m'en as-tu jamais parlé ?

— Tu travaillais.

Liam afficha un air réprobateur dans lequel se mêlait un autre sentiment, qu'elle n'identifia pas.

— J'aurais été là pour toi.

— Toi ? Tu étais toujours obnubilé par ton travail ! Il n'y avait que cela pour toi. Tu m'avais déjà mise au courant des interventions que tu devais effectuer ce jour-là.

Avec le recul, elle s'était rendu compte que l'essentiel de leurs discussions tournait autour de sujets professionnels : leurs patients ou les opérations. Cela, et le sexe : leur relation avait reposé sur ces deux piliers tandis que leurs vies personnelles étaient restées *terra incognita*, ou presque.

— Et toi, tu ne parlais jamais ta famille, ajouta-t-elle.

— Si, je t'ai raconté l'essentiel, dit-il en haussant les épaules. Ma mère est morte quand j'étais tout petit, je suis brouillé avec mon père et je n'ai ni frères ni sœurs.

Elle leva les bras d'un air excédé.

— Oui, et c'est tout. Je n'en saurai jamais davantage.

— Tout simplement parce qu'il n'y a rien d'autre à savoir.

— Je ne te crois pas, Liam, dit-elle en secouant la tête. Durant tout le temps qu'a duré notre relation, tu ne m'as raconté aucun souvenir d'enfance ou d'adolescence. Rien.

— Cette conversation ne nous mène nulle part.

— La faute à qui ? Tu trouves toujours le moyen d'éviter les sujets personnels. Ta vie ne se résume pas à la chirurgie et à ta carrière, bon sang !

— Talia…

— J'en ai ras le bol, Liam. Pas étonnant que je t'en veuille de ne jamais avoir rien partagé avec moi. Jamais.

— Quoi ? Il aurait fallu que je me donne en spectacle devant tout le monde ?

— Je n'ai jamais rien dit de tel et je ne suis pas « tout le monde », merci. Je voulais juste avoir l'impression de faire partie de ta vie. J'en avais assez de n'être qu'une espèce de… de poupée gonflable vivante disponible quand l'envie t'en prenait.

— Je ne t'ai jamais considérée comme ça ! Comment oses-tu imaginer une chose pareille ?

Enfin ! Elle l'avait fait dérailler, lui, le sang-froid incarné. Cette petite victoire ne lui procura cependant aucune joie.

— Tu n'as jamais voulu me parler de ta vie. Pourtant, je ne demandais rien de plus.

— Et toi, tu ne m'as donné aucune nouvelle après ton départ : pas un mot, rien. Tu es partie comme ça, sans rien dire.

L'ironie de l'accusation arracha un sourire amer à Talia.

— Tu me reproches de t'avoir écarté de ma vie ? Toi ?

— Donc, c'est pour cela que tu es partie ? dit-il avec dédain. Parce que je ne t'ai jamais déballé ma vie, mon passé dans le moindre détail ?

— Tu caricatures tout.

— Et toi, tu dramatises tout.

Liam avait retrouvé son calme habituel, et son brusque accès d'émotion n'était plus qu'un souvenir. Elle ouvrit la bouche pour lui en faire la remarque, mais les paroles se coincèrent dans sa gorge. Oh ! et à quoi bon ? songea-t-elle avec tristesse. Qu'obtiendrait-elle à se disputer avec lui et à raviver de vieilles blessures ?

— Qu'est-ce qu'il y a ? demanda-t-il en fronçant les sourcils.

— Rien, rien.

— Tu en as déjà dit beaucoup. Pourquoi t'arrêter en si bon chemin ?

— Parce que je ne veux pas emprunter ce chemin, justement. Et toi ?

Liam eut l'air légèrement pris de court, mais eut tôt fait de se ressaisir.

— Moi non plus.

— Alors, dans quel sens aller ?

Il ne bougea pas, mais une fois de plus elle eut l'impression qu'il recouvrait sa maîtrise. Puis, il sourit, d'un sourire réservé, mais sincère.

— Ta visite guidée était une vraie bouffée d'air frais.

— C'est vrai.

Oui, elle avait été cela, et plus encore. Talia s'était sentie vivante comme jamais depuis longtemps, et le fait que cet état d'esprit soit associé à Liam ne pouvait pas être le fruit du hasard.

— Pourquoi ne pas passer du temps ensemble pendant le reste de mon séjour ? Quel mal y a-t-il à cela ?

— Aucun, répondit-elle d'une voix douce. Ça me ferait plaisir.

Bizarrement, après lui avoir enfin expliqué la raison de son départ de Caroline du Nord, Talia avait l'impression d'être soulagée d'un poids. Sa mère lui manquait encore, et lui manquerait toujours, mais pendant trois ans elle avait aussi porté le deuil de Liam. Ou plutôt, de la relation qu'elle avait pensé avoir avec lui.

Mais tout cela, c'était fini. D'une certaine manière, cette discussion l'avait revivifiée. Liam et elle étaient presque, *presque* revenus au bon vieux temps dont elle avait gardé le souvenir. Sans le sexe, bien sûr, mais là n'était pas l'essentiel. Cette fois-ci, les enjeux n'étaient pas les mêmes, puisqu'elle ne courait aucun risque de perdre son cœur. Liam et elle n'étaient qu'amis, voilà tout, et dans quelques semaines il serait parti. En attendant, pourquoi ne pas profiter de cette amitié inattendue sans en espérer quoi que ce soit d'autre ? Mais elle avait besoin d'essayer quelque chose de différent. Quelque chose d'excitant, que Liam n'avait jamais tenté.

— J'ai une idée. Ça te dirait, une séance de bodyboard ?

— Du bodyboard ?

Il haussa les sourcils.

— Si ma mémoire est bonne, quand je t'ai emmenée faire du ski, en Caroline du Nord, tu es tombée du remonte-pente et tu as entraîné pas moins de cinq couples dans ta chute. On aurait dit des quilles culbutées par une boule de bowling.

— Oui, jusqu'à ce qu'un grand gars me rattrape par les cheveux, dit-elle avec une grimace. Tu parles d'un moment de solitude… Je devais avoir l'air belle…

— Oh ! suffisamment pour qu'il te drague. L'envie me démangeait de lui flanquer mon poing dans la figure.

— Ah bon ? Je ne me souviens pas de cela.

Elle le regarda avec surprise, sans savoir ce qui l'étonnait le plus : que Liam ait été jaloux ou qu'il ait eu envie de s'emporter contre quelqu'un. À l'époque, aucun signe n'avait trahi son état d'esprit. Quoi qu'il en soit, son amour-propre était flatté.

— Bref, le bodyboard n'a rien à voir avec le ski. J'ai donné des leçons à mes frères. Si ça t'intéresse, rendez-vous à la plage cet après-midi.

— Je n'ai pas de maillot de bain. Ni de planche, d'ailleurs.

— Pas grave, on peut en louer une sur place, de même qu'une combinaison.

À mesure qu'elle parlait, l'idée lui semblait de plus en plus attrayante, et à en juger par son grand sourire Liam était sur la même longueur d'onde. Quoi d'étonnant à cela ? Il avait toujours adoré le sport. Ça avait été un point commun entre eux.

— OK ? On se retrouve sur quelle plage ?

Talia lui précisa et, tout en le regardant s'éloigner, s'efforça de ne pas se sentir aussi contente d'elle. Plus tard, seulement, elle se dit qu'elle non plus n'avait pas de maillot de bain et qu'elle devrait en récupérer un chez elle. Bien sûr, elle pouvait également s'arrêter au marché en se rendant à la plage…

Ou alors, emprunter quelque chose.

Elle songea alors au bikini que lui avait montré Nyla. Ce maillot minuscule était à la limite de la décence, mais au fond qu'est-ce que cela pouvait bien lui faire ? Avec un sourire, elle essaya d'imaginer la réaction de Liam avant de se raviser. Qu'est-ce qui lui prenait de songer à l'effet qu'elle pourrait avoir sur un ex ? Oui, mais Liam n'était pas simplement un ex. Il était le seul homme qu'elle ait jamais aimé. Et elle allait lui donner une leçon de bodyboard parce qu'ils étaient amis et collègues. Voilà tout.

Elle avait beau se répéter ces paroles en boucle, telle une incantation, son cerveau n'arrivait pas à les imprimer. Combien de fois devrait-elle apprendre les mêmes leçons ? Talia poussa un long soupir. Si elle n'y prenait garde, elle risquait vraiment de retomber amoureuse de Liam.

9.

Quelle idée avait-elle eu d'enfiler ce bikini ? D'ailleurs, « bikini », c'était beaucoup dire pour ce bout de tissu. En tout cas, Liam ne l'aimait pas du tout. Enfin, non : il aurait été plus juste de dire qu'il l'aimait un peu trop, au contraire. Il s'interdisait de trop le regarder, mais difficile d'ignorer ce maillot d'un jaune éclatant orné de motifs floraux vert vif. Les quatre triangles reliés entre eux par de minces bandes du même tissu laissaient peu de place à l'imagination. À son arrivée, Liam avait été incapable de contrôler ses mains alors que Talia était tout habillée, mais dans cette tenue… Comment espérait-elle qu'il se concentre sur cette fichue leçon ?

Du calme ! s'ordonna-t-il. *Rappelle-toi qu'elle n'est qu'une amie.*

Mais son cerveau et sa logique parlaient un langage que son corps ne semblait pas comprendre. Il avait l'impression que tout son corps le démangeait, comme pour traduire son envie viscérale de lui arracher ce maillot minuscule, ici et maintenant.

Il se contraignit à reporter son attention sur la démonstration qu'elle exécutait avec des mouvements gracieux et souples… Et fut aussitôt déconcentré par un flot de pensées indésirables. Autant ne pas se leurrer : il n'avait jamais connu personne comme Talia. Dès l'instant où il l'avait vue, un feu l'avait consumé, et jamais il n'avait imaginé ressentir quelque chose d'aussi vif, d'aussi puissant.

Aussi éprouva-t-il presque du soulagement lorsque Talia s'arrêta au bord de l'océan et revêtit sa combinaison de surf. Elle se tourna alors vers lui avec son grand sourire familier.

— OK, enfile ta combinaison, veux-tu ? Elle protégera

ton corps, même si je doute qu'on s'attaque aujourd'hui à des vagues sérieuses.

Était-ce un effet de son imagination ou son sourire était-il encore plus lumineux que trois ans plus tôt ? Tout en revêtant sa tenue de surf, Liam tourna et retourna cette réflexion dans sa tête. Talia avait toujours prétendu qu'elle ne supportait plus Sainte-Victoria et qu'elle voulait découvrir le vaste monde. Pourtant, de retour sur son île, elle lui semblait tellement plus détendue, heureuse.

— Bien, dit-elle. Pose ta planche et attache ton *leash* autour de ton biceps. Super ! Maintenant, passons à la pratique. Mets-toi à plat ventre sur ta planche. Ton ventre doit reposer sur le bas ; et tes mains, sur l'avant.

— Ce ne serait pas plus efficace d'essayer directement dans l'eau ?

— Pas pour un débutant, non. Regarde, je vais te montrer.

Joignant le geste à la parole, elle laissa tomber sa planche et s'installa avec agilité dans une position qui mettait en valeur sa silhouette athlétique et son joli derrière rebondi. Liam songea soudain que s'allonger sur sa planche n'était pas une si mauvaise idée, après tout.

— Une fois sur l'eau, tu devras ramer avec les mains comme ceci…

Liam répéta ses mouvements consciencieusement, espérant ainsi détourner son esprit de Talia et de son joli corps. Enfin, après avoir passé en revue les gestes qui leur seraient utiles, Talia se leva.

— Super ! Allez, on y va.

Ils entrèrent dans l'eau jusqu'aux genoux et prirent position. Liam suivait avec soin ses instructions, mais cela ne l'empêcha pas de se faire renverser par une vague et de boire la tasse.

— Bien essayé, dit Talia. La prochaine fois, essaye de mieux placer ton centre de gravité.

Deuxième tentative, deuxième culbute. Au troisième essai, Liam parvint à contrôler sa planche.

— Impressionnant. Sportif comme tu l'es, je savais que tu apprendrais vite.

— Merci du compliment.

En lui-même, Liam admirait la facilité avec laquelle elle manœuvrait sa planche, à droite et à gauche, le dos cambré et la tête haute. Lui, en revanche, avait du mal à tenir une trajectoire lorsqu'il enfourchait une vague. Pourtant, à force de persévérance, il finit par prendre le coup. En tout cas, il s'amusait plus que prévu, même s'il ne savait pas trop si son plaisir venait plus du sport ou de la compagnie de Talia.

— On va plus loin ? demanda-t-elle au bout d'une heure. Les vagues sont plus grosses là-bas.

— Non, je retourne à la plage. J'ai besoin de récupérer, ajouta-t-il en riant. Continue, toi, si tu veux.

— Tu es sûr ?

— Absolument.

Il regagna la plage, soulagé de pouvoir enfin détacher le leash et s'affaler, hors d'haleine, sur le sable chaud. Liam était un sportif accompli, mais cette activité était toute nouvelle pour lui. Son cœur était mis à rude épreuve par l'effort pour contrôler et sa planche et son corps. Surtout, il avait besoin d'un peu de calme pour faire le tri dans toutes ces… ces *choses* qui s'embrouillaient dans sa tête.

Au loin, Talia plongeait sous les vagues pour les prendre par l'arrière. Il ne se lassait pas de la voir enchaîner les roulades et les pirouettes. Elle virevoltait sur elle-même à 360°, sans perdre une seule fois l'équilibre. Liam éprouva cet élan familier de désir qu'il s'efforça à nouveau de repousser. Plus ils passaient de temps ensemble, plus il lui était difficile d'ignorer ses sentiments. Il n'était manifestement pas le seul à admirer Talia. Un peu plus tôt, deux autres bodyboardeurs et des surfeurs avaient échangé quelques phrases avec elle, et Liam avait dû se rappeler qu'elle avait bien le droit de flirter ou de sortir avec qui bon lui semblait. Cela ne le regardait pas, du moins, plus depuis trois ans. Mais il avait beau se le répéter, il n'en était pas moins contrarié.

Il se retourna sur le sable et se força à ne pas la contempler, à ne pas céder à une émotion déplaisante qui menaçait d'étendre ses griffes sur son cœur. Jaloux, lui ? Non, de grâce ! C'était une émotion aussi futile que triste qui ne devait tenir aucune place dans sa vie. Il avait bien vu les ravages qu'elle avait causés dans celle de son père. Car ce dernier avait été jaloux : jaloux de lui, son propre fils, pour lui avoir enlevé la femme de sa vie.

Plongé dans ses pensées, Liam sursauta en sentant des gouttes glacées sur son dos. Il se leva d'un bond et tendit un bras vers Talia, qui se déroba en riant.

— Je croyais que tu t'amusais dans les grosses vagues.

— Oui, mais sans toi c'était moins drôle.

Sans réfléchir, il l'attira vers lui et, au contact électrique de sa peau nue sur la sienne, il s'aperçut qu'elle avait ôté sa combinaison et n'avait plus sur elle que ce bikini minuscule. Il s'ordonna de la lâcher, mais son corps refusa de lui obéir. À voir l'éclat qui couvait dans les yeux sombres de Talia, elle non plus ne semblait pas vraiment maîtresse d'elle-même.

— Talia… On ne peut pas. L'autre soir, on s'est mis d'accord.

Elle répondit par un bruit sourd qui aurait pu passer aussi bien pour un assentiment que pour un refus. Ni l'un ni l'autre n'osait bouger, et la brise légère qui soufflait autour d'eux semblait charrier ses souvenirs. Des souvenirs de Talia abandonnée entre ses bras, seulement quelques jours plus tôt… Des souvenirs de la saveur de sa peau, de son odeur… Liam n'avait pas oublié la façon dont ses yeux s'étaient agrandis et obscurcis lorsqu'il avait porté les doigts à sa bouche.

Et à présent, il n'avait qu'une envie : écraser les lèvres contre les siennes et la débarrasser de ces maudits bouts de tissu pour lécher ses seins dressés jusqu'à ce qu'elle ondule contre lui et qu'elle crie son nom, comme elle l'avait fait si souvent par le passé.

— Il ne faut pas compliquer les choses entre nous, insista-t-il à regret.

Sa bouche était suspendue à quelques millimètres de la sienne, et l'haleine tiède de Talia chatouillait agréablement sa peau.

— Non, murmura-t-elle.

Et pourtant, ils restaient plantés là, figés dans une immobilité parfaite et indifférents à tout ce qui les entourait. Liam n'aurait su dire combien de temps ils demeurèrent ainsi. Doucement, tout doucement, des sons pénétrèrent dans son esprit, et il se rappela peu à peu qu'ils n'étaient pas seuls. À contrecœur, il écarta la main du bas du dos de Talia et recula d'un petit pas. Elle esquissa une moue déçue, mais ce n'était rien en regard du tumulte qui faisait rage en lui. Liam se contraignit à s'éloigner un peu plus, sans trop savoir comment il y parvint.

— J'ai l'impression que tes copains surfeurs s'apprêtent à fermer leur cabine, parvint-il à dire. Il faudrait leur ramener le matériel.

— Oui, tu as raison.

Talia semblait plongée dans un état de sidération aussi profond que le sien, mais Liam ne savait pas s'il devait s'en réjouir.

— Je m'occupe des planches, dit-elle encore. Tu ramasses les autres affaires ?

Liam hocha la tête, soudain conscient que dans l'état où il se trouvait, il ne pouvait se rendre nulle part. Son sexe était encore en érection, presque douloureux, et il peinait à reprendre le contrôle de lui-même. Preuve que l'alchimie qui les unissait était restée aussi puissante et dangereuse que jamais. Il n'avait plus qu'à remballer tous les mensonges qu'il s'était racontés au sujet de leur relation.

Sans un mot, il tourna les talons et se dirigea vers l'océan avant d'avoir donné à Talia l'occasion de s'apercevoir de l'effet qu'elle lui faisait. Ce non-rendez-vous, pour le nommer ainsi, avait déjà remué trop de choses en lui. Que cela tienne à la destination en elle-même ou à ses retrouvailles avec Talia, toujours était-il que ce déplacement professionnel n'en était plus un à proprement parler. Mais peut-être en avait-il toujours été ainsi. En tout cas, quelque chose avait changé en lui, et il ne pouvait pas le permettre. Il fallait qu'il retourne à sa chambre d'hôtel pour se ressaisir avant de perdre les pédales comme l'autre jour, dans son bureau.

Peut-être avait-il tort de passer autant de temps avec cette femme qui avait tant compté pour lui. Elle lui faisait perdre la tête. Autrement, pourquoi remâcherait-il la façon dont elle l'avait plaqué sans un mot ? Comme tout le monde dans sa vie, d'ailleurs. Seulement, avec Talia ça avait été pire. Il avait mis un temps fou à s'en remettre.

— Eh ! tu fais quoi ? Une dernière trempette pour la route ?

Liam se retourna vivement. Elle accourait vers lui en foulées gracieuses qui mettaient en valeur son joli corps.

— On peut dire ça comme ça, oui.

Il s'élança dans les vagues et se mit à nager vers une digue rocheuse sur un rythme punitif, pour épuiser son corps et son esprit. Tant de choses avaient changé depuis son arrivée à Sainte-Victoria. Par sa seule présence, Talia chamboulait tout en lui. Et le pis, c'était qu'il n'y pouvait rien, pour la bonne et simple raison que, pauvre idiot qu'il était, il la désirait toujours autant. Sur le plan physique, du moins, cette envie était encore bien là, en lui comme en elle. Elle s'était manifestée dès le premier jour, avec ce baiser. Elle se voyait aussi à la façon dont leurs souffles se calaient parfois sur le même rythme... Dans les regards qu'elle lui lançait parfois, comme lors de leur visite de l'île.

Oui, elle avait envie de lui autant que lui, d'elle. Le problème, au fond, c'était que cette flamme n'avait jamais eu la possibilité de se consumer entièrement comme elle l'aurait fait avec le temps. Ils s'étaient séparés bien trop tôt, et c'était sûrement pour cela que cette attirance était restée aussi irrésistible. Ils ne lui avaient pas permis de s'étioler et de mourir de sa belle mort. De là à penser que le destin lui offrait une chance pour en finir avec Talia, enfin... Oui, il avait une occasion de se repaître d'elle une dernière fois, jusqu'à ce qu'ils soient tous les deux rassasiés l'un de l'autre et que plus rien ne subsiste entre eux. Selon cette logique, il n'était pas question de renouer quoi que ce soit avec Talia, ni de reprendre leur relation là où ils l'avaient laissée. De toute façon, ils étaient tous les deux d'accord pour dire qu'un tel scénario serait voué à l'échec. Non, il s'agissait seulement d'assouvir un désir charnel pur et simple, après quoi ils repartiraient chacun de leur côté, avec la satisfaction d'avoir enfin tourné une page.

Comme pour l'appuyer dans sa décision, une vague énorme s'abattit sur eux et poussa Talia sur lui. Avant qu'elle ait eu le temps de se dégager, il noua les jambes autour de sa taille et la tint contre lui, à bout de bras. Elle posa les mains sur ses épaules, sans le repousser ni s'approcher. On aurait dit qu'elle était aux prises avec une lutte interne aussi féroce que celle qui venait de se livrer en lui à l'instant. Lorsqu'elle parla enfin, sa voix était plus sourde qu'elle ne l'aurait sûrement souhaité. Un sentiment viscéral de triomphe déferla en lui.

— À quoi joues-tu, Liam ?

— À ton avis ?

— Je ne te suis plus. Tu m'as pourtant bien fait comprendre que tu ne voulais pas de cela entre nous.

— J'avais tort. On en a envie tous les deux, tu ne crois pas ? Seulement, jusqu'à présent on a résisté contre cette envie. Peut-être que j'en ai assez de lutter, justement. Peut-être que je voudrais céder, juste une fois.

— Oui, moi aussi... Peut-être...

Mais elle demeurait immobile. Pendant un long moment, ni elle ni lui ne dit quoi que ce soit. Les seuls bruits qui leur parvenaient étaient les cris des oiseaux et le murmure du ressac sur la plage. Liam continuait de résister au mouvement des vagues qui poussaient le beau corps de Talia vers le sien. Ses seins pleins et parfaits effleurèrent soudain son torse, mais il se contraignit à ne pas la toucher plus bas. Pas encore.

— Je veux que tu le dises, Talia, finit-il par lâcher d'une voix sourde. Après ce qui s'est passé l'autre soir, j'ai besoin de t'entendre dire que tu en as envie.

— Vraiment ? marmonna-t-elle.

Liam eut l'impression que sa volonté s'effilochait. Il tendit le bras et enroula une mèche de cheveux noirs autour de son doigt. Le soupir de Talia fut involontaire et instantané. Liam enroula une autre mèche autour de son index, sans se presser, puis fit courir une main sur sa peau douce et ferme.

— Liam...

— Dis-le, Talia.

Ses caresses s'aventurèrent plus bas, vers la rondeur voluptueuse de son derrière, mais sans se hasarder sous le tissu léger du bikini. C'était un supplice délicieux, et il ne savait pas lequel d'entre eux deux était le plus mis à la torture, de Talia ou de lui-même.

— Si on ne sort pas vite de l'eau, nous risquons de nous donner en spectacle, murmura-t-elle.

— Dis-le, Talia.

— Oh ! tu es impossible, à la fin. OK, j'en ai envie. Voilà, tu es content ?

— J'en suis même ravi.

Sa bouche fondit sur la sienne avec fièvre. Quelle délectation lorsqu'elle inclina la tête pour mieux accueillir son baiser… Il la caressa à nouveau, savourant la façon dont leurs corps s'emboîtaient l'un dans l'autre à la perfection. Pourtant, Liam prenait soin de ne pas toucher une partie de son anatomie extrêmement sensible. C'était comme si ces trois dernières années n'avaient jamais existé, comme si ses tourments n'avaient été qu'un cauchemar. Comme si jamais Talia ne l'avait brisé.

Ça suffit !

Il la relâcha brusquement et laissa l'océan emporter au loin cette chaleur, et avec elle tous ses souvenirs. Ils n'avaient aucune place dans ce nouveau scénario.

— Allons-y.

— Où ça ?

— À l'hôtel. Tu n'y vois pas d'objection, j'espère ?

Le regard de Talia s'éclaira d'une lueur malicieuse, cet éclat qu'il avait toujours adoré.

— Au contraire. Je finissais par me dire que tu ne le proposerais jamais.

10.

Il leur sembla qu'ils mettaient un temps infini à se rhabiller, à remonter la plage et à trouver un taxi. Ni l'un ni l'autre ne disait mot de peur de rompre le charme qui les enveloppait, mais ce silence, loin d'être gênant, était plutôt lourd d'attente et de désir. Lorsqu'ils s'engouffrèrent enfin dans un véhicule, Liam pressa la jambe contre la sienne, et ils durent résister de toutes leurs forces à un besoin impérieux de se toucher.

Le trajet jusqu'à l'hôtel dura une éternité, et chaque seconde qui passait électrisait davantage le désir qui vibrait entre eux. Lorsqu'ils arrivèrent enfin, Talia dut mobiliser tout son self-control pour ne pas se précipiter hors du taxi. Liam tendit un billet au chauffeur avec un bref remerciement, puis il attrapa la main de Talia pour l'entraîner dans le hall, jusqu'à l'ascenseur. Sitôt les portes refermées, il l'attira à lui et prit possession de sa bouche comme s'il lui était impossible d'attendre une seconde de plus.

Les bras noués autour de son cou, Talia se pressa contre lui tandis qu'il se repaissait de ses lèvres. Audacieux, enivrant, son baiser était autant un avertissement qu'une promesse de ce qui allait arriver. Comment avait-elle pu oublier pareille magie ? Même dans ses fantasmes et ses souvenirs, elle avait plus ou moins minimisé l'effet extraordinaire que ses caresses avaient toujours exercé sur elle. L'émotion faisait bourdonner ses oreilles, et lorsqu'il promena les lèvres le long de son cou, elle faillit perdre le souffle. Elle éprouva comme un arrachement lorsqu'il s'écarta pour sortir de l'ascenseur, mais aussitôt il lui reprit la main. Ils se hâtèrent vers sa suite, puis Liam glissa sa carte magnétique dans la serrure, et ils entrèrent précipitamment. Enfin, ils étaient seuls.

— La prochaine fois, on ne s'éloignera pas de l'hôtel, dit-il d'une voix sourde en la reprenant dans ses bras.

— Tais-toi et embrasse-moi.

Jamais elle n'avait éprouvé un tel désir pour rien ni personne. À quoi bon penser à autre chose qu'à cette vérité toute simple ? Bientôt, Liam repartirait, mais elle, elle resterait ici, près des siens, là où l'on avait le plus besoin d'elle. En d'autres termes, elle n'avait rien à perdre… Pas vrai ?

Talia s'arracha à son baiser et, langoureusement, détacha le premier bouton de sa chemise, puis le deuxième, et ainsi de suite, avec une lenteur délibérée. Enfin, les pans du vêtement s'écartèrent, révélant un torse musclé qu'elle brûlait d'explorer avec les mains et la bouche. Elle se pencha vers lui, mais Liam, apparemment, avait d'autres idées en tête. Une main derrière chacune de ses cuisses, il la souleva pour la coincer contre le mur, sa virilité appuyée contre son ventre tiède. Il haletait plus qu'il ne respirait, et Talia entendit alors un gémissement sourd de plaisir. Il lui fallut un moment pour se rendre compte que ce bruit venait d'elle. Trois ans… Elle avait passé trois ans à le regretter et à vivre dans le déni de ce regret, et soudain il était là, avec elle. Elle ne voulait pas retarder son plaisir ne serait-ce d'une minute. Elle pressa les hanches contre lui et sentit qu'il se figeait contre elle. Il la couvait avec une intensité qui jetait un éclat sombre dans ses yeux verts, et demeurait immobile.

— Alors ? Tu as oublié comment faire ? demanda-t-elle, amusée.

— Crois-moi, je n'ai rien oublié du tout. Je te donnais juste la possibilité de changer d'avis, si tu le souhaites.

— Moi, changer d'avis ? J'en ai envie, Liam.

Sur le point d'ajouter : « J'ai envie de toi », elle se retint juste à temps. De toute façon, elle n'avait pas besoin d'en dire plus. Sans un mot, Liam la porta jusqu'au grand lit qui trônait au milieu de l'autre pièce. L'instant d'après, elle était sur la couverture, et Liam, avec une habileté consommée, lui ôtait ses vêtements. Elle n'eut bientôt sur elle plus qu'un minuscule triangle de dentelle couleur émeraude. Talia se sentait dans un état second, sauvage, incroyable. Jamais elle n'avait été aussi bien ces trois dernières années, voire même depuis plus longtemps. Jamais Liam ne l'avait contemplée ainsi, comme s'il s'était libéré de cette prison invisible dont il avait toujours nié l'existence. D'ailleurs, depuis son arrivée à Sainte-Victoria, Liam avait l'air plus détendu chaque jour qui passait. Elle ouvrit la bouche pour lui en faire la remarque, mais se ravisa aussitôt.

— Tu m'épargnes une plaisanterie ? demanda-t-il avec un demi-sourire.

— On peut dire ça comme ça.

— Alors, passons aux choses sérieuses…

Agenouillé entre ses jambes, il passa les mains sous ses fesses et se servit de ses épaules puissantes pour lui écarter les cuisses. Puis il posa les lèvres sur la dentelle, et Talia fut terrassée par un fantastique flash de couleur et de chaleur.

C'était incroyable, mais elle avait encore meilleur goût que dans ses souvenirs. Ces trois années n'avaient pas émoussé ce désir presque compulsif qu'il avait toujours éprouvé pour Talia, *sa* Talia. Une femme à nulle autre pareille. Ce qui s'était passé l'autre jour n'avait été qu'un amuse-bouche qui l'avait laissé sur sa faim. À présent qu'il l'avait retrouvée, même temporairement, il avait bien l'intention de profiter d'elle jusqu'à la dernière seconde.

En harmonie avec ses doigts, sa langue jouait avec elle, l'agaçait, la titillait. Bon sang ! comme il adorait la sentir ployer sous ses caresses, haletante. Et cette façon qu'elle avait de se cambrer et de faire bouger ses seins somptueux couronnés d'obsidienne… Sa peau était délicieusement brûlante, et les petits râles qui s'échappaient du fond de sa gorge ne l'aidaient en rien à calmer une excitation tellement intense qu'elle en devenait presque douloureuse. Seulement, en cet instant, il n'était pas question de son désir à lui, mais de celui de Talia. Après tout, ils avaient toute la nuit devant eux.

La langue de Liam avança plus loin dans sa féminité, et les gémissements de Talia se firent plus forts, plus insistants.

Elle s'agrippa à lui, et ses doigts se crispèrent sur ses épaules. Bon sang ! tout ça lui avait tellement manqué… Ses soupirs, son odeur, la saveur de son corps… Son désir le fit à nouveau souffrir, mais cette fois-ci, incapable de se contenir davantage, il atteignit le centre du plaisir de Talia. Le cri sourd qu'il lui arracha résonna dans tout son être. Les doigts accrochés à ses épaules, Talia se cambrait sauvagement contre sa bouche, brisée par ses assauts répétés. Jamais elle ne lui avait paru aussi belle. *Sa* Talia… Dire qu'il l'avait crue perdue. Au reste, peut-être l'avait-elle été, mais qu'importait, puisqu'elle était là, avec lui. Il n'était sans doute pas capable de lui offrir le mariage ou la famille qu'elle appelait de ses vœux, mais au moins il pourrait lui faire vivre un dernier mois avec lui. Un mois parfait.

Haletante, Talia revenait lentement sur terre.

— Tu n'es pas trop habillé ?

— Si tu veux que je me déshabille, tu n'as qu'à le demander.

Elle plissa les yeux et bascula en position assise avant même qu'il se rende compte de ce qu'elle faisait. Il avait toujours admiré cela chez elle : cette souplesse, cette agilité. Elle attrapa alors son bermuda par la ceinture et l'attira vers elle, les yeux dans les siens.

— Qui parle de demander quoi que ce soit ? dit-elle d'une voix sourde, terriblement aguichante.

L'espace d'une seconde, Liam fut incapable de détacher son regard d'elle, captivé par ses prunelles sombres et brillantes. Avec une lenteur délibérée, elle fit descendre sa fermeture Éclair, s'attardant sur son érection. Lorsqu'elle se passa la langue sur les lèvres, il redouta de perdre le contrôle de la situation et de se ridiculiser devant elle.

— Pas encore, dit-il en s'écartant.

— Pourquoi ?

C'était moins une question qu'un défi. Il la reconnaissait bien là, d'ailleurs. Talia n'avait jamais été une mijaurée, ni au lit ni ailleurs. C'était l'un des traits de caractère qu'il appréciait le plus en elle.

Une fois débarrassé du reste de ses vêtements, il la repoussa doucement sur le lit et, du genou, écarta ses cuisses. Avec un doux soupir, elle noua les bras autour de son cou et lui offrit ses lèvres. Liam aurait été incapable de dire combien de temps dura leur baiser. Enfin, s'arrachant à sa bouche, il s'empara d'un de ses mamelons qu'il suça avec application. Il redécouvrait chaque parcelle de son corps délectable, de la ligne élégante de son cou à la rondeur de sa poitrine parfaite. Ses doigts, ses lèvres, tracèrent des caresses sur le bas de son ventre, jusqu'à son nombril orné d'un piercing, comme dans ses souvenirs.

— C'est toi qui fais tout, protesta-t-elle dans un murmure.

Liam sourit. Là n'était pas la question. Il reprenait ses marques avec elle, voilà tout. D'une certaine manière, il avait l'impression d'avoir trouvé la cachette où elle s'était réfugiée pendant trois ans.

Sans doute lassée par sa passivité, Talia bougea brusquement et pressa sa féminité brûlante contre lui. Puis, les mains dans son dos, elle haussa les hanches et l'attira, si loin que lorsqu'il se mit à bouger en elle, il eut l'impression que leurs corps se mêlaient indissociablement. De sa main libre, Liam effleura sa peau veloutée et posa les lèvres sur cet endroit sensible, au creux de son cou, où ses baisers n'avaient jamais manqué de la rendre folle. Elle s'accrocha à lui, ondulant en cadence. Enivré par ses soupirs et ses gémissements, il se retira avant de replonger en elle, et leur danse s'intensifia. Dans un va-et-vient endiablé, il remuait en elle avec une cadence toujours plus effrénée. Ses caresses s'aventurèrent alors plus bas, jusqu'au cœur moite de sa féminité, et il le titilla sans merci. Soudain, une immense vague de plaisir la submergea. Elle cria le nom de Liam dans un sanglot avant de sombrer dans un abîme de félicité où il ne tarda pas à la rejoindre.

11.

Il avait agi par vengeance, songeait Talia quelques jours plus tard. Comment pourrait-il en être autrement ? Liam ne lui avait donné pour ainsi dire aucune nouvelle depuis trois jours. Il se fichait d'elle, ce n'était pas possible autrement. Depuis leur nuit d'amour, elle était sur des charbons ardents, incapable de penser à autre chose qu'à ces moments parfaits. Au cours de cette nuit magique, Liam l'avait prise encore et encore avant qu'ils sombrent enfin dans le sommeil. Mais au matin, lorsqu'elle s'était réveillée, repue et délicieusement endolorie, il était déjà parti. Il avait été appelé pour une opération, exactement comme avant.

Depuis lors, ils ne s'étaient pour ainsi dire pas parlé. Du moins, ils ne s'étaient rien dit de spécial : preuve magistrale, s'il en était, que leur alchimie avait été purement physique. Talia n'aurait même pas dû en être étonnée. Malgré cela, elle se retournait pratiquement chaque fois qu'elle entendait quelqu'un arriver derrière elle, juste pour voir si c'était lui. Et pour être déçue chaque fois. À présent qu'il avait obtenu ce qu'il désirait, allaient-ils en rester là ? Cela ne ressemblait pas au Liam qu'elle avait connu.

Toute à ces pensées, elle entreprit de nettoyer le vestiaire avant l'arrivée d'une patiente. Elle vaporisa du désinfectant sur une chaise qu'elle frotta avec une vigueur nourrie par sa colère. Le problème avec cette nuit, ce n'était pas tant ce qu'elle était, mais plutôt ce qu'elle n'était pas. Naïvement, Talia avait espéré davantage que du sexe pour le sexe. Elle avait eu la faiblesse de croire qu'il aurait des sentiments pour elle, mais en avait-il jamais eu ?

Elle avait eu tort de céder à la tentation. Tort de porter ce bikini. Mais à bien y penser, sa façon de s'habiller n'avait jamais joué aucun rôle dans le désir qu'il éprouvait pour elle. Et après tout, où était le drame si elle ne pouvait attendre de lui que quelques parties de jambes en l'air ? Elle était capable de digérer le coup. Elle n'était plus aussi naïve que trois ans plus tôt, et de toute façon elle n'avait pas de place dans sa vie pour une liaison sérieuse. Elle n'en n'avait d'ailleurs même pas envie, s'empressa-t-elle de songer. Avec ses frères et son père, elle avait trop de problèmes sur les bras pour s'autoriser à penser à elle.

Et pourtant, soir après soir, elle repassait dans sa tête tous les moments intimes qu'elle avait passés avec Liam. Elle se rappelait avec une netteté impressionnante chaque baiser, la douceur de sa peau, ses soupirs. Donc, oui, s'il ne lui donnait plus signe de vie après lui avoir mis les nerfs à vif, il s'agissait d'une vengeance pure et simple.

Après avoir balancé une lingette dans la poubelle avec plus d'énergie que nécessaire, Talia promena un regard satisfait sur la salle qu'elle venait de nettoyer. Il était temps de cesser de songer à Liam Miller, conclut-elle avec résolution tout en se dirigeant vers l'accueil pour y chercher le dossier de sa patiente suivante.

Alors qu'elle retirait délicatement la gaze sur le bras de la vieille dame qu'elle soignait depuis plusieurs jours, Talia lui adressa un sourire encourageant.

— Votre brûlure cicatrise bien, May.

— C'est vrai ? Vous allez arrêter les pansements, alors ?

— Non, pas encore. Vous en avez besoin pour éviter les infections et pour nourrir votre peau. C'est le traitement idéal dans votre cas. Mais on devrait pouvoir les changer moins souvent. Tous les trois jours, ça vous va ?

La vieille dame ne sautait pas de joie, et c'était compréhensible. Tous les deux jours, il lui fallait prendre deux bus pour se rendre à l'hôpital. Mais afin d'éviter les infections, la plaie devait être débridée méticuleusement.

— Si la plaie reste propre, vous devriez arriver bientôt au bout de vos peines. En revanche, si jamais…

May l'interrompit en agitant les mains.

— C'est bon, c'est bon. Va pour trois jours, OK ?

— Bien.

Avec le sourire d'un maître d'école pour un élève récalcitrant, Talia termina de nettoyer la brûlure avant de la panser. Cinq minutes plus tard, alors qu'elle lui tenait la porte ouverte, Talia salua sa patiente avec un grand sourire.

— Ce n'est pas grave si vous oubliez de vous arrêter au secrétariat. Je m'occupe de fixer votre prochain rendez-vous.

— Oh ! mais ce n'est pas nécessaire…

— Je sais, mais je suis sûre que vous n'avez pas envie de me voir débarquer chez vous à l'improviste une deuxième fois.

La vieille dame tourna les talons en grommelant, et Talia eut peine à dissimuler son amusement.

— Tu rends visite à tes patients à leur domicile, à présent ?

Talia se retourna vivement, mais trop tard : son corps était déjà en état d'alerte, comme chargé d'électricité. Il suffisait qu'elle entende la voix de Liam pour réagir au quart de tour. Elle s'efforça de se dominer et d'avoir l'air calme, impressionnée d'entendre un soupçon de désinvolture dans sa voix.

— Seulement quand j'ai affaire à des patientes de quatre-vingt-cinq ans qui refusent de prendre rendez-vous pour leurs soins.

— Je ne te savais pas aussi dévouée.

Elle le gratifia d'un regard noir et s'amusa de le voir aussitôt afficher un air contrit.

— Désolé, je retire ce que j'ai dit. Je connais ton professionnalisme, bien sûr. Je n'ai pas oublié toutes les fois où tu téléphonais pour t'enquérir de patients qui avaient des problèmes avec le respect de leur traitement. Simplement, j'ignorais que tu te déplaçais carrément chez les gens.

— Je ne me serais jamais risquée à le faire en Caroline du Nord. On m'aurait sans doute arrêtée pour atteinte à la vie privée. Mais ici, à St Vic, on prend soin les uns des autres.

Non, décidément, cet endroit n'était pas aussi catastrophique qu'elle l'avait cru à une certaine époque. Comment avait-elle pu tourner le dos aux siens ? Si elle n'avait pas été aussi aveugle, aussi entêtée… Enfin, à quoi bon refaire le passé ?

Elle sursauta en sentant la main de Liam se poser sur son épaule.

— Qu'est-ce qui ne va pas, Talia ?

L'air inquiet avec lequel il la dévisageait lui donnait envie de craquer et de tout lui raconter sur sa mère, son père… Par bonheur, son amour-propre reprit le dessus, et elle trouva la force de rire.

— Mais rien, voyons. Que viens-tu faire ici, toi ?

Il scruta son visage, comme s'il ne la croyait pas. Tout à coup, Talia devina ce qu'il allait lui dire, et tout son corps se prépara, un peu comme celui d'une adolescente invitée à un premier rendez-vous.

— Je voulais t'inviter au restaurant. Je te laisse choisir lequel.

— Maintenant ? Tu vois bien que je suis au travail.

— Ta garde s'est terminée il y a trois quarts d'heure. Je t'ai attendue dehors pendant une demi-heure.

Talia sentit sa bouche s'arrondir pour former un O, puis s'efforça, à grand-peine, de réprimer un sourire béat, surtout lorsqu'il lui annonça qu'il lui laissait le temps de se changer. Elle dut faire de gros efforts pour ne pas se précipiter dans le vestiaire. Après une douche rapide, elle le rejoignit et, tout naturellement, glissa le bras au creux du sien, chose qu'elle n'aurait jamais faite à Duke. Tous leurs collègues pouvaient voir qu'ils étaient ensemble et, pour la première fois, Talia savoura ce bonheur.

— Donc, où m'emmènes-tu ?

— Dans un petit resto qui s'appelle Chez Tante Zinia. La cuisine est familiale, mais très bonne. Elle devrait te plaire.

Liam termina avec appétit son assiette de poulet au lait de coco, curry, amandes et noix de cajou.

— Cet endroit me fait penser à notre resto préféré, en Caroline du Nord, tu t'en souviens ? Sauf que la cuisine est encore meilleure ici.

Le visage de Talia s'éclaira d'un sourire chaleureux.

— Oui… Chaque fois qu'on mangeait là-bas, j'avais l'impression de rentrer au pays. Tu te rappelles leurs cocktails orange et bleu ? Ils étaient à tomber par terre.

— Tu avais le mal du pays, n'est-ce pas ? À l'époque, je ne m'en étais pas vraiment rendu compte. Tu répétais sans cesse que tu voulais t'échapper, voir le monde, et je t'ai prise au mot. Je n'ai jamais songé que tu pouvais regretter ton île.

Talia haussa les épaules en promenant un regard autour d'elle, sur le décor suranné du restaurant.

— Il m'a fallu du temps pour comprendre à quel point j'étais attachée à cet endroit.

— Mais ta mère ?

— À mon avis, elle savait que tôt ou tard je finirais par m'en rendre compte. C'est sans doute pour cela qu'elle m'a encouragée à partir. Quand on aime quelqu'un, il faut lui laisser sa liberté, non ? Et si cette personne revient à toi…

Elle laissa sa phrase en suspens. Elle était revenue à Sainte-Victoria, auprès de sa mère, presque trop tard. Mais du même coup, elle avait perdu Liam. Il lui avait fallu des mois pour se faire à l'idée qu'elle n'avait jamais vraiment compté pour lui, puisqu'il n'avait pas cherché à la retrouver. Mais maintenant qu'il était là, elle avait l'impression de revenir à la case départ avec lui. Elle adorait son île et n'avait jamais regretté sa décision de revenir, mais si Liam lui demandait de repartir avec lui… Serait-elle d'accord ? Elle secoua la tête, furieuse contre elle-même. Elle ne sortait pas avec Liam, voyons ! Ils partageaient juste un peu de bon temps jusqu'à son départ, mais il ne lui proposerait jamais de l'accompagner en Caroline du Nord. Il était venu pour sa patiente, après quoi il s'en irait. À quoi bon gâcher une agréable soirée en rêvant à ce qui ne pourrait jamais se produire ? Soudain mélancolique, elle inclina la tête d'un côté et de l'autre.

— Qu'est-ce que tu veux savoir ? demanda-t-il d'un air amusé.

— Pourquoi dis-tu cela ?

— Tu bouges toujours ta tête comme ceci, dit-il en imitant son geste. Et tu fais toujours tourner tes pouces quand quelque chose t'énerve.

Prise sur le fait, Talia écarta les mains en rougissant.

— Donc, quelle est ta question ?

Elle afficha une mine sérieuse.

— Rien… Je voulais juste savoir pourquoi tu as mis autant de temps à m'inviter. Surtout après ce qui s'est passé entre nous l'autre nuit.

Comment aurait-il pu oublier « l'autre nuit », justement ? Il avait passé toute la soirée, pour ne pas dire les derniers jours, à essayer de ne pas y songer : peine perdue. Le souvenir de leurs corps mêlés resterait longtemps gravé dans son esprit.

— Pourquoi ? Tu croyais que je n'y pensais déjà plus ?

— Non, mais je commençais à me dire que tu laissais délibérément le temps passer. Que c'était une sorte de manœuvre de ta part.

— Non, c'est vrai ? dit-il avec un rire incrédule. Alors, tu n'as pas une grande opinion de moi. Pour ta gouverne, non, il ne s'agissait pas d'une manœuvre.

— C'était quoi, alors ?

— Seigneur… Parfois, j'oublie à quel point tu es tenace.

— C'est drôle, parce que moi, je n'oublie jamais cette manie que tu as de toujours dévier les conversations, surtout lorsqu'elles ont trait à ta vie personnelle.

Liam se força à lever les yeux et à accepter la critique.

— Très bien, concéda-t-il au bout d'un moment. Tu tiens vraiment à savoir pourquoi j'ai attendu jusqu'à ce soir ?

— Oui, s'il te plaît.

— OK. Je voulais faire bien les choses, ne pas les précipiter. Tu as un jour de congé demain, et moi aussi. Donc, je me suis dit que nous pourrions en profiter pour dîner ensemble sans avoir à nous soucier de nous lever tôt le lendemain.

— Ah !

Talia prit une petite mine penaude avant qu'une lueur s'allume dans son regard.

— Juste dîner ensemble ?

— Talia…

Décidément, cette conversation ne l'aidait pas à contrôler sa libido. Talia n'avait jamais eu sa pareille pour l'enflammer. Parfois, il se demandait si elle en était seulement consciente.

— Moi, je me souviens qu'il était seulement question d'attirance physique, sans romance ni rendez-vous amoureux. Ce que tu me décris a l'air charmant, mais ça ressemble terriblement à une rencontre sentimentale.

— Tu aurais préféré quoi, au juste ? Un texto pour te dire de me rejoindre dans ma chambre après le travail ?

— Notre dernière nuit se résumait plus ou moins à cela, non ?

— C'est quand même fou… Quoi que je dise, j'ai forcément tort. Oui, je voulais t'inviter à un rendez-vous, mais que veux-tu que je te dise, Talia ? Si tu veux juste coucher avec moi, comment crois-tu que je vais réagir ? Tu sais, tu es une femme splendide, et je ne suis qu'un homme.

Talia le dévisagea un instant avant de renverser la tête en arrière dans un grand éclat de rire.

— C'est bon à savoir, dit-elle en haussant nonchalamment ses belles épaules nues. Du coup, à quoi bon discuter des desserts alors qu'il y a des choix bien plus intéressants au menu ?

Un feu sombre couvait dans ses yeux de chatte, et un sourire espiègle étirait les coins de ses lèvres. Liam sentit sa gorge s'assécher.

— Tu veux partir maintenant ?

— Je me demandais si tu poserais jamais la question.

Liam aurait dû résister, comme le lui dictait le peu de raison qu'il lui restait. Mais en cet instant, son cerveau n'était pas aux manettes, justement. Comment aurait-il pu en être autrement lorsqu'une femme comme Talia lui lançait de pareilles œillades ?

Il régla l'addition aussi vite que possible puis posa une main sur le bas de son dos, comme elle l'aimait, et la guida vers l'extérieur. Ils furent assaillis par le vacarme joyeux d'une fête de rue et par une procession de corps ondulants. Talia lui saisit le coude en riant et l'entraîna dans une ruelle.

— Par là.

— C'est un raccourci ?

— Normalement, non, mais pour ce soir, oui.

— Comment ça ? La rue est bloquée à cause de la parade ?

— Il y a de ça, et aussi le fait que je risque de tomber sur mes frères.

— Et alors ? C'est un problème ?

Elle n'hésita qu'une fraction de seconde, mais il s'en aperçut.

— Oui, parce que s'ils nous voient ensemble, ils vont sûrement se faire des idées. Ils ont mis longtemps à me pardonner de ne pas être revenue plus tôt pour maman.

À leurs yeux, c'était à cause de lui que leur sœur avait fait défaut à leur mère ? Mais au fond, qu'est-ce qui l'étonnait ? Son père avait raison de lui reprocher d'avoir le chic pour gâcher la vie de tous ceux qui s'approchaient de lui… Hormis ses patients, bien sûr. Il n'avait jamais eu rien d'autre que le travail dans la vie, n'est-ce pas ? Mais ce n'était pas le moment de penser à tout cela.

Juste ce soir, se dit-il tandis qu'ils se hâtaient à travers un dédale de ruelles pavées encombrées de gamins qui jouaient au football. Sur le seuil d'une maison, une vieille femme occupée à coudre en surveillant ses petits-enfants leur jeta un regard bizarre.

— Tu ne m'as pas dit que ta grand-mère t'a appris à faire la cuisine ? demanda-t-il à brûle-pourpoint.

À en juger par l'expression qui se peignit sur le visage de Talia, elle ne s'attendait pas qu'il se souvienne d'un tel détail. Son étonnement céda toutefois la place à un sourire affectueux.

— Je continue d'apprendre avec elle. Elle dit toujours que personne ne sait faire chanter ses casseroles comme elle, et elle a raison.

— Tu dois tenir d'elle. Il t'est arrivé de préparer des petits plats fabuleux quand on était ensemble.

— Si tu rencontres ma grand-mère, ne lui dis jamais ça, elle t'en voudrait à mort. Enfin, il suffirait qu'elle jette un coup d'œil sur toi pour qu'elle te pardonne. Quoi qu'il en soit, je passais des heures assise sur un tabouret à la regarder faire. Parfois, elle me laissait goûter la pâte de ses gâteaux.

— Comme ma grand-mère avec moi.

De sa part, une telle confidence était si inédite que Talia, stupéfaite, buta contre un pavé. Il lui prit le bras pour lui éviter de tomber.

— Ah bon ? dit-elle d'un ton faussement dégagé.

En toute autre circonstance, Liam aurait souri, mais il était trop occupé à faire taire les pensées inhabituelles qui l'agitaient.

— Oui. Elle adorait le gâteau aux noix.

— Non, c'est vrai ? Tu m'en as préparé un !

— Ah bon ?

Il haussa les épaules en faisant mine d'avoir oublié, mais ce souvenir était resté net dans sa tête. Il lui avait préparé ce gâteau une semaine tout juste avant son départ.

— Tu ne m'avais pas dit qui t'avait appris la recette, ajouta-t-elle.

Pensifs, ils cheminaient à pas lents. Alors qu'ils quittaient le dédale des ruelles du centre-ville, un taxi garé à une station semblait les attendre.

— Tu as d'autres souvenirs de ta grand-mère ? demanda-t-elle alors qu'ils s'installaient sur des sièges fatigués à l'arrière du véhicule.

— Non, pas vraiment.

Ses souvenirs se limitaient essentiellement à des images plus ou moins nettes, à des bribes de conversations qui surnageaient dans sa mémoire. On aurait dit un puzzle dépareillé.

— Elle s'appelait Gloria, mais pour tout le monde, c'était Glory. Je crois que je l'appelais… Glamie ?

Liam tenta de se concentrer, mais c'était comme remuer un

fond vaseux. Il repensa à Talia et à sa grand-mère, et un autre souvenir lui revint.

— Moi aussi, elle me donnait le saladier à lécher.

— Elle était gentille avec toi ? demanda-t-elle prudemment.

Liam crut se souvenir d'un rire, d'un chignon argenté penché sur lui, de mains noueuses qui lui caressaient le front... Comment en être sûr ? Les images lui échappaient chaque fois qu'il tentait de les attraper. Et pourtant... Pourtant, il avait la sensation qu'elles avaient toujours été là, en lui, quelque part.

— Je crois, oui. Je pense qu'elle m'aimait. Et puis, elle est partie.

Il n'avait pas dit qu'elle était morte. Ce ne devait pas être pour cela qu'elle avait disparu de sa vie. Il se souvenait vaguement de disputes téléphoniques entre elle et son père. Pour cette raison, Liam s'était toujours dit que Gloria devait être sa grand-mère maternelle, et non paternelle. Quand il avait compris qu'il ne la reverrait jamais, il en avait souffert d'autant plus. Même si elle l'avait aimé, cela n'avait pas suffi. Comment Talia pourrait-elle le comprendre ? Sa famille ne roulait pas sur l'or, loin de là, mais elle avait eu une enfance heureuse, avait été choyée.

— Tu as sans doute effacé tous ces souvenirs, suggéra-t-elle. Ils étaient sans doute trop douloureux. Sais-tu ce qui lui est arrivé ?

Il ouvrit la bouche pour lui répondre que les familles n'étaient pas toutes comme la sienne, mais il se ravisa. À quoi bon détruire ce moment de calme ? Ne lui avait-il pas fait suffisamment de mal ?

— Pas vraiment, non.

Liam fouilla dans sa mémoire. Bizarrement, à présent qu'il était sûr d'y trouver quelque chose, de minuscules fragments de son passé lui apparaissaient.

— On a dû aller à son enterrement.

Pas à l'époque où elle avait disparu de sa vie... Quelques années plus tard, sans doute. Était-ce l'image qu'il avait toujours gardée en mémoire ? Il avait toujours pensé que la représentation qu'il s'était faite des funérailles de sa mère lui venait des récits de son père, ou alors d'une photo. En réalité, il s'agissait peut-être d'un souvenir, un vrai souvenir… Celui des obsèques de sa grand-mère… Quelque part au fond de sa conscience, il crut entendre une voix… Celle d'une femme qui lui disait que sa mère avait adoré être enceinte, qu'elle avait tellement voulu devenir mère. Bah ! à quoi bon songer à tout cela ?

— Quoi qu'il en soit, si elle m'aimait, je ne m'en souviens pas, lâcha-t-il abruptement.

En colère contre lui-même, contre Talia, contre tout le monde, il repoussa ces souvenirs indésirables. Tout cela, c'était la faute de Talia. C'était ce qui le mettait le plus en colère. Il n'aurait jamais dû nouer des relations aussi intimes avec elle.

Le taxi se gara bientôt devant l'hôtel de la clinique. La raison aurait voulu qu'ils se disent au revoir, mais lorsque Talia glissa la main dans la sienne en sortant de voiture, Liam ne put faire autre chose que de marcher à côté d'elle. Alors qu'ils se dirigeaient vers sa suite, son cerveau lui criait de ne pas faire cela, mais son corps semblait mû par une volonté propre.

— Liam…

— Ce n'est rien. Seulement, tu comprends maintenant pourquoi je ne peux pas t'aimer comme tu le souhaiterais.

— Tu me l'as déjà dit l'autre jour.

— Et les choses n'ont pas changé. Bon sang ! pourquoi persistes-tu à voir en moi un homme meilleur que je ne suis ?

— Et toi, pourquoi as-tu une si mauvaise opinion de toi-même ? Pourquoi te crois-tu incapable d'amour ? Moi, je suis sûre du contraire.

— Alors, tu es une idiote.

Mais son insulte avait été proférée sans conviction, et Talia se contenta de lui sourire avec douceur. Tout à coup, Liam se rendit compte qu'ils étaient arrivés devant la porte de sa suite.

— Je suis sûre que ta grand-mère t'a aimé et que tu as refoulé ce souvenir. Pourquoi ? Je ne sais pas. Mais la trace de son affection est toujours enfouie quelque part en toi. Il suffit que tu fouilles en toi-même pour la retrouver.

— Tu racontes n'importe quoi.

— Pas du tout, dit-elle en souriant. Mais assez parlé de tout cela. Je ne suis pas venue jusqu'ici pour te mener sur des chemins que tu n'es pas prêt à emprunter. Je voulais juste t'accompagner à ta chambre.

— Talia…

Elle entra derrière lui, puis noua les bras autour de son cou. Alors même qu'il tentait de reconstruire ses défenses, elle les détruisait aussitôt. On aurait dit qu'elle se servait de son corps comme d'une arme contre lui… C'était même l'arme la plus efficace qu'il ait jamais connue. Lorsqu'elle pressa contre lui sa poitrine ronde aux pointes durcies, il ne la repoussa pas. Après tout, il n'était qu'un homme, et loin d'être irréprochable. Une lueur trembla dans les yeux sombres de Talia, et il ne put s'empêcher de la serrer comme s'il était quelqu'un d'autre. Quelqu'un de bien.

Il la souleva dans ses bras et la posa sur le lit, telle une idole sur un autel, puis se mit en devoir de la dévêtir sans se presser. Il commença par ses sandales avant de s'attaquer à sa jupe et à son T-shirt court, et cet effeuillage était ponctué de longs baisers passionnés. Comme si ces démonstrations de tendresse pouvaient protéger Talia des démons qui faisaient rage en lui.

12.

Talia retint son souffle alors que Liam terminait de se préparer pour l'opération de Lucy Wells. Ce faisant, il s'entretenait avec l'anesthésiste au sujet de l'échographie transœsophagienne qu'ils allaient mettre en œuvre pour visualiser les valves du cœur de la patiente. Quelques instants plus tard, la première incision était effectuée, une coupure de quatre centimètres sur la ligne médio-claviculaire. Un coussin chirurgical avait été placé sous l'épaule droite de la jeune fille, et un écarteur de tissus mous permettait d'ouvrir la cage thoracique au-dessus du ventricule droit. Trois sutures de maintien assuraient une exposition optimale pour l'intervention. Liam œuvrait avec l'efficacité et l'assurance d'un expert accompli. Malgré tout, il annonçait chacun de ses gestes au fur et à mesure que l'opération avançait, permettant ainsi à Talia de compléter ses connaissances. Il semblait avoir deviné à quel point elle était tendue à l'idée de rejoindre l'équipe d'Isak alors qu'elle était novice en ce qui concernait cette procédure.

— Donc, à présent, je réalise ces sutures en bourse afin de prévenir tout hématome de l'aorte ascendante, lui précisa-t-il tandis qu'elle observait ses gestes.

— Oui, je vois…

Talia s'efforça de se remémorer ce qu'elle avait lu à propos de la mise en place d'une prothèse valvulaire par l'artère sous-clavière gauche. Si ses souvenirs étaient bons, Liam allait d'abord positionner une canule veineuse dans l'oreillette droite, puis une canule de reperfusion antérograde serait insérée dans l'aorte ascendante. C'était fascinant de le regarder à l'œuvre. Talia ne put s'empêcher d'éprouver un élan de fierté. Elle avait le sentiment de prendre part à quelque chose d'exceptionnel.

Mine de rien, travailler avec Liam était un privilège qui lui avait manqué. Si elle avait eu une plus grande ancienneté au sein de l'équipe d'Isak, elle aurait certainement été plus sereine, mais cela n'expliquait pas tout, loin de là.

— On va réaliser une circulation extracorporelle pour arrêter le cœur et retirer la valve aortique.

Le temps fila si vite que Talia fut presque étonnée lorsque, une fois la valve remplacée, Liam surveilla la reprise de la circulation cardiaque. La circulation extracorporelle s'arrêta quelques instants plus tard. L'opération était terminée. C'était une réussite.

— Alors, comment s'est passée ta première TAD ? demanda Liam en sortant de la salle de bains de sa suite.

Vingt-quatre heures s'étaient écoulées depuis l'opération de Lucy, et il avait passé l'essentiel de ce temps à la clinique, notamment pour être présent en cas de complications postopératoires. Quelques heures plus tôt, cependant, rassuré sur l'état de sa patiente, il s'était enfin octroyé un peu de repos. Allongée sur le lit de la chambre d'hôtel, Talia le détailla sans retenue. Quasiment nu, les cheveux encore humides de sa douche et la taille ceinte d'un drap de bain, il était irrésistible. Elle se redressa sur les coudes en riant.

— Tu nous as offert un grand moment de chirurgie, mais je préfère ne pas te le répéter trop souvent pour ne pas te donner la grosse tête.

— Je suis juste soulagé qu'il n'y ait pas eu de complications.

— Nate et Isak aussi, j'en suis sûre. Tu leur as parlé ?

— Oui. J'ai adressé un compte rendu à Nate, même s'il était déjà au courant du déroulé de l'opération. Il est venu deux fois dans la galerie d'observation pour s'assurer que tout allait bien.

— Ah bon ? Tu as fait comme si de rien n'était.

— Oui, et alors ? Je me donne toujours à fond dans tout ce que je fais. Que le chef soit là ou pas, qu'est-ce que ça change ?

— Rien du tout. Je te reconnais bien là, dit-elle en posant un baiser sur son torse athlétique.

Elle adorait la façon dont il glissait la main sur sa nuque instinctivement tandis qu'il se penchait vers elle pour l'embrasser. Tout était si simple entre eux, si naturel… Pourquoi fallait-il que cela ne dure pas ?

— Nate m'a dit autre chose.

Talia le regarda, saisie d'un mauvais pressentiment.

— Isak est quasiment rétabli, et puisque l'opération de Lucy Wells est terminée…

— Tu n'as plus aucune raison de rester, acheva-t-elle dans un murmure.

Il confirma d'un hochement de tête.

— Sa secrétaire organise mon vol de retour.

Talia se figea, incapable du moindre mot. Pourquoi ne lui en avait-il pas parlé plus tôt ? Elle parvint pourtant à se ressaisir, et même à afficher un grand sourire.

— Je suis étonnée qu'il ne t'ait pas proposé un poste permanent. Tu t'es si bien intégré à l'équipe.

Sa remarque tomba dans le silence, et Talia sentit les coins de sa bouche s'abaisser.

— Il l'a fait, c'est ça ?

— Plus ou moins, oui.

— C'est-à-dire ?

Liam demeura muet un long moment, si long qu'elle pensa qu'il ne lui répondrait pas. Mais alors, il prit la parole.

— Il a dit que j'avais toute ma place parmi vous et que la clinique avait besoin d'un chirurgien supplémentaire.

— Et tu ne vas pas donner suite à sa proposition ? Tu as dit toi-même que nombre de confrères seraient prêts à se couper un membre pour décrocher un poste à la clinique. Alors, qu'est-ce qui te retient ? Tu pourrais facilement rester…

Liam n'hésita qu'une milliseconde.

— Rester, moi ? Pourquoi ?

Elle aurait voulu lui répondre : « Pour moi. » Mais ça aurait été arrogant. Qu'était-elle pour lui, après tout ?

— Parce que ça me ferait plaisir. Et à toi aussi… Non ?

Un silence pesant les enveloppa, comme cette brume grise qui s'accroche à la forêt à l'approche d'un ouragan. Talia se prépara à affronter un orage d'un autre type, mais tout aussi violent.

— Non, finit-il par répondre.

— Liam…

— Arrête, Talia. Tu ne m'aimes pas et tu n'as pas envie que je vive à Sainte-Victoria, dit-il d'une voix qui lui fit mal.

Talia se redressa précautionneusement et s'enveloppa d'un drap. Devait-elle partir, rester ? Bizarrement, elle avait le sentiment qu'avec ces propos il cherchait davantage à se convaincre, lui, plutôt qu'elle. Cette pensée lui donna du courage.

— Je sais ce que je veux, Liam.

— Tiens donc ? Tu veux que ta famille te déteste, c'est ça ? C'est ça que tu veux, Talia ? insista-t-il comme elle gardait le silence.

— Quoi ? Non ! Bien sûr que non, mais…

— Mais c'est ce qui arriverait si je restais. Tu le sais très bien. Tu me l'as dit toi-même.

Il avait dit cela d'une voix maîtrisée et calme, trop calme. Talia savait qu'en insistant elle s'aventurait en terrain dangereux, mais c'était plus fort qu'elle.

— Non ! Tu m'as mal comprise.

— Au contraire, je t'ai parfaitement comprise, répliqua-t-il d'une voix douce.

Leur période de grâce était bel et bien finie. En un clin d'œil, Liam avait revêtu cette armure de froideur qui lui était si familière. Les émotions qu'il s'était autorisées ces derniers temps n'étaient plus qu'un lointain souvenir. Elles étaient à nouveau enfouies au plus profond de son être, hors d'atteinte, et il revêtait cette armure d'indifférence qu'il avait toujours portée. Et Talia détestait cela. Vraiment, elle détestait cela. D'autant plus que cette posture de détachement ne correspondait pas à la vraie nature de Liam.

— L'autre soir, en quittant le restaurant, tu as évité le défilé pour que tes frères ne nous voient pas ensemble. Tu m'as expliqué toi-même qu'ils ont mis longtemps à te pardonner ta relation avec moi parce qu'elle t'a éloignée de ta famille en général et de ta mère en particulier.

— Mais…

— Tu as dit ça, oui ou non ?

— Oui, mais… Ce sont des adolescents, ils n'ont jamais eu d'histoire sentimentale sérieuse. Ils ne comprennent pas.

— Et ton père, Talia ? C'est un adolescent, lui aussi ?

— Mais qu'est-ce que tu racontes ? Non, bien sûr.

— Cela ne l'empêche pas de m'en vouloir, j'en suis sûr.

Talia ne répondit rien. Qu'aurait-elle bien pu lui dire ?

— Auquel cas, comment accepterait-il de te voir à nouveau quitter Sainte-Victoria ? Avec moi ?

— Il se ferait une raison, répondit-elle sans conviction.

— Non, Talia. Désolé, mais je n'accepterai jamais une chose pareille. Je ne veux pas que tu perdes ta famille. Tu ne sais pas ce que c'est de vivre seul, sans pouvoir compter sur personne. Moi, si, et je ne le souhaite à personne, franchement.

— Je ne serais pas seule… Nous serions ensemble.

— Non. Je ne suis pas l'homme qu'il te faut, Talia. Je ne sais pas aimer. Et il est hors de question que je prenne la place de ton père, de tes frères, de ta grand-mère, et même de toutes les personnes que tu connais ici. Des personnes qui t'aiment, elles… Comme Nyla, par exemple.

— Tu pourrais au moins te donner la peine d'essayer, murmura-t-elle.

— Non.

Seigneur ! comme elle aurait aimé lui arracher ce manteau d'indifférence dans lequel il s'était drapé. Ou même tout simplement poser la main sur sa joue, lui faire comprendre qu'il était quelqu'un de bien. Elle aurait pu nouer les bras autour de lui et se noyer dans les mille et une façons de l'aimer, comme elle l'avait fait autrefois. Mais elle n'osa pas. Aucune proximité physique ne comblerait jamais le gouffre émotionnel qui les séparait. Et c'était cela qui l'anéantissait.

Jamais Liam ne s'était autant détesté. Il ne supportait pas de voir Talia souffrir, et qu'elle ait du chagrin par sa faute, c'était encore pis. Il ne pouvait pourtant pas revenir sur ses paroles. Oui, il était dur, mais c'était pour son bien à elle. Qu'avait-il à lui offrir ? Un homme tellement abîmé qu'il ne pourrait jamais rien lui apporter de valable. Il n'y aurait jamais d'autre femme pour lui, mais Talia méritait mieux.

Toutefois, elle ne tarda pas à se ressaisir et le regarda droit dans les yeux.

— Peux-tu répondre à une question ?

Il aurait dû lui dire non.

— Oui, bien sûr, répondit-il pourtant.

Elle se passa la langue sur les lèvres, et même si ce geste était dénué de toute connotation sexuelle, Liam sentit une spirale de désir monter en lui.

— Qu'est-il arrivé entre toi et ton père ?

Seigneur ! ce n'était pas le genre de conversation qu'il désirait avoir, et encore moins avec elle. À sa grande surprise, toutefois, il éprouva le besoin de satisfaire sa curiosité, de quelque façon que ce soit.

— Ma mère est morte à ma naissance.

Ces paroles à peine prononcées, l'ambiance changea complètement dans la pièce. À la tension glaciale des derniers instants succéda une souffrance à fleur de peau. Mais peut-être était-ce juste dans son imagination, car Talia, elle, semblait n'avoir rien remarqué. Elle secouait la tête, comme si elle avait déjà absorbé le choc causé par ses paroles.

— Oh ! Liam, je suis navrée… Tu m'avais dit qu'elle était morte quand tu étais petit, mais je n'en savais pas plus.

— Normal, je ne t'en ai jamais parlé.

— Ça a dû être si dur, pour toi, de grandir sans elle.

— Ça l'a été encore plus pour mon père. Elle était l'amour de sa vie. Il n'a jamais aimé personne comme elle.

— Mis à part toi, bien sûr.

— Non, personne. Et surtout pas moi.

Talia le dévisagea d'un air perplexe. Normal : comment

aurait-elle pu le comprendre, elle qui avait grandi dans une famille aimante ?

— Comment ça, « surtout pas moi » ?

— Mon père ne m'a jamais pardonné.

— Pardonné quoi ? Désolée, mais je ne te comprends pas.

Liam ne répondit rien. Les poings serrés, il peinait à refouler les sentiments qui se massaient à la périphérie de sa conscience. Talia leva alors vers lui un regard horrifié.

— Non ? Il t'en veut de la mort de ta mère ?

— Elle est morte en couches, et j'étais le bébé. Pour mon père, la relation de cause à effet était indéniable.

À quoi bon tenter d'expliquer ses rapports compliqués avec son père ? Après tout, il ne s'en était jamais donné la peine avec personne. Une impulsion diffuse le poussait pourtant à lui raconter toutes ces choses qu'il aurait normalement gardées pour lui.

— C'est ridicule ! s'écria-t-elle.

— Pas pour mon père.

— Non, c'est vrai ? Il t'a vraiment accusé de ce drame ?

Liam haussa les épaules.

— Il était malheureux.

Talia se redressa d'un air scandalisé. C'était pour lui qu'elle se mettait dans un état pareil ? À cette pensée, Liam sentit sa poitrine se gonfler sous l'effet d'une boule de chaleur aussi intense que le soleil de Sainte-Victoria.

— Tu ne vas tout de même pas lui trouver des excuses ! Et toi, alors ? Tu n'étais pas malheureux, peut-être ?

— Non, parce que je ne l'ai jamais connue. On ne peut pas regretter ce qu'on n'a jamais eu.

— Tu es sérieux ? C'était ta mère. Bien sûr que si, tu peux la regretter. Comment peux-tu penser le contraire ?

— Parce que.

Parce que son père le lui avait martelé depuis toujours. Cette culpabilité avait été inculquée en lui dès son plus jeune âge, et Liam n'avait jamais songé à la remettre en question. Ou plutôt, il n'avait jamais su comment faire.

— Pourquoi me racontes-tu tout cela, Liam ?

— Pour que tu comprennes.

— Que je comprenne quoi, au juste ?

À nouveau, Liam tenta de se blinder, de s'endurcir contre cette voix douce qui mettait en péril ses défenses.

— Eh bien, pourquoi je suis ce que je suis. Pourquoi je ne peux pas être l'homme que tu veux que je sois.

En guise de réponse, elle secoua la tête avec une véhémence qui agita ses boucles souples.

— Je ne te crois pas. Tu n'es pas sur terre pour expier un malheur survenu à ta naissance et dont tu n'es absolument pas responsable. Tu mérites mieux que ça, Liam. Beaucoup mieux.

— Il y avait bien une raison pour qu'il me dise tout cela, Talia.

— Non. Il s'est juste défaussé de son chagrin sur toi. Tu n'étais qu'un gosse. Même pas : un bébé. Qui peut être aussi cruel ? Mais tu n'es pas l'être horrible qu'il voyait en toi, Liam. Et tu n'es pas le seul à avoir des regrets.

Le seul regret que tu devrais avoir, c'est de m'avoir rencontré, répliqua-t-il avec emportement.

— Non, c'est faux. Mais si tu penses une chose pareille, alors c'est un problème sur lequel nous allons devoir travailler. Ensemble.

Elle semblait tellement convaincue, tellement optimiste, qu'il en fut chamboulé, mais il repoussa ce sentiment indésirable. Ce n'était pas le but de cette conversation.

Quel est son but, alors ? lui demanda une voix intérieure.

Talia avait besoin de croire qu'il était meilleur qu'il ne l'était en réalité. Elle voulait savoir pourquoi il était incapable de l'aimer. Elle ne l'avait jamais compris, et il n'était jamais parvenu à le lui expliquer. L'occasion de le faire se présentait peut-être enfin. Enfin, il allait pouvoir lui montrer qui il était vraiment, et lui prouver une fois pour toutes qu'il n'était pas digne de son attention ni de ses sentiments. Ensuite, il partirait.

— Tu ne m'écoutes pas. Il n'y a pas de *nous*.

Il avait dit cela sur un ton plus dur qu'il ne l'avait souhaité, mais c'était plus fort que lui. Il se sentait plus brisé que jamais

mais, bizarrement, une partie de son être était comme sauvée, réparée.

— Tu n'as jamais pu compter sur personne ?

La question de Talia interrompit ses pensées. Sa voix exprimait moins du chagrin qu'une profonde compassion. Il s'en voulait tellement de ne pas pouvoir en être digne.

— Parle-moi de ta grand-mère, Liam.

— Je t'ai déjà dit que je ne me souviens pas d'elle.

Il aurait voulu éluder sa question, mais ça aurait été éconduire Talia et, tout à coup, il s'en sentait incapable.

— Enfin, non, il me reste d'elle quelques vagues images. Disons qu'elle me rendait la vie plus supportable. Je crois me souvenir d'une dispute entre elle et mon père. Ensuite, je ne l'ai plus jamais revue. Qu'elle m'ait aimé ou pas, au fond, cela revenait au même : je ne comptais pas assez pour qu'elle reste.

Talia secoua la tête avec véhémence.

— Tu n'en sais rien, Liam. C'est la première fois que tu me parles vraiment de ton père, mais il a l'air horrible. Désolée, c'est la vérité. Peut-être que ta grand-mère n'a pas eu le choix, tout simplement.

— Oui… Peut-être.

Il avait tenu ce raisonnement pendant des années, mais au bout du compte quelle importance ? Elle était partie et l'avait laissé seul avec un homme qui lui reprochait son existence même.

— Il n'y avait vraiment personne à part elle ? insista-t-elle après un silence.

— Je n'ai besoin de personne.

— Tu te trompes, Liam. On a toujours besoin de quelqu'un.

— Tu ne m'écoutes pas, tonna-t-il.

— Au contraire, j'ai entendu tout ce que tu as dit.

Il la couva d'un long regard noir, mais elle le soutint sans ciller, et Liam finit par se rendre à l'évidence : elle n'allait pas céder. À sa grande stupéfaction, c'est lui qui capitula.

— Non, je n'ai jamais eu personne d'autre, lâcha-t-il alors avec une indifférence feinte.

— Alors, c'est vraiment triste. Moi, j'ai toujours pu compter sur mes parents, et s'ils avaient fait défaut, j'aurais quand même eu ma grand-mère.

— Donc, tu comprendras pourquoi je ne peux pas te laisser leur tourner le dos pour moi ? Un homme qu'ils détestent, par-dessus le marché...

— Ne dis pas ça ! Ils se feraient une raison s'ils me voyaient heureuse. Je saurais trouver les mots pour les convaincre.

Liam n'aurait demandé que cela. En son for intérieur, il désirait la même chose qu'elle. Mais il pouvait lui donner quelque chose de bien mieux encore : sa liberté.

— Je ne suis pas celui qui saura te rendre heureuse, Talia. Même si tu arrivais à leur faire changer d'avis, le problème resterait le même.

Pendant un moment qui sembla durer une éternité, ils se dévisagèrent en silence. Non, il ne pouvait pas rester. D'ailleurs, plus rien ne le retenait ici. Sa mission était terminée ; Lucy Wells allait bientôt quitter la clinique. Il lui restait encore à décider s'il allait partir à Los Angeles, où vivaient Lucy et sa mère, dans l'hypothèse où Isak choisirait de ne pas prendre en charge le suivi postopératoire de l'adolescente. Dans tous les cas, Liam allait quitter Sainte-Victoria quelques jours plus tard, et il ne reviendrait pas. Il serait seul, comme il l'avait toujours été. Et c'était mieux ainsi. Vraiment.

13.

Talia sentit une chape de désespoir s'abattre sur elle. Liam venait de dire qu'il était impossible de regretter ce qu'on n'avait jamais eu. Mais non, il avait tort. Pour preuve, Liam ne lui avait jamais vraiment appartenu. Et pourtant, elle avait l'impression d'être en train de le perdre. On aurait dit que deux versions de la même personne se livraient bataille. Que le Liam relativement libre et décontracté de ces quinze derniers jours était à la lutte avec un autre Liam, celui qu'elle avait connu en Caroline du Nord : un homme ployant sous le poids de responsabilités supposées et d'attentes irréalistes.

À présent, toutefois, elle le comprenait mieux. Liam avait grandi dans l'idée qu'il ne valait rien, il avait été détesté par la personne même qui aurait dû l'aimer et le protéger le plus. Comment pouvait-on faire endosser à un enfant la culpabilité du décès de sa mère ? C'était abominable ! Le plus incroyable, c'était qu'envers et contre tout Liam était devenu ce qu'il était : un chirurgien d'exception, déterminé et ambitieux. Mais cette force avait ses limites, puisqu'en dépit de tous ses efforts Talia n'était pas parvenue à changer ce qu'il était ou la perception désastreuse qu'il avait de lui-même. Ce n'était pourtant pas faute d'avoir essayé.

— Liam… Tu m'as accusée de t'avoir quitté sans un mot d'explication il y a trois ans. La vérité, c'est que je ne suis pas partie à propos de ce que tu aurais dit, mais plutôt à cause de ce que tu n'as *pas* dit.

— Et tu as bien fait.

Muette, Talia le regardait fixement, en proie à une tristesse qui lui serrait le cœur. Quelle ironie… Elle avait toujours regretté qu'il soit si secret, si avare de confidences. Or, paradoxalement, alors qu'il daignait enfin lui parler de son passé, il s'éloignait d'elle irrémédiablement. En désespoir de cause, elle tenta le tout pour le tout.

— Tu n'es pas le seul à avoir des blessures, Liam.

Elle eut soudain l'impression qu'un étau lui comprimait la poitrine et l'empêchait de respirer. La vérité lui pesait d'un poids insupportable. Elle voulait tout lui raconter, lui exposer ses souffrances.

— Je savais pour ma mère, murmura-t-elle. Je me doutais qu'elle n'allait pas bien avant de recevoir ce coup de fil de mon père.

Liam se tut et attendit qu'elle poursuive.

— En réalité, tous les signes étaient déjà là depuis des mois. J'aurais pu les voir pour peu que je m'en sois donné la peine. Elle avait les traits de plus en plus tirés, les yeux cernés…

— Arrête de te faire du mal, Talia. Ce sont des signes faciles à négliger ou à confondre avec autre chose.

— Oui, mais je n'ai même pas pris la peine de lui demander ! Je n'ai rien vu.

— À cause de moi. Tu vois, Talia. Je fais souffrir tous ceux qui me veulent du bien.

— Ne dis pas n'importe quoi. C'est moi qui ai choisi de ne rien voir, sans doute pour éviter d'avoir à faire quelque chose. J'étais trop égoïste pour rentrer.

— Mais pas du tout ! Tu pensais juste qu'en cas de problème ta famille te tiendrait au courant. Or, ça n'a pas été le cas. Et avant que tu montes sur tes grands chevaux, je ne dis pas cela pour les critiquer. Ils ne voulaient pas t'inquiéter, voilà tout. Ils souhaitaient que tu profites de ta nouvelle vie, en Caroline du Nord.

— Non, souffla-t-elle entre deux sanglots. Je les ai traités comme quantité négligeable. Eux… Ma mère…

— Je dirais plutôt que tu as agi en femme indépendante qui

souhaitait découvrir le monde. D'ailleurs, tu as dit toi-même que pour aimer quelqu'un, il faut savoir lui donner sa liberté.

Silencieuse, Talia remonta les genoux contre sa poitrine et posa le menton dessus.

— Pourquoi ne m'as-tu jamais parlé de tout cela, Talia ?

— Je ne sais pas.

— Vraiment ?

Malgré toutes ses réserves, Talia ne pouvait s'empêcher d'espérer. Liam avait levé le voile sur un pan de sa vie, et même si beaucoup d'aspects de son histoire personnelle demeuraient dans l'ombre, elle venait d'en apprendre plus qu'elle ne l'avait jamais espéré. Pouvait-elle aller jusqu'à dire qu'elle avait enfin trouvé une brèche dans sa carapace ? En tout cas, elle ne pouvait pas s'attendre qu'il lui fasse confiance si elle, de son côté, n'était pas sincère avec lui.

— Je ne t'ai rien dit parce que… Oh ! s'il n'y avait qu'une seule raison…

Elle secoua la tête évasivement.

— Je ne sais pas si je pensais rentrer ou non, à l'époque. Je n'avais aucune idée de l'état de santé de maman. Jamais je n'ai pensé qu'elle… Enfin, que j'allais la perdre.

— Je suis navré, Talia. Vraiment.

— Oui, je sais. Tu l'as déjà dit.

Elle esquissa un semblant de hochement de tête, mais se garda d'ajouter une vérité qui lui brûlait la langue : si elle était partie, c'était moins à cause de sa mère qu'à cause de lui. À l'époque, déjà, elle ne supportait plus qu'il la tienne toujours à distance. Malgré tout, il avait fallu que sa mère tombe malade pour qu'elle s'arrache enfin à lui. Cela montrait bien à quel point elle avait été accro à cet homme, même si leur relation n'avait pas été des plus saines. D'ailleurs, elle devait reconnaître qu'elle était encore accro, si elle voulait être honnête.

Ironie du sort, le téléphone sonna à cet instant. Talia devina l'objet de l'appel avant même que Liam décroche. Immobile, elle l'entendit répondre par monosyllabes et lâcher un « Merci » bourru avant de raccrocher.

— C'était pour ton vol ? demanda-t-elle dans le silence.

— Oui.

— Alors, tu pars quand ?

— Demain matin.

Talia émit un soupir, stupéfaite.

— Si tôt !

Il ne répondit rien, mais au fond qu'y avait-il à dire ? Liam s'en allait. Et elle, au milieu de ce désastre, ne pensait qu'à une chose : coucher avec lui une dernière fois. Une lave de désir s'amoncelait déjà au creux de son ventre. Pourquoi ne pas risquer le tout pour le tout ?

Il aurait dû bouger. Ou, du moins, s'écarter du lit et de la tentation que représentait Talia. Mais Liam n'en fit rien, fasciné par les émotions qui traversaient les beaux yeux sombres et expressifs de Talia. Un feu tumultueux le dévorait de l'intérieur et menaçait d'échapper à son contrôle.

Il n'avait pas totalement assimilé le fait qu'il lui avait parlé de son père. Ce qu'il venait de lui dire, il n'avait jamais envisagé de le raconter à quelqu'un. À croire qu'il avait oublié la manière dont elle l'avait quitté, trois ans plus tôt. Ou le temps qu'il lui avait fallu pour s'en remettre. Malgré tout, il était consumé par l'envie de la tenir entre ses bras une dernière fois. Sans s'en rendre compte, il s'était approché du lit. Alors qu'il tendait la main pour repousser une boucle sur sa joue, Talia redressa la tête et le dévisagea fixement, les lèvres entrouvertes et le souffle court.

La réalité le heurta alors de plein fouet. Vingt-quatre heures plus tard, il serait parti. Plus jamais il ne reverrait Talia, plus jamais il ne la toucherait. Lui qui l'avait repoussée si souvent n'avait soudain plus la volonté de la tenir à distance. Il lui tendit les bras et admira la grâce avec laquelle elle s'agenouilla sur le lit. Jamais il n'avait vu une telle douceur, une telle paix émaner d'elle. Talia avait raison, elle n'avait plus rien à voir avec la fille qu'il avait connue en Caroline du Nord. D'ailleurs, lui aussi avait changé, mais de là à dire qu'il était assez bien pour elle… Non, autant rêver.

— Je ne peux rien t'offrir d'autre que cela, marmonna-t-il.

— Je sais, dit-elle en promenant la main sur son torse avec une lenteur délibérée. Dans une autre vie, peut-être… Ou dans d'autres circonstances.

Ou s'il avait été un autre homme. Il s'abstint toutefois de formuler cette remarque à haute voix.

— Tu es sûre ?

— Que j'ai envie de toi ? Liam, j'en suis plus que sûre.

Un grondement sourd s'échappa de la gorge de Liam. D'un mouvement vif, il se débarrassa de sa serviette et tira sur le drap qui recouvrait Talia, puis il s'allongea sur le lit en la soulevant pour la placer au-dessus de lui. Bon sang ! qu'elle était belle. Jamais elle ne lui avait paru aussi pleine de vie, aussi exquise. Il s'arrêta un instant pour imprimer dans sa mémoire cette image, l'une des dernières qu'il aurait d'elle, et il éprouva une secousse dans la poitrine, comme si son cœur revenait à la vie. Allons ! c'était bien le moment de songer à de telles fadaises. Talia lui faisait don d'une nuit, et il était bien décidé à ne pas la décevoir.

Et tant pis s'il ne pouvait rien lui donner de plus. Le lendemain, à la même heure, il serait parti. Il serait alors temps de réfléchir aux conséquences de ses actions.

Si elle se donnait à lui une dernière fois, autant faire de cette nuit un moment inoubliable. Alors que Liam s'installait au-dessus d'elle, Talia savoura l'adoration avec laquelle il la contemplait. On aurait dit qu'elle était le trésor le plus précieux au monde. Liam fit glisser les doigts de part et d'autre de son torse, de ses hanches, puis il plaça les mains sur son ventre pour mieux la toucher. Mais tout cela n'était rien comparé à la façon dont il la regardait. Trois ans plus tôt, déjà, elle avait adoré cet éclat qui brillait dans ses yeux verts avant l'amour. Maintenant, son regard avait une profondeur particulière, infiniment troublante.

Lorsqu'il la dévisageait ainsi, elle ne se sentait pas seulement désirée, mais adorée, vénérée comme une idole. Pour un peu, elle aurait pu croire qu'ils avaient un avenir ensemble.

Pas de pensées dangereuses ! songea-t-elle, non sans panique. Mieux valait se contenter de profiter de l'instant présent.

Délicatement, il prit un sein en coupe au creux de sa paume tandis que sa langue dessinait des cercles de feu sur sa poitrine, et Talia reçut comme une bénédiction l'offrande de ses lèvres lorsqu'elles se refermèrent sur son mamelon. Puis il passa à l'autre sein pour l'honorer de la même manière jusqu'à ce qu'elle tremble de plaisir, le souffle court et saccadé.

— Continue, le supplia-t-elle.

Au lieu de cela, il fit descendre une main sur la rondeur de son ventre, vers son sexe. Talia haussa les hanches vers lui instinctivement.

— Patience, murmura-t-il en traçant des lignes autour du centre de son plaisir, mais sans jamais toucher celui-ci. Chaque chose en son temps.

Elle répondit par un gémissement, mais résista à l'envie de s'arquer à nouveau vers lui, devinant qu'il la punirait alors en prolongeant l'attente. Elle leva les mains pour les glisser dans ses cheveux. Seigneur ! s'il ne mettait pas bientôt terme à cette torture exquise, elle allait se désintégrer de plaisir alors qu'ils avaient à peine commencé. Mais enfin, il fit pivoter son poignet et couvrit de sa main l'épicentre de sa féminité.

— Tu es si belle, dit-il entre deux baisers. Tellement parfaite.

Avant qu'elle ait pu bouger ou se rendre compte de ce qu'il faisait, il introduisit des doigts en elle et débuta un va-et-vient diabolique. Talia se mit à gémir et roula des hanches pour accentuer cette friction délicieuse. Déjà, un brasier dévorait le creux de son ventre. La déflagration finale allait arriver bien trop tôt, mais elle n'y pouvait rien. Elle n'était pas sûre de pouvoir tenir bien longtemps encore.

— Détends-toi, murmura-t-il.

Il posa un dernier baiser sur son ventre avant de s'allonger sur le dos, l'entraînant avec lui. En appui sur les coudes au-dessus de lui, elle le regardait avec une avidité sauvage. Il était magnifique. Comme toujours, d'ailleurs. Son physique athlétique, tout en muscles et lignes fermes, était une ode à la beauté masculine. Avec une lenteur empreinte de vénération, elle promena les mains sur ce corps splendide en s'efforçant d'en mémoriser chaque parcelle. Elle le goûta, le titilla, effleura sa peau avec les dents, la langue. Ses mains et sa bouche se promenaient sur son torse puissant, comme taillé dans du roc, sur ses abdominaux parfaitement dessinés.

Alors qu'elle s'aventurait plus bas, Liam la saisit par la taille et la plaça sur lui. Elle adorait ses mains si larges, si puissantes. Dans leur étau, elle s'était toujours sentie féminine et délicate. Liam changea alors de position de manière que son érection soit pressée contre sa féminité. Dès lors, Talia ne pensa plus à rien et se borna à ressentir. Elle le laissa la soulever légèrement, puis son sexe dressé s'immisça lentement en elle. Les mains crispées sur les épaules de Liam, elle sentit son souffle se bloquer dans sa poitrine. Il lui fallut un moment pour se rendre compte qu'il lui laissait fixer le rythme de cette danse. En proie à un appétit de plus en plus insatiable, elle se berça contre lui avant de s'allonger sur son torse. Liam prit ses joues entre ses mains et effleura la ligne de son menton, mais Talia se redressa. Avec douceur, elle plongea la main entre eux et, des doigts, enveloppa son sexe pour le caresser. Elle exulta intérieurement lorsqu'un grondement sourd s'échappa de la gorge de Liam. Elle se sentait libre, débarrassée de toute contrainte, d'une manière qu'elle n'avait jamais éprouvée en Caroline du Nord. Elle avait changé. Ou alors, était-ce Liam ?

Un élan de tristesse la traversa, aussitôt suivi d'un sentiment d'urgence. Liam ne pouvait pas plus rester à Sainte-Victoria qu'elle ne pouvait retourner à Duke. Autrement dit, s'ils devaient se contenter de cette nuit, autant ne pas la gâcher par des réflexions mélancoliques et des regrets. Elle le guida avant de se laisser glisser sur sa virilité. Un bonheur sans pareil s'empara d'elle alors qu'elle entamait un mouvement de va-et-vient, lent et sensuel pour commencer avant d'accélérer et de s'emballer.

Tout à coup, Liam porta la main vers le point central de son désir, et Talia se sentit catapultée dans un abîme. Elle avait perdu tout contrôle et dégringolait sans filet de sécurité. Dans cet abandon, elle ne put s'empêcher de crier le nom de Liam. Pas plus qu'elle ne pouvait s'empêcher de l'aimer.

Liam se figea soudain, toujours en elle, et elle se rendit compte qu'elle venait vraiment de lui dire : « Je t'aime. » La félicité qui les enveloppait se brisa aussitôt comme du cristal. Tant pis pour elle. N'avait-elle pas songé à l'instant qu'elle était prête à risquer le tout pour le tout ? Eh bien, elle venait de le faire d'une manière grandiose.

14.

Pendant un instant qui s'étira en une insupportable éternité, Liam fut trop stupéfait pour prononcer la moindre parole. Puis, tout à coup, il se dégagea, sauta du lit et enfila son bermuda. Comment des paroles si simples et si belles pouvaient-elles résonner aussi mal à ses oreilles ? Sans doute parce qu'elles lui rappelaient une vérité qu'il avait ignorée ces dernières semaines. Parce qu'il aurait voulu pouvoir lui en dire autant. Et cette idée le terrifiait. Déjà qu'il luttait contre l'envie de rester à Sainte-Victoria… Mais s'il avait un tant soit peu d'honnêteté, il ne pourrait pas lui dire ces mots qu'elle désirait tant entendre. Comment pourrait-il lui déclarer des sentiments qu'il ne comprenait pas du tout, ou au mieux imparfaitement ? Céder à cette tentation, cela reviendrait tôt ou tard à la décevoir et à lui faire du mal. À bout de nerfs, il arpenta la chambre de long en large.

— Non, tu ne m'aimes pas.

Il avait dit cela d'une voix froide, aussi tranchante qu'un rasoir, comme pour la réduire au silence et effacer ces trente dernières secondes.

— Si, je t'aime, répéta-t-elle avec douceur, mais fermeté.

Talia s'était enveloppée dans un drap dont la blancheur la faisait paraître fragile. Il n'en fallait pas plus pour le faire culpabiliser encore plus, si c'était possible.

— Non, tu te trompes, Talia, répliqua-t-il entre ses dents serrées. Ce que tu éprouves en ce moment, ce n'est pas… *ça*.

Pendant des années, il avait étouffé la rage de ne pouvoir aimer. Mais à présent, cette rage n'était rien comparée à l'envie de lui dire ces tout petits mots. Et l'air de stupéfaction blessée avec lequel elle le regardait n'arrangeait rien, au contraire.

— Quand je te demande de rester, tu prétends que je ne sais pas ce que je dis. Maintenant, je ne sais pas ce que je ressens.

— Oui, et je maintiens ce que j'ai dit.

— Désolée, Liam, mais je connais mes sentiments mieux que toi. Et puisque tu n'es même pas capable de prononcer certains mots…

— Les émotions n'existent pas pour de vrai. Au mieux, l'amour…

Il buta sur ce mot et s'interrompit une seconde avant de se ressaisir.

— Enfin, ce que tu appelles « amour », ce n'est qu'une ivresse passagère due à un cocktail de noradrénaline, de dopamine et de phényléthylamine.

Il s'arrêta, embarrassé par cette discussion.

— Liam, tu te rends compte de l'impression que tu donnes ?

Il y avait de la pitié dans sa voix. Et c'était ce qu'il détestait le plus. Cela, et le fait qu'elle avait sans doute raison. Il repoussa rageusement cette pensée.

— Dans le pire des cas, c'est même une arme que certaines personnes particulièrement cruelles utilisent contre des êtres qui leur sont prétendument chers.

Il se rendit compte trop tard qu'il en avait trop dit.

— Je suis vraiment désolée, Liam.

Mais elle secouait la tête d'une manière qui voulait dire qu'elle était désolée pour lui, et non pour ce qu'elle avait dit.

— Je sais bien que tu refuses ces sentiments et, crois-moi, je n'ai jamais eu l'intention de prononcer ces mots.

— Donc, tu les retires ?

Liam prit soudain conscience qu'au fond il ne savait pas s'il désirait qu'elle les retire ou non. Mais si elle le faisait, il s'en satisferait, et c'était bien le pire. Ils resteraient tous les deux à la surface des choses et reprendraient les choses là où ils les avaient laissées quelques instants plus tôt.

— Non, Liam, dit-elle en haussant les épaules. Ces paroles m'ont échappé, je te l'accorde, mais elles n'en sont pas moins sincères. Je t'aime. C'est même pour cette raison que je t'ai proposé de rester à Sainte-Victoria.

Liam se contraignit à respirer profondément pour se libérer de l'étau qui lui comprimait la poitrine.

— Je ne peux pas l'accepter.

— Oui, parce que tu as peur.

Elle leva les mains, comme pour le réconforter. Comme s'il était une sorte d'animal sauvage aux abois qu'il aurait fallu amadouer.

— Non, je n'ai pas peur, répondit-il avec humeur. Je ne crois pas à toutes ces fadaises, voilà tout.

— Après ce que ton père t'a fait subir quand tu étais petit, c'est compréhensible. Je comprends aussi que tu n'aies pas envie d'avoir d'enfants, parce que tu redoutes de leur faire subir le même sort. Mais tu ne vois pas que c'est impossible ?

Il n'aurait demandé qu'à la croire. Mais il avait déjà eu ce rêve, et s'en était mordu les doigts. Trois ans plus tôt, elle lui avait tenu le même discours, tout cela pour le quitter quelques jours plus tard.

— Tu ne vois donc pas qu'en agissant ainsi tu donnes raison à ton père ? demanda-t-elle d'une voix douce.

— Je t'ai parlé de lui pour m'expliquer, pas pour te fournir des munitions contre moi.

— Parce que se confier à quelqu'un, c'est forcément lui fournir des munitions contre soi ?

— Tu vois ce que tu veux voir, Talia.

— Et alors, c'est si terrible que ça ? Tu m'interdis de reconnaître ce qu'il y a de bon en toi ?

Liam haussa les épaules. Il aurait tellement, tellement voulu correspondre à l'image qu'elle avait de lui. Si seulement il avait été digne d'elle ! Mais ce n'était pas le cas. OK, elle n'avait sans doute pas tort de dire qu'il donnait raison à son père, mais avait-il le choix ? Le passé restait le passé. Il ne pouvait pas changer l'homme qu'il avait été jusqu'à présent. Cette pensée fit jaillir en lui une souffrance semblable à mille petites pointes de glace acérées. Il s'en saisit comme si elles pouvaient le sauver, mais en son for intérieur il savait qu'il était plus facile d'être en colère que de se confronter à ses peurs les plus grandes. Il venait de se confier à Talia, et pour quel résultat ? En tout cas, on ne l'y reprendrait plus.

Mais le plus incroyable, à bien réfléchir, c'était que cette femme formidable entre toutes ose lui parler d'amour.

Talia attendit, le souffle bloqué dans la gorge.

S'il te plaît, fais-moi confiance… Reviens à moi…

Pendant un long moment, elle crut qu'il allait le faire… Son cœur eut un raté.

Mais alors, il recula et croisa les bras sur sa poitrine. Comme d'habitude, il la mettait à distance. Malgré elle, Talia ne put s'empêcher de poser le regard sur le bermuda qui descendait sur sa taille en V. Comment un moment aussi intime pouvait-il être lié à une conversation aussi hostile ? On aurait dit que la raison de Liam essayait de couper les ponts avec elle, alors que son langage corporel tenait un tout autre discours. Était-il furieux contre elle à cause de sa déclaration, ou contre lui-même parce qu'il aurait voulu y croire ? La seconde hypothèse lui semblait la plus plausible, même si elle devait se garder de surinterpréter les faits et gestes de Liam. Inutile de se donner de faux espoirs.

— Je t'aime, Liam, et je crois que toi aussi, tu m'aimes.

Il la considéra avec dureté, et elle sentit son cœur se fêler.

— Non, Talia. Je ne suis pas l'homme que tu crois.

— J'aimerais tellement que tu te voies tel que les autres te voient, murmura-t-elle tristement. Tel que moi, je te vois. Pense à ce que tu m'as raconté de ta grand-mère. Ce ne sont pas les souvenirs d'un gosse qui n'a jamais cru à l'amour. Raison de plus pour que tu saches à quel point cette émotion est puissante. L'amour d'une seule personne t'a permis de traverser ces épreuves.

— Merci, docteur Freud. Je t'ai parlé à titre confidentiel, pas pour que tu m'analyses. Et certainement pas pour que tu te serves de ces informations contre moi.

— Moi ? Je ne…

— Si ! Tu pensais pouvoir me balancer quelques pseudo-vérités bien senties, après quoi j'étais censé me jeter à tes pieds avec gratitude. Mais ça n'arrivera pas, Talia.

— Liam…

— Tu parles de mon père, de ma grand-mère. Tu me parles de l'amour et de son pouvoir, très bien. Puis-je te raconter ce que moi, je sais de l'*amour* ?

Il cracha ce dernier mot comme si c'était du poison.

— C'est un prétexte dont les gens se servent pour excuser leur comportement. Au nom de son amour pour ma mère, mon père s'est essuyé les pieds sur moi.

— Ton père ne sait pas ce qu'est l'amour, justement.

— Ma grand-mère a prétendu qu'elle m'aimait, poursuivit-il comme s'il n'avait pas entendu sa remarque. Elle a promis qu'elle me protégerait contre mon père, mais elle m'a tout simplement laissé à sa merci. Et maintenant, il y a toi.

— Non… Liam…

— C'est toi qui m'as parlé d'amour. Mais l'amour, ça ne se résume pas à de belles paroles. L'amour se voit dans les actes. Et tu m'as prouvé, sans aucun doute possible, que tu t'y connais aussi mal que moi.

Une sorte de désolation s'empara de Talia. Elle aurait voulu se défendre, mais elle en était incapable.

— Tu dis que tu m'aimes, Talia, mais tu m'as quitté sans même un mot d'explication.

Oui, tout comme ta grand-mère, songea-t-elle. Il n'allait pas jusqu'à faire le rapprochement, mais l'accusation n'en était pas moins là, étouffante et pesante.

— Je te l'ai dit, Liam : je suis partie à cause de ma mère.

— Oui, j'ai compris ça. Je remarque juste que la façon dont tu m'as quitté prouve que tu ne m'aimais pas. Tu aurais pu me parler. Et même, tu aurais dû.

— Oui, bon… C'est facile à dire, après coup, marmonna-t-elle avec amertume.

— Dis-moi juste une chose, Talia. Si la situation se présentait à nouveau, prendrais-tu une autre décision ?

Elle aurait voulu lui répondre… Lui dire qu'elle aurait souhaité changer tellement de choses si elle en avait eu le pouvoir. Mais mille pensées s'emmêlaient dans sa tête, et aucun mot ne lui venait. Si sa mère n'avait pas été malade, si elle n'avait pas été obligée de revenir à Sainte-Victoria… Si son père n'avait pas fait une dépression, si ses frères n'avaient pas eu besoin d'elle… Si Liam s'était montré capable de lui dire une fois, juste une, qu'il l'aimait… Mais aucune seconde chance ne pouvait effacer ces éléments de son passé. Donc, aurait-elle vraiment pu choisir un autre chemin que celui qu'elle avait emprunté ?

— C'est bien ce que je pensais, répondit-il comme elle demeurait silencieuse. C'est pour cela que tu n'es pas celle qu'il me faut.

Saisie par l'abattement, Talia s'efforça de se ressaisir. Il avait choisi ces paroles pour lui faire le plus de mal possible, pour la faire souffrir comme elle l'avait fait souffrir trois ans plus tôt. Lorsqu'il était arrivé sur l'île, quelques semaines auparavant, cette manœuvre aurait eu des chances de réussir, mais plus maintenant. Après tout le temps qu'ils avaient passé ensemble, elle savait sans aucun doute possible qu'il l'aimait. Du moins, plus qu'il aurait voulu l'admettre.

— Suis-tu seulement ce qu'il te faut ?

En guise de réponse, il eut un rire méprisant qui sonna faux aux oreilles de Talia.

— Je suis chirurgien, Talia. Je sauve des vies tous les jours. Qu'est-ce qu'il me faut de plus ?

Quelle tristesse… Liam était l'homme le plus intelligent, le plus talentueux, le plus beau qu'elle ait jamais connu, mais au fond de lui il restait des traces de l'enfant brisé qu'il avait été, et il était persuadé qu'il était trop tard pour recoller les morceaux. Le pire, c'était qu'elle avait sa part de responsabilité dans ce fiasco. Non, elle ne pouvait pas le laisser tomber comme cela. Elle devait l'aider.

— Tu es aussi un homme, Liam. Un être humain. Nous ne sommes pas faits pour vivre complètement seuls. On a tous besoin de quelqu'un.

— Ah bon ? Eh bien, il y a une exception à chaque règle.

— À supposer que tu dises vrai, l'exception, ce n'est pas toi. Tu penses que tu es trop brisé pour aimer ou être aimé, mais ce n'est pas vrai.

— Crois-moi, tu te trompes. Je suis détruit au-delà de ce que tu peux imaginer.

— Mais non, murmura-t-elle. Tu es quelqu'un de bien, de généreux…

L'espace d'un instant, elle crut le voir hésiter. Puis il serra la mâchoire si fort qu'un tic nerveux fit tressaillir sa joue. On aurait dit qu'il s'en voulait de simplement prêter l'oreille à ce qu'elle lui disait.

— Tu n'arranges pas ton cas, Talia. Laisse-moi te le prouver. Je ne veux pas de toi. Je veux une femme en qui je peux avoir confiance. Pas une qui me dit une chose et qui en fait une autre.

— Comment peux-tu dire une chose pareille ? dit-elle dans un murmure.

Malheureusement, elle connaissait la réponse à cette question. Un peu plus tôt, il s'était ouvert à elle pour la première fois. Il lui avait raconté son passé. Mais dans la foulée, il avait reçu la confirmation de son vol, et maintenant il regrettait ce qu'il percevait comme un moment de faiblesse. Elle aurait beau lui dire qu'il avait fait preuve de courage en se confiant à elle, il ne la croirait pas. Il ne lui faisait pas confiance.

— Je m'en vais demain, Talia. Je repars en Caroline du Nord.

Pour autant, il n'avait pas dit qu'il rentrait chez lui, remarqua-t-elle. Autrement dit, il était tout aussi bien chez lui à Sainte-Victoria. Elle ouvrit la bouche pour parler, mais la referma. À quoi bon ? songea-t-elle avec résignation. Liam lui avait dit que l'amour se manifestait non par des paroles, mais par des actes. Quoi qu'elle lui dise, rien ne le ferait changer d'avis. Pour la première fois, elle se sentait complètement abattue.

— Bon… Je devrais sans doute m'en aller, murmura-t-elle en priant pour qu'il lui demande de rester.

Mais le visage de Liam demeura résolument fermé.

— C'est préférable, oui.

Talia releva le menton en un semblant de hochement de tête. C'était fichu, inutile de prétendre le contraire. Ces dernières semaines ne leur avaient pas permis de reprendre leur relation là où ils l'avaient laissée. D'ailleurs, ils en étaient convenus dès le début de son séjour à Sainte-Victoria.

La vérité, c'était qu'elle avait perdu Liam depuis longtemps. Elle l'avait perdu trois ans plus tôt.

15.

— J'ai demandé à ne pas être dérangé, rugit Liam sans lever la tête de son dossier.

Il s'efforça à nouveau de se concentrer sur les lignes qui dansaient devant ses yeux. Tout de même, qui pouvait frapper à son bureau à une heure aussi tardive ? Alors même qu'il se posait la question, la porte s'ouvrit vivement.

— Je viens de dire que…

— J'ai entendu ce que tu as dit.

La voix l'interrompit avec une désinvolture presque amusée, et toute velléité de réponse mourut aussitôt sur les lèvres de Liam. Il n'était même pas certain de respirer encore.

— Talia…

Ce nom était moins un salut qu'une prière. La femme qui hantait tous les recoins de son esprit se tenait devant lui, en chair et en os ! Tout à coup, il prit conscience du désordre ambiant et de son apparence inhabituellement négligée. Qu'était-elle venue faire en Caroline du Nord ? Dans son bureau ? Il se rendit compte qu'il avait énoncé ces questions à haute voix lorsqu'il entendit Talia lui répondre.

— Je suis venue te voir, répliqua-t-elle sur un ton d'évidence. J'ai pensé que j'aurais meilleur compte à faire le déplacement, puisque tu ne daignes jamais décrocher.

— J'ai beaucoup à faire.

Il avait dit cela d'un ton plus défensif qu'il ne l'aurait souhaité, et s'en voulut de sa faiblesse. Dire qu'il s'était juré de ne plus jamais paraître vulnérable. Seulement, il ne s'était pas attendu à la voir débarquer à l'improviste, tel un soleil qui illuminait tout autour d'elle. Comme indifférente à sa stupéfaction, elle avait entrepris de débarrasser un siège des dossiers qui l'encombraient et rangea ces derniers dans des pochettes de classement suspendues dans un placard. Cela fait, elle prit place sur la chaise incommode recouverte d'un tissu de laine grossier.

— Je sais que tu es très occupé. Tu enchaînes les patients, tu te noies dans les recherches, les études. Bref, tu passes ta vie dans cette pièce ou en salle d'opération.

— Ça s'appelle travailler.

— Non, Liam. Tu m'évites, et tu le sais très bien. Tu te noies de boulot pour ne pas avoir à penser à ce qui s'est passé entre nous.

Il détestait la facilité avec laquelle elle décryptait son comportement, lui qui s'était toujours vanté d'être indéchiffrable, maître de lui.

— Je n'ai pas le temps pour ces bêtises, Talia. Qu'es-tu venue faire ici ?

— Te voir, répondit-elle tranquillement.

Sa réponse était à la fois tellement succincte et tellement inattendue que, l'espace d'un instant, Liam crut que son cœur s'était arrêté de battre pour de bon. Il y eut un long silence que meubla un lent sifflement dans sa tête, de plus en plus fort, jusqu'à devenir un grondement assourdissant.

— Je ne veux pas de toi ici.

Elle l'observa d'un air curieux, sans ciller, comme si sa remarque ne l'avait pas atteinte.

— Tu ne devrais pas être ici, Talia. Ta place est à Sainte-Victoria.

— Non, ma place est avec toi.

Liam sentit son cœur battre à coups redoublés.

— Lorsque je t'ai quitté…

Elle s'interrompit en secouant la tête.

— Je ne t'ai pas raconté ma vérité, et cette décision a été la pire de toute ma vie. Et pourtant, pendant trois ans, j'ai fait comme si j'avais fait le bon choix. De même, je me suis menti en prétendant que je t'avais recommandé à Nate dans l'intérêt d'une patiente.

— Arrête, Talia. Ce n'est bon ni pour toi ni pour moi.

Elle secoua à nouveau la tête et leva une main.

— Non. J'ai fait neuf heures d'avion avec une correspondance pour pouvoir te raconter tout ça, alors écoute-moi. S'il te plaît.

Leurs regards se trouvèrent, et tout parut incertain et précaire à Liam. Il avait l'impression que le sol se dérobait sous ses pieds et qu'il allait tomber d'un instant à l'autre dans un précipice sans fond. Comme le silence s'éternisait, il finit par hocher la tête avec raideur.

— Je t'aime, poursuivit-elle alors. Mais cela, tu le sais déjà. Je crois que je t'ai aimé dès notre première rencontre, et ce long été que nous avons passé ensemble fait partie des moments les plus heureux de ma vie. Jusqu'à ce que je reçoive cet appel de papa.

— Celui où il t'annonçait que ta mère était malade.

Talia baissa les yeux quelques instants avant de se ressaisir.

— Comme je te l'ai déjà expliqué, le pire, c'est que je savais que maman n'allait pas bien. Par la suite, je me suis sentie tellement coupable…

— Tu n'es pas obligée de me raconter tout cela, Talia. Tu ne me dois aucune explication.

— Si ! Tu ne m'avais jamais dit à quel point ton père était quelqu'un d'horrible, mais je savais qu'il n'était pas très affectueux et que tu avais grandi sans ta mère. C'était facile de lire entre les lignes et de comprendre que tu avais vécu une enfance solitaire et sans amour, ou presque.

Sur la défensive, Liam sentit qu'il se crispait.

— Ce n'était pas si terrible comparé à ce que vivent d'autres gosses. J'en suis trop souvent témoin ici, à l'hôpital.

— Oui, mais d'autres ont la chance d'avoir une enfance formidable au sein de familles aimantes, comme la mienne, par exemple. Simplement, j'ai mis du temps à me rendre compte de ma chance.

— Je suis content que tu te sois épanouie à Sainte-Vict… Enfin, chez toi.

Sa remarque était sincère. Entre l'avoir auprès de lui et la savoir heureuse parmi tous ceux qui la connaissaient bien et qui l'aimaient, le choix était vite fait.

— Et pourtant, me voici ici, après un jour de voyage, pour pouvoir te dire quelques petites choses. Lors de notre dernière conversation, tu m'as demandé pourquoi je t'ai quitté sans explication, et je ne t'ai rien répondu. Alors, tu m'as reproché d'être une manipulatrice qui cherchait un prétexte pour te faire courir après moi.

— Arrête, Talia, c'est inutile. J'ai eu tort de t'accuser de quoi que ce soit.

Mais elle l'interrompit en secouant doucement la tête.

— Tu n'avais pas totalement tort, au bout du compte. C'est vrai, je culpabilisais au sujet de ma mère et je ne savais plus où j'en étais quand mon père m'a téléphoné. Mais avec le recul, je me demande s'il n'y avait pas du vrai dans ce que tu me reprochais.

— C'est-à-dire ?

— Eh bien, je…

Talia hésita avant de se lancer.

— J'ai toujours su que je t'aimais, depuis le début. Mais je savais aussi que toi, tu ne m'aimais pas forcément, même si tu tenais à moi. Au fond, je me demande si je n'espérais pas un peu que mon départ éveille quelques sentiments en toi.

— Tu voulais que je vienne te chercher à Sainte-Victoria ?

Il ne comprenait pas pourquoi il n'avait pas essayé de la retrouver, en effet. Ni pourquoi, lorsqu'il était retourné à son appartement en solitaire et qu'il avait vu le vide laissé dans les placards, dans la salle de bains, dans sa vie, il n'était pas parti aussitôt à sa recherche. Ou pourquoi il s'interdisait de ressentir cet amour, sans parler de le nourrir, alors qu'il en avait tellement envie. Talia avait raison : il l'avait toujours repoussée parce qu'il craignait qu'elle ne le blesse. Mais la triste vérité, c'était qu'il ne savait pas se comporter autrement.

— Non, ce n'est pas ça, répondit-elle. Je voulais simplement que… je ne sais pas… Que tu prennes enfin conscience de ce que tu ressentais pour moi. Suffisamment, du moins, pour te pousser à faire quelque chose : me le dire, m'appeler, n'importe quoi.

— Je ne fonctionne pas comme cela, tu le sais bien.

— Oui, j'ai fini par m'en rendre compte.

Liam s'aperçut que Talia s'était levée de son siège lorsqu'elle s'agenouilla devant lui et prit son visage en coupe entre ses mains douces.

— Je suis le fils de mon père, incapable d'aimer. Je suis même pire que lui, parce qu'il a aimé ma mère.

Les yeux de Talia brillèrent, et il se blinda mentalement contre une nouvelle vague d'émotions.

— Mais non, Liam. Tu n'es pas pire, voyons. Ton père ne t'a jamais témoigné d'affection, voilà tout. Il a perdu sa femme, et c'est une tragédie. Mais lorsqu'elle est morte, toi, tu es né : un bébé innocent qui n'a même pas eu la chance de connaître sa mère. Tu aurais eu besoin de ton père plus que tout, mais il était trop absorbé par son chagrin.

— Tu n'as pas le droit de le juger.

— Bien sûr que si, j'ai le droit. Ça me fend le cœur de voir à quel point son égoïsme t'a fait du mal. Par sa faute, tu es incapable de donner ou de recevoir de l'amour. Tu n'en éprouves même pas le besoin.

— Ce n'est pas vrai.

Mais ce n'était pas totalement faux non plus, n'est-ce pas ? Il la dévisagea fixement, comme si, d'une certaine manière, ce contact visuel suffirait à lui expliquer ce qui se passait dans sa tête. C'était impossible, bien sûr. Après tout, il avait du mal à se comprendre lui-même.

— Il y a trois ans, on ne se faisait pas assez confiance pour être honnête l'un avec l'autre. Mais j'ai changé. Cette fois, je sais ce que je veux, et ce que je veux, c'est toi. Parmi tout ce que j'aime, ma famille, mon île, mon travail à la clinique, il y a une chose que j'aime par-dessus tout. C'est toi, Liam.

— Et donc ? Où veux-tu en venir ?

— Eh bien, j'ai pris contact avec l'hôpital pour reprendre mon poste à Duke.

— Quoi ! Tu quittes Sainte-Victoria ?

— Si tu es d'accord pour que je vive ici.

— Tu ne peux pas faire une chose pareille… Tu te plais trop là-bas.

— Oui, mais sans toi, ma vie là-bas n'a pas de sens. Donc, me voici. Je suis à toi. C'est ça, l'amour, Liam. Ton père n'en a peut-être jamais eu pour toi, mais je sais que ta grand-mère était attachée à toi. J'aimerais reprendre ce qu'elle a laissé, si tu me le permets.

— Non, Talia. Tu ne peux pas faire ça, parvint-il à dire malgré la boule dans sa gorge. Tu ne peux pas tourner le dos à tout ce que tu aimes.

— Je ne fais rien de tel. Je choisis simplement ce que j'aime le plus : toi, en l'occurrence.

Un sourire frémit sur les lèvres de Talia, et ses mains aussi tremblaient sous les siennes. Liam cligna des paupières avec étonnement. Quand donc avait-il levé les mains pour couvrir celles de Talia ? L'avait-il fait pour les tenir ou pour les arracher de son visage ? Il n'en savait rien.

— Je ne peux pas accepter. Désolé.

Loin d'être intimidée, Talia le couva d'un regard encore plus intense, et son sourire érodait son armure. Pour un peu, il l'aurait presque crue.

— L'amour, c'est…

— C'est quelque chose de vrai, Liam. En tout cas, ça ne se résume pas à un vulgaire cocktail de neurotransmetteurs. Je conçois que ça te fasse peur et que tu ne saches pas comment réagir, mais je suis là pour t'apprendre. On prendra le temps qu'il te faudra.

— Tu m'en demandes trop, Talia.

— J'espère que non, répondit-elle en griffonnant une note sur un carnet de travail. Tu m'as dit un jour que l'amour passe par des actes concrets. Eh bien, en voici un, n'est-ce pas ? Pour te prouver que je t'aime, je t'ai suivi ici, en Caroline du Nord.

— Talia…

Elle arracha la page du carnet et la lui tendit.

— Je loge à cet hôtel. Quoi qu'il en soit, je ne t'oblige à rien, Liam. Si tu décides que tu n'as pas envie de me revoir, je comprendrai et je repartirai à Sainte-Victoria, acheva-t-elle d'une voix tremblante.

— Talia…

— J'ai dit ce que j'avais à dire. Maintenant, la balle est dans ton camp, Liam.

Et avant qu'il ait eu le temps d'assimiler tout ce qu'elle avait dit, elle était partie, droite comme un I, le menton fièrement dressé. Le regard de Liam se perdit sur les dossiers ouverts devant lui. Comment travailler après une conversation pareille ? Il se leva, sortit de son bureau et de l'hôpital pour errer sans but à travers la ville endormie. Il ne sut combien de temps il déambula dans ces rues qu'il connaissait par cœur. Des heures, sans aucun doute. C'était drôle, il avait passé l'essentiel de sa vie dans le coin, mais jamais il ne s'y était senti véritablement chez lui.

Insensiblement, les étoiles pâlirent, l'horizon rosit. Liam se rendit soudain compte que ses pas l'avaient mené au cimetière. Il n'y venait jamais habituellement, pas même pour se rendre sur la tombe de sa mère. À quoi bon ? C'était juste une inconnue pour lui. Et pourtant, aujourd'hui, il avait l'impression que le fait de lire son nom sur une pierre tombale lui apporterait des réponses aux questions qui l'avaient taraudé toute sa vie. Alors qu'il se dirigeait vers sa tombe, il se figea. Son père ! Liam aurait dû se douter qu'il serait là. Il venait ici tous les jours à l'aube. C'était son rituel du petit matin, même du temps où Liam était gosse.

Il allait tourner les talons pour s'en aller lorsqu'un détail retint son attention. Tout à coup, il fut saisi par l'incongruité de la scène. Pendant des années, cet homme n'avait été pour lui qu'un titan dénué de cœur. Or, le géant avait à présent disparu. À sa place se tenait une petite créature triste et rabougrie. Mais c'était son profil qui attira le regard de Liam : sa mâchoire semblait crispée par une colère permanente, sa bouche était pincée dans une grimace désagréable. Même son nez avait quelque chose de sinistre. C'était cet homme qui, un jour, lui avait dit – ou plutôt crié –, à lui, son propre fils, qu'il espérait ne jamais le voir heureux. Liam secoua la tête, atterré. Comment avait-il permis à ce type de lui gâcher la vie pendant toutes ces années ? Pourquoi avait-il accepté de passer à côté de tant de choses ? De perdre tant de choses… à commencer par Talia.

Tu ne l'as pas perdue. Enfin, pas encore.

Tout à coup, il lui sembla que le monde autour de lui se chargeait à nouveau de couleurs et d'énergie. Non, il ne l'avait pas perdue pour de bon. Il l'avait repoussée, mais elle était venue lui offrir une seconde chance. Allait-il la saisir ou continuer à se taire, à fermer son cœur à l'amour ? Talia avait raison. Il n'était pas comme son père. Il ne l'avait même jamais été.

Liam pivota sur ses talons pour quitter au plus vite cet endroit de mort et de souvenirs tristes. Tout le contraire de Talia, en somme. Où qu'elle aille, elle avait toujours un don bien à elle de ramener de la vie, de la gaieté. Et il était temps pour lui de saisir cette vie à pleines mains. De retour à l'hôpital, il s'engouffra dans sa voiture et en savoura le grondement sourd du moteur. On aurait dit que le véhicule approuvait ses intentions. En quelques coups de volant agiles, il sortit du parking et déboucha sur l'avenue. Alors, il appuya sur l'accélérateur et fonça vers l'hôtel où l'attendaient Talia et sa nouvelle vie. Une vie qu'il aurait dû accepter depuis longtemps déjà. Même les feux de signalisation semblaient complices de ses projets, car à son approche ils passaient tous au vert. C'était comme si l'univers tout entier faisait tout pour éviter qu'il change d'avis au dernier moment. Mais il ne risquait pas de commettre une telle bêtise, plus maintenant qu'il avait compris ce qu'était l'amour. Son seul regret était d'avoir mis des années à parvenir à cette prise de conscience. Heureusement, tout n'était pas perdu.

Il se gara devant l'hôtel et, en quelques enjambées, traversa un parking aux multiples nids-de-poule. La réception de l'établissement se situait au fond d'un hall défraîchi mais propre. Liam éprouva toutes les peines du monde à ronger son frein pendant que l'employé appelait la chambre de Talia. Enfin, les mots magiques tombèrent :

— C'est bon, vous pouvez monter.

Liam dut se retenir de courir. Sur le palier, Talia avait déjà ouvert la porte et l'attendait avec un sourire timide.

— Tu entres ? Je n'ai pas envie que l'étage tout entier soit témoin de notre conversation.

Liam obtempéra sans trop savoir comment il arrivait à se faire obéir de ses jambes crispées. Il se tourna lentement vers elle alors qu'elle refermait la porte. Talia lui fit alors face avec une expression de nervosité et d'excitation. Lorsqu'elle le regardait ainsi, avec ce sourire lumineux, il ne comprenait pas pourquoi il avait si longtemps mis sa parole en doute. Ou pourquoi il avait eu aussi peur de lui faire confiance.

16.

— Je ne suis pas venu pour te faire la causette.

Le cœur de Talia bondit dans sa poitrine.

— Pourquoi, alors ?

— Je voulais juste te dire que je t'aime, marmonna-t-il lentement, comme s'il n'était pas sûr de ses mots.

Pétrifiée, Talia ne put que hocher la tête. Un vague son se coinça dans sa gorge. Elle avait l'impression qu'un charme magique se répandait sur eux et rendait ce moment encore plus beau, plus intense. Liam prit son visage en coupe entre ses mains et, des pouces, il caressa sa peau douce avec l'air de quelqu'un qui n'en revenait pas de son bonheur et de sa chance.

— Je t'aime, Talia, répéta-t-il avec plus d'assurance.

— Je sais…

Ce fut tout ce qu'elle parvint à dire, mais Liam sembla se satisfaire de cette réponse.

— J'ai toujours pensé que ces mots n'étaient qu'un cliché, mais tu me connais mieux que moi-même.

— Non. J'étais juste plus indulgente que tu ne l'étais avec toi. Mais ce n'est pas étonnant si l'on songe à la manière dont ton père t'a élevé.

— Ne parlons pas de lui. J'ai perdu trop de temps à être l'homme qu'il désirait que je sois. J'ai tout fait pour ne pas ressembler à lui, mais au final c'est le résultat inverse qui s'est produit. Dieu merci, tout cela est derrière moi. Je sais ce que je veux être, à présent.

Talia sentit son cœur s'affoler.

— C'est-à-dire ?

— Je veux être un homme digne de la femme extraordinaire

que tu es. Celle qui illumine chaque recoin de mon univers. Tu as ce don incroyable de faire en sorte que les personnes qui t'entourent se sentent aimées, spéciales, et je veux savourer cette impression tous les jours du reste de ma vie.

En riant, elle lui couvrit les mains des siennes.

— Mon Dieu ! À t'entendre, je suis une sorte de sainte. Mais ce n'est pas le cas. Je suis juste une femme amoureuse de toi.

— Et tellement plus. Tu m'as sauvé, Talia. D'autant plus que je ne voulais même pas reconnaître à quel point j'étais perdu.

Talia sentit ses jambes flageoler comme si elle n'était plus qu'une poupée de chiffon. Jamais elle n'avait été aussi heureuse. Jamais elle n'avait rien vécu d'aussi parfait.

— Je crois que nous nous sommes sauvés réciproquement. Nous sommes complémentaires, Liam. Nous avons besoin l'un de l'autre, et c'est pour cela que je ne pouvais pas rester à Sainte-Victoria sans toi.

— Justement, je ne peux pas accepter ça.

Talia le dévisagea, éperdue. Comment cela ? Il l'aimait, mais il ne voulait pas d'elle auprès de lui ?

— Liam…

— Je ne veux pas que tu renonces à ta vie, à ta famille pour moi. Sainte-Victoria est plus que l'endroit où tu vis et où tu travailles. C'est l'essence même de ce que tu es. Je l'ai toujours su. Entre te voir ici et te voir là-bas, il n'y a pas de comparaison. Sainte-Victoria magnifie tout ce que tu as de formidable.

Elle secoua la tête, désarçonnée.

— Mais je ne peux pas te quitter…

— Je ne te parle pas de cela. Je vais repartir avec toi.

Talia le dévisagea en clignant des paupières.

— Tu… quoi ?

— Eh bien, oui. Nate m'a déjà fait savoir qu'il était content de mon travail. Et même si aucun poste ne se libère à la clinique, je pourrai toujours travailler à l'hôpital. Je veux prendre un nouveau départ, Talia. Démarrer une nouvelle vie, *notre* nouvelle vie.

— À Sainte-Victoria ?

— Chez nous. Parce qu'au fond c'est le seul endroit où je me sois jamais senti chez moi.

— Mais ton travail ? Ta carrière ?

— J'adore mon boulot, mais tu as raison : la mort de ma mère a déterminé l'essentiel de ma vie. Chacun de mes faits et gestes avait pour but de plaire à un homme qui ne m'a de toute façon jamais accepté tel que je suis. Il se fichait de savoir qu'elle me manquait autant qu'à lui. Et moi, je me suis plié en quatre pour tenter de réparer une faute qui n'a jamais été la mienne. Tu m'as aidé à m'en rendre compte, et je t'en serai éternellement reconnaissant.

Elle lui caressa la joue.

— Tu ferais ça ? Mais quand même, Liam… Tu es l'une des étoiles montantes de Duke.

— Raison de plus pour que Nate ne me laisse pas filer, répondit-il en riant.

Talia adorait ce Liam-là, vulnérable et franc sur ses émotions, sans doute parce qu'il ne se montrait sous ce jour qu'à elle.

— Je sais que Nate serait ravi que t'avoir dans son équipe. Il me l'a dit pas plus tard que la semaine dernière. Il aurait voulu te confier un autre dossier.

— Ah bon ? Et que lui as-tu dit ?

Talia secoua la tête d'un air incrédule. Cette conversation avait eu lieu quelques jours plus tôt, mais elle semblait remonter à une éternité.

— Eh bien, que tu refuserais certainement. Je ne pensais pas que tu reviendrais, vois-tu.

— Sans toi, je n'aurais eu aucune raison de le faire. Rien n'a d'importance à mes yeux si tu n'es pas là.

— C'est vraiment ce que tu ressens ?

Bizarrement, alors qu'elle était sûre de sa sincérité, elle avait besoin d'entendre ces mots encore et encore, comme s'ils étaient trop parfaits pour être vrais. Elle fut carrément stupéfaite lorsqu'elle le vit tomber à genoux au beau milieu de la chambre d'hôtel.

— Ce n'est qu'une petite partie de ce que j'éprouve pour toi, dit-il en lui prenant les mains. Je suis chirurgien, Talia. Je sais me servir de ma tête et de mes mains, mais les mots, ce n'est pas mon fort. Tout ce que je peux te dire, c'est que mon amour pour toi dépasse tout ce que je croyais imaginable. Je veux passer le reste de ma vie à tes côtés, partager avec toi tous les bons moments. Parce qu'avec toi ma vie sera forcément belle.

— Pour quelqu'un de fâché avec les mots, tu ne te débrouilles pas si mal que cela, dit-elle avec un sourire tremblant.

— Tant mieux, parce que je n'ai pas fini. Talia, tu m'as sauvé, tu as fait de moi un être complet, tu m'as donné envie d'être digne de toi. De devenir quelqu'un de meilleur.

— Tu étais déjà quelqu'un de très bien, Liam. Je veux juste que tu sois aussi un homme heureux.

— Et je le serai. Avec toi. Alors, épouse-moi, Talia, et je te promets de consacrer le reste de mes jours à faire ton bonheur, comme toi, tu fais déjà le mien.

— Je te fais confiance pour cela, murmura-t-elle en joignant les mains aux siennes.

Liam se leva et se pencha vers elle pour l'embrasser. Quelle meilleure manière d'exprimer toutes les émotions qui virevoltaient joyeusement en eux et autour d'eux ?

17.

Douze mois plus tard, ils se marièrent lors d'une cérémonie familiale tranquille mais parfaite, avec en toile de fond le clapotis des vagues sur la plage, le chant des oiseaux et, au loin, la musique d'un *steel band*. La moitié de l'île, ou presque, s'était déplacée pour les féliciter. Rien n'aurait pu mieux se dérouler.

Depuis leur retour à Sainte-Victoria, les événements s'étaient enchaînés comme une mécanique bien huilée. Talia avait pu récupérer son poste, et Nate leur avait tout de suite confirmé qu'une place attendait Liam à la clinique ainsi qu'à l'hôpital. Alors qu'ils terminaient les préparatifs pour leur installation à Sainte-Victoria, Liam s'était agenouillé devant elle et lui avait présenté un petit écrin qui renfermait une alliance à tige fendue ornée d'un diamant goutte d'eau.

— Elle appartenait à ma grand-mère.

— Elle est magnifique, Liam ! Comment te l'es-tu procurée ?

— Elle se trouvait dans la boîte que je t'ai montrée, un jour.

— Celle qui contenait des photos de ta mère ?

— Oui. Ma grand-mère y avait aussi glissé une note dans laquelle elle me demandait de l'offrir à celle que j'aimerais.

— Mais tu ne m'en as jamais parlé.

— Je n'avais jamais pensé que je rencontrerais une femme que j'aimerais, jusqu'au jour où tu as débarqué dans ma vie. Pour la deuxième fois, avait-il ajouté avec un grand sourire.

Un sourire détendu, ouvert, dont Talia ne se lasserait jamais.

— Merci, Gloria, avait-elle murmuré.

Tous ses rêves se réalisaient, alors même qu'elle n'avait jamais rêvé aussi grand.

Et lorsque, un an après leurs noces, Talia contempla le minois fripé du bébé qu'elle avait mis au monde quelques heures plus tôt, elle songea qu'elle ne s'était pas encore réveillée de ce rêve. Liam aussi était en admiration devant le petit ange endormi.

— Quel nom veux-tu lui donner ?

— Gloria.

Incapable de détacher les yeux de sa fille, Talia sentit qu'il se crispait à côté d'elle.

— Tu en es sûre ?

— Absolument. Entre nous, ce sera Glory. Ce prénom lui va à merveille, tu ne trouves pas ?

— Oui, tu as raison.

De ses bras, Liam enveloppa alors Talia et leur fille, qu'elle berçait amoureusement, et les tint pressées contre lui comme pour ne jamais les lâcher.

— Je t'aime, Liam.

— Moi aussi, je t'aime. De tout mon cœur.

Chaque syllabe de sa réponse était chargée d'une telle émotion que Talia en eut la gorge nouée. Liam était libre, enfin. Les derniers ferments de haine que son père avait plantés en lui avaient définitivement disparu dès l'instant où il avait posé les yeux sur sa fille.

— Je vous aime toutes les deux, répéta-t-il avec bonheur. Pour toujours et à jamais.

Vous avez aimé *La princesse et le pédiatre*
et *L'As des cœurs* ?
Retrouvez en numérique l'intégrale de votre série
« La Clinique des îles » :

1. *Un confrère au grand cœur*, Tina Beckett
2. *Miracle aux Caraïbes*, Julie Danvers
3. *La princesse et le pédiatre*, Annie O'Neil
4. *L'As des cœurs*, Charlotte Hawkes

BLANCHE

HARLEQUIN

Ne manquez pas dès le mois prochain
dans votre collection

BLANCHE

l'intégrale de la nouvelle série :

Le Rallye du Don

Sur le Rallye du Don, les Drs Kennedy trouveront-ils le bonheur ?

Une série intégrale à découvrir en juin 2022

HARLEQUIN
www.harlequin.fr

BLANCHE

HARLEQUIN

Retrouvez prochainement, dans votre collection

BLANCHE

Une liaison avec le Dr Kennedy, d'Ann McIntosh - N°1606

SÉRIE : LE RALLYE DU DON - 1/2

Héritier d'une fortune, le Dr David Kennedy se consacre à la cause du don d'organes. Parce que sa fondation est toute sa vie, il n'a pas de temps à consacrer à l'amour ! Pourtant, ses résolutions vacillent quand, à l'occasion d'une mission à l'hôpital de Liverpool, il doit collaborer avec Valerie Sterling. Entre eux, c'est le coup de foudre, au point qu'ils décident d'explorer l'attirance qui les pousse l'un vers l'autre – dans le plus grand secret…

La route du désir, d'Annie Claydon

SÉRIE : LE RALLYE DU DON - 2/2

Le Dr Emma Owen était ravie de participer au Rallye du Don, un road trip en voiture de collection destiné à récolter des fonds pour le don d'organes. Hélas, quand elle découvre son copilote, elle déchante. Durant quelques jours et dans l'espace étroit d'une Mini Cooper, elle devra côtoyer le Dr Josh Kennedy. Josh, qui n'est autre que son ancien amant !

Sauveteur et papa, d'Annie O'Neil - N°1607

Tout juste débarqué à Hawaï pour prendre la direction du groupe de secours d'Oahu, le Dr Zach Murphy espère offrir à son fils une vie plus sereine que celle qu'ils avaient à New York. Seulement voilà, sa nouvelle collègue Lulu Kahale a l'étrange pouvoir de faire dérailler ses rêves de tranquillité. Dès leur rencontre, la secouriste au tempérament de feu l'agace tout autant qu'elle l'attire…

Le secret d'Emmy, de Karin Baine

Depuis l'enfance, Emmy aime Sam en secret. Jamais elle ne lui a avoué ses sentiments, de peur de gâcher leur précieuse amitié. Elle se tait encore quand, à la faveur d'une soirée de mariage, tous deux succombent au désir. Il ne s'agira entre eux que d'une aventure, se jurent-ils avant de passer une nuit époustouflante. Et elle se tait toujours lorsque, après la découverte de sa grossesse, Sam lui propose un mariage de convenance…

Leur mission : sauver des vies.
Leur destin : trouver l'amour.

HARLEQUIN
www.harlequin.fr

BLANCHE

HARLEQUIN

Une maman pour son fils, d'Emily Forbes - N°1608

Daisy n'entend pas. Mais les mots qu'elle lit sur les lèvres du Dr Ajay Patel lui vont droit au cœur. Le nouveau médecin urgentiste de l'hôpital de Bondi où elle exerce comme infirmière est doué, généreux, attentif… L'homme idéal ? Elle le croit volontiers, mais y a-t-il seulement une place pour elle dans la famille qu'Ajay forme avec son adorable petit garçon ?

L'étreinte d'un confrère, de Susan Carlisle

Pionnière de la chirurgie rénale, le Dr Lily Evans révèle un sang-froid à toute épreuve. En salle d'opération, elle maîtrise chacun de ses gestes pour sauver des vies. Aussi est-elle déconcertée par l'arrivée du Dr Maxwell James dans son hôpital. Ce confrère, nommé tout comme elle pour l'Innovation médicale de l'année, travaillera à son côté durant dix jours. Or il a le don de lui faire perdre ses moyens, et pour preuve : un an plus tôt, tous deux ont eu une liaison…

Un prince pour époux, d'Amy Ruttan - N°1609

SÉRIE : LE SECRET DES PRINCES - 1/2

Dante veut… l'épouser ? Bouleversée, Shay ne sait que lui répondre. Certes, elle est amoureuse de son collègue, et la seule nuit qu'ils ont partagée a été fabuleuse. Mais si Dante la demande en mariage c'est uniquement parce qu'elle vient de lui révéler qu'elle attendait un enfant de lui. Autrement, jamais il n'aurait voulu d'une simple infirmière comme elle pour épouse ! D'autant que, en plus d'être médecin, il est également prince…

Ce doute à surmonter, de Robin Gianna

SÉRIE : LE SECRET DES PRINCES - 2/2

Apprendre que la sublime Aubrey Henderson travaillera comme infirmière au sein de son service, après la nuit torride qu'ils ont partagée deux mois plus tôt, était bien la dernière chose à laquelle Enzo s'attendait. L'aurait-elle suivi par intérêt après avoir découvert sa véritable identité ? Le prince s'interroge. Et ses doutes grandissent encore lorsque Aubrey lui avoue qu'elle porte son bébé…

Leur mission : sauver des vies.
Leur destin : trouver l'amour.

HARLEQUIN
www.harlequin.fr

BLANCHE

Le dilemme de Tamara, de Sue MacKay - N°1610

Tamara a du mal à y croire : elle attend un bébé ! Elle qui, aveuglée par le désir, s'est abandonnée entre les bras du Dr Conor Maguire, la voilà qui panique à l'idée de se retrouver mère célibataire. Car malgré les sentiments qu'elle éprouve pour Conor, un homme parfait sur tous les plans, elle sait qu'elle a commis une faute professionnelle en entamant une relation sentimentale avec son patron…

Passion à haut risque, de Charlotte Hawkes

Lorsqu'elle se réveille entre les bras du colonel Ash Stirling, Felicity est bouleversée. Car jamais auparavant elle n'a éprouvé une passion aussi intense pour un homme. Et la présence d'Ash à ses côtés – si séduisant et protecteur – est tellement enivrante qu'il lui serait facile de s'y habituer. Pourtant, Felicity se refuse à l'aimer, car elle ne peut prendre le risque d'être abandonnée…

HARLEQUIN

Leur mission : sauver des vies.
Leur destin : trouver l'amour.

HARLEQUIN
www.harlequin.fr

AZUR

GLAMOUR. INTENSE. IRRÉSISTIBLE.

Poussez les portes d'un monde fait
de luxe, de glamour et de passions.
Ici, les hommes sont beaux, riches et
arrogants ; les femmes impétueuses,
fières et flamboyantes. Entre eux, le désir
est immédiat… et l'amour impossible.

**11 romances à découvrir tous les mois,
à seulement 4,60 €.**

DIVERTIR • INSPIRER • ÉMOUVOIR

HARLEQUIN
www.harlequin.fr

RESTEZ CONNECTÉ AVEC HARLEQUIN

Harlequin vous offre un large choix de littérature sentimentale !

Sélectionnez votre style parmi toutes les idées de lecture proposées !

www.harlequin.fr

- **Découvrez** toutes nos actualités, exclusivités, promotions, parutions à venir...
- **Partagez** vos avis sur vos dernières lectures...
- **Lisez** gratuitement en ligne
- **Retrouvez** vos abonnements, vos romans dédicacés, vos livres et vos ebooks en précommande...

L'application Harlequin

- Des **ebooks gratuits** inclus dans l'application
- **50 nouveautés tous les mois** et + de 7 000 ebooks en téléchargement
- Des **petits prix** toute l'année
- Une **facilité de lecture** en un clic hors connexion
- Et plein d'autres avantages...

Téléchargez notre application gratuitement

Télécharger dans l'App Store

DISPONIBLE SUR Google Play

SUIVEZ-NOUS !

facebook.com/HarlequinFrance
twitter.com/harlequinfrance

VOTRE COLLECTION PRÉFÉRÉE DIRECTEMENT CHEZ VOUS

Vous souhaitez découvrir nos collections ? Une fois votre colis de bienvenue reçu si vous souhaitez continuer à recevoir nos livres, cela se fera automatiquement. Vous n'avez aucune obligation d'achat et cette offre est sans engagement de durée !

Dans votre 1er colis, 2 livres au prix d'un + 1 cadeau

COCHEZ la collection choisie et renvoyez cette page au
Service Lectrices Harlequin – CS 20008 – 59718 Lille Cedex 9 – France

Collections	Prix 1er colis	Réf.	Prix abonnement (frais de port compris)
❑ **AZUR**	4,50€	AZ1406	6 livres par mois 30,59€
❑ **BLANCHE**	7,30€	BL1603	3 livres par mois 24,85€
❑ **HISTORIQUES**	7,20€	LH1202	2 livres par mois 17,29€
❑ **PASSIONS**	7,70€	PS0903	3 livres par mois 26,49€
❑ **BLACK ROSE**	7,70€	BR0013	3 livres par mois 26,79€
❑ **HARMONY***	5,99€	HA0513	3 livres par mois 20,76€
❑ **NORA ROBERTS***	8,90€	NR2403	3 livres tous les 2 mois, prix variable**
❑ **SAGAS***	7,99€	SG2303	3 livres tous les 2 mois 29,46€
❑ **VICTORIA**	7,90€	VI2115	5 livres tous les 2 mois 41,59€
❑ **GENTLEMEN***	7,50€	GT2022	2 livres tous les 2 mois 17,95€
❑ **HORS-SÉRIE***	7,70€	HS2812	2 livres tous les 2 mois 18,45€

*livres réédités / **entre 28,79€ et 31,39€ suivant le prix des livres

F22PDFM

N° d'abonnée Harlequin (si vous en avez un) ⎵⎵⎵⎵⎵⎵⎵⎵⎵

Mme ❑ Mlle ❑ Nom : ____________

Prénom : ____________ Adresse : ____________

____

Code Postal : ⎵⎵⎵⎵⎵ Ville : ____________

Pays : ____________ Tél. : ⎵⎵⎵⎵⎵⎵⎵⎵⎵⎵

E-mail : ____________

Date de naissance : ____________

Date limite : 31 décembre 2022. Vous recevrez votre colis environ 20 jours après réception de ce bon. Offre soumise à acceptation et réservée aux personnes majeures, résidant en France métropolitaine, dans la limite des stocks disponibles. Prix susceptibles de modification en cours d'année. Vous pouvez demander à accéder à vos données personnelles, à les rectifier ou à les effacer. Il vous suffit de nous écrire en nous indiquant vos nom, prénom et adresse à : Service Lectrices Harlequin CS 20008 59718 LILLE Cedex 9. Service Lectrices disponible du lundi au vendredi de 9h à 17h : 01 45 82 47 47.

Harlequin® est une marque déposée du groupe HarperCollins France – 83/85, Bd Vincent Auriol – 75646 Paris cedex 13. SA au capital de 1 149 680€ – R.C. Paris. Siret 31867159100069/APE5811Z.